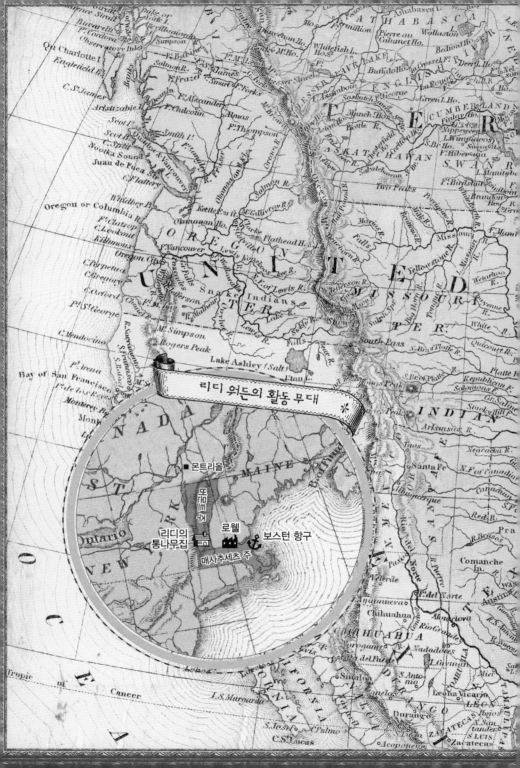

리디 위든의 활동 무대 *

몬트리올

뫼롤크 주

리디의
통나무집

로웰

보스턴 항구

매사추세츠 주

리디 워든의 활동 무대

리디 워든

리디 워든

초판 1쇄 인쇄 _ 2015년 4월 29일
초판 1쇄 발행 _ 2015년 5월 6일

지은이 _ 캐서린 패터슨
옮긴이 _ 안의정

펴낸곳 _ 지식나이테
펴낸이 _ 윤보승
책임편집 _ 문아람, 이현숙
편집팀 _ 도은숙, 김태윤
표지디자인 _ 이민영
내지디자인 _ 김미란
디자인팀 _ 이정은

ISBN _ 978-89-93722-20-8 43840

등록 _ 2005. 7. 12 | 제 313-2005-000147호

서울시 영등포구 선유로49길 23 아이에스비즈타워2차 1005호
편집 02) 333-0812 | **마케팅** 02) 333-9918 | **팩스** 02) 333-9960
이메일 postmaster@jisik-naite.com
홈페이지 jisik-naite.com

책값은 뒤표지에 있습니다.
지식나이테는 지식과 상상력의 보물창고입니다.

리디 워든

Lyddie

캐서린 패터슨 지음 | 안의정 옮김

지식나이테

살아 있는
괴물

기계 돌아가는 소리는 사면이 벽돌로 가로막힌 공장 안에서 더욱
크게 들렸다. 소중한 인간의 생명을 위해 건물 벽에 붙어 있는 그늘
진 나무 계단을 타고 오를 때 기계의 울림을 생생하게 느낄 수 있었
다. 베들로 부인이 문을 확 열어젖히자, 천둥 같은 기계 소음이 진동
했다.

무언가 만들어지는 소리! 지독한 소음! 털거덕, 찰칵. 거대한 기계
들이 몸을 비트는 소리. 삐걱거리는 소리. 신음 소리. 삐걱, 덜컹. 어
느 정도 정신이 맑아졌을 때, 리디는 퀘이커 교도인 스티븐스 집에
서 보았던 낡은 직조 기계가 뿌연 먼지 속에 줄지어 놓인 모습을 보
았다. 악몽이 아닌 현실에서의 생명체나 다름없었다. 단정하고 꼼꼼
한 소녀들의 눈에 의해서 움직이는 괴물들.

소녀들은 그것들을 두려워하기는커녕 대단하게 여기지도 않는 것
같았다. 귀청이 떨어질 것 같은 소음도 대수롭지 않다는 표정이었
다. 어떻게 이런 환경에서 일할 수 있단 말인가? 리디는 당장에라도
문을 열고 밖으로 나가 삐걱거리는 층계를 밟고 마당으로 내려선 후
좁은 교각을 건너 이 지옥 같은 도시를 빠져나가고 싶었다.

스티븐 피어스에게
셋째 아들에게
그리고 필요할 때 손을 내밀어주는
진짜 친구이신 그분에게

곰

곰은 무서운 동물이지만 그들은 그 시간에 모두 웃고 떠들어댔다. 아니, 엄마는 웃지 않았다. 하지만 리디, 찰리 그리고 동생들은 배꼽 빠지도록 웃고 떠들었다. 리디는 동생들을 여전히 아기로 여기고 있었다. 아마 앞으로도 쭉 그럴 것이다. 곰이 나타난 것은 1843년 11월. 애그니스가 네 살, 레이철은 여섯 살이었다.

굳이 잘못을 묻는다면 찰리 때문이었다. 헛간에 나무를 가지러 갔다 오면서 문을 제대로 닫지 않은 것이었다. 평소에도 헛간의 문은 잘 닫히지 않았다. 그래도 제 딴에는 제대로 닫으려고 노력했을 것이다. 하지만 누가 이런 일이 벌어지리라 예상할 수 있을까.

어쨌든 리디는 화롯불에 올리고 휘젓던 오트밀¹ 냄비에서 시선을 뗐다. 얼굴이 큰 검정 곰이 콧구멍을 벌렁거리며 작은 눈으로 허기진 기대감을 드러낸 채 문 앞에 서 있는 것이었다.

"소리들 지르지 마."

리디가 말했다.

---

1 귀리의 가루로 죽을 쑤어 소금, 설탕, 우유 따위를 더해 먹는 서양 음식.

"조용히 뒤로 물러나 사다리를 타고 다락으로 올라가는 거야. 찰리는 애그니스, 엄마 그리고 레이철을 데리고 올라가."

그때 엄마가 "쉬"라는 소리를 냈다. 리디는 확고하면서도 차분하게 말했다.

"겁내지 않으면 별것 아니야. 점잖게 대해주기면 하면 돼. 내가 지켜볼 테니까 걱정 말고. 내가 마지막으로 올라간 다음에 사다리를 위로 올려버릴 거야."

엄마는 크게 놀랐지만 모두 리디의 말을 따라 움직였다. 리디 뒤에 서 있는 사다리에서 삐걱거리는 소리가 났다. 먼저 찰리와 애그니스가 올라가고, 그다음에 엄마와 레이철이 다락으로 올라갔다. 리디는 곰의 눈을 뚫어지게 노려봤다. 사다리가 조용해지면서 위에서 가족이 밀짚 매트리스에 앉는 바스락거리는 소리가 들렸다. 그녀는 곰에게서 시선을 떼지 않으며 사다리를 타고 다락으로 올라갔다. 다락에 채 닿기도 전에 뒤로 넘어질 뻔한 것을 찰리가 잡아서 엄마 곁으로 끌어당겼다.

그래도 리디가 순하다고 생각했던 곰은 그 소리에 자극을 받았는지 문을 밀치고 곧장 사다리 쪽으로 달려들었다. 찰리가 사다리를 잡아 올리는 순간, 가로대가 곰의 코를 때리고 말았다. 곰이 잠시 놀라 주춤할 때 리디는 찰리를 도와 사다리를 완전히 위로 올렸다. 그 늙은 곰은 좌절의 탄식을 내뿜으면서 거대한 발을 허공에 내저었다가 뒷다리에 힘을 실어 상체를 들어 올렸다. 곰은 키가 커서 코가 다락 끝자락에 거의 닿았다. 이때 여동생들이 겁에 질려 울음을 터뜨렸고, 엄마는 "오, 주님, 우리를 구해주세요!" 하고 외쳤다.

리디는 냉정하게 말했다.

"쉿! 그렇게 소란을 피우면 저 녀석이 더 성질을 낸단 말이야."

가족은 울음을 참느라 숨이 막힐 지경이었다. 찰리는 어린 동생들을 팔로 껴안았고, 리디는 엄마의 어깨를 손으로 꽉 잡았다. "괜찮을 거야. 여기까지 올라올 수 없으니까."

뭔가를 딛고 올라오지 않을까? 그럴 만큼 영리하지는 않을 것이다. 분노가 극도에 달하면 뛰어오르지 않을까? 그렇게도 할 수 없을 것이다. 리디는 심호흡을 하고는 녀석의 두 눈을 똑바로 쳐다보았다. 녀석은 네 다리를 바닥에 내려놓더니 무안한 듯 시선을 돌리고는, 머리를 흔들어대면서 집 안을 뒤지기 시작했다. 허기진 녀석은 자신을 집 안으로 유인한 냄새를 찾아서는 나무 반죽 그릇을 뒤집어엎고 가장자리를 핥아보았다. 하지만 리디가 이미 그날 아침 반죽 그릇을 깨끗이 닦아놓았던 터라 녀석은 아무것도 먹을 수 없었다.

녀석은 불에 올린 오트밀 솥을 찾아내기 전 테이블, 의자 그리고 물레를 뒤집어버렸다. 리디는 소리 죽여 녀석이 가재도구를 망가뜨리지 않기를 기도할 뿐이었다. 찰리와 그녀는 망가진 것들을 수리할 생각이었지만 찰리는 이제 겨우 열 살, 리디는 열세 살이었다. 아버지처럼 기술과 경험이 있을 리 없었다. 제발 아무것도 부수지 마, 그녀는 속으로 애원했다. 망가지면 새로 살 돈이 없었다.

녀석은 애플파이가 든 병을 뒤집어 흔들었다. 하지만 입구를 가죽으로 덮어 끈으로 단단히 묶어두었기 때문에 녀석이 둔한 두 손으로 잡아 흔들어도 덮개를 없애지는 못했다. 녀석은 바닥에 뒤집혀 있는 의자를 향해 병을 내던졌다. 다행스럽게도 묵직한 그 병은 깨지지 않았다.

마침내 녀석은 자신을 유인한, 불 위에서 부글부글 끓는 오트밀 솥으로 다가섰다. 녀석은 머리를 솥단지 안으로 집어넣었다가, 펄펄 끓는 오트밀에 코가 닿자 비명을 지르며 고통스러워했다. 녀석은 급히 머리를 빼내려다가 솥의 고리 한쪽을 건드렸고, 그 바람에 솥이 뒤집어져 머리부터 발끝까지 죽을 뒤집어썼다. 깜짝 놀란 녀석은 본능적으로 머리를 밑으로 숙여 솥을 머리에서 떨구어내려 했지만 소용이 없었다. 녀석은 고통을 이기지 못해 네 발로, 때로는 두 발로 방 안을 껑충껑충 뛰어다녔다.

녀석은 출구를 찾아 아무 곳이나 몸을 부딪쳤다. 마침내 문을 찾아낸 녀석은 솥을 뒤집어쓴 머리로 문을 들이받아 가죽 경첩을 부수고는 냅다 어둠 속으로 사라졌다. 녀석이 숲 속을 내달리면서 뭔가와 부딪치는 소리가 들려왔다. 여느 때와 같은 11월 밤의 고요함이 다시 찾아올 때까지 녀석의 고함 소리는 오래 계속되었다.

그제야 가족은 웃음을 되찾았다. 제일 먼저 레이철이 곱슬머리를 매만지면서 지난여름에야 다 나온 예쁜 치아들이 보이도록 활짝 웃었다. 그다음 애그니스가 네 살배기 특유의 새된 목소리로 환호성을 질렀고, 찰리가 아직 어린 소년의 음성으로 안도의 소리를 냈다.

리디가 말했다.

"휴, 내가 못생겨서 얼마나 다행인 줄 몰라. 예쁜 애들은 그런 늙은 짐승을 쫓아낼 용기가 없거든."

"언니는 못생기지 않았어!"

레이철이 소리를 질렀다. 그들은 그 어느 때보다 크게 웃었다. 그

중에서 리디의 웃음소리가 제일 컸다. 기쁨과 안도의 눈물이 뺨을 적시고, 배에 경련이 일어나 그 증세가 더욱 심해질 때까지 웃었다. 이렇게 웃어본 게 언제지? 기억나지 않는다.

엄마의 어깨가 떨렸지만 리디는 엄마의 얼굴을 보지 않았다. 엄마도 당연히 웃어야 한다. 하지만 리디는 엄마가 웃는 모습을 감히 바랄 수 없었다. 이제 문을 고치고, 난장판이 된 집 안을 청소하고, 엎질러진 오트밀을 닦아야 한다. 하지만 솥은 내일 찾아야 할 것이다. 곰은 멀리 못 갔을 터다. 숲에서 여기저기 부딪치는 바람에 솥을 찾는 데 충분하고도 충분한 흔적을 남겼을 것이다.

리디는 엄마의 귀에 입을 대고 속삭였다.

"엄마, 기분 어때. 응?"

엄마가 리디를 바라보며 대답했다.

"징조야."

"무슨 징조?"

리디는 엄마의 뚱딴지 같은 말에 되물었다.

"종말이 가까우면 마귀가 활개 치며 돌아다닌다고 클라리사가 말한 적 있어."

찰리가 끼어들었다.

"녀석은 마귀가 아냐, 엄마. 검은 곰일 뿐이라고."

"너의 적인 마귀가 우는 사자같이 두루 다니며 삼킬 자를 찾나니."

성경의 한 구절을 읊는 엄마를 보며 리디는 공포로 전율이 일었지만 최대한 냉정을 지키며 말했다.

"클라리사 아줌마는 아무것도 몰라, 엄마."

레이철도 오빠인 찰리를 따라 걱정스럽다는 투로 말했다.

"검은 곰이었을 뿐이야. 그렇지, 리디 언니? 정말 곰이었지? 그렇지?"

리디는 엄마의 말을 거스른다는 느낌을 주지 않으려는 듯 고개만 끄덕였다.

엄마가 말했다.

"내일 우리는 폴트니로 간다. 종말이 다가왔다는 사실을 알게 된 이상 믿음이 있는 사람들과 같이 있고 싶구나."

레이철이 말했다.

"난 그런 종말론자들과 같이 있고 싶지 않아. 리디 언니와 함께 있을 거야."

"리디 언니도 갈 거니까 걱정 마."

엄마가 대답했다. 그러자 찰리가 물었다.

"우리가 전부 집을 비워버리면 나중에 아빠가 우릴 어떻게 알고 찾아와?"

"네 아빠는 허망한 부를 찾아 떠나버린 사람이라서 절대 우릴 찾아오지 않는단다."

레이철이 소리를 질러댔다.

"올 거야! 아빠는 반드시 올 거야! 약속했는걸!"

어떻게 그걸 기억할 수 있단 말인가? 아빠가 집을 떠났을 때 레이철은 겨우 세 살이 될까 말까였다.

아이들은 쉽게 잠들지 못했다. 오트밀이 없어지는 통에 배 속이 허했다. 엄마는 난장판을 정리할 생각이 전혀 없었다. 찰리는 리디를 도와 집 안을 청소했다. 내일 아침에 손볼 때까지 문짝이 제자리에 붙어 있도록 서랍장을 끌어다 그 앞에 놓고는 잠을 자기 위해 사다리를 타고 다락으로 올라갔다.

리디는 다락으로 올라가지 않았다. 불이 밤새 꺼지지 않도록 지켜야 하기 때문이었다. 리디는 화로 앞에 무릎 꿇어 앉았다. 리디의 왼쪽 어깨 뒤로는 엄마가 흔들의자에 앉아 있었다. 엄마가 시집올 때 폴트니에서 가져온 의자였다. 리디는 고개를 돌려 엄마를 바라보았다. 엄마는 눈도 깜박거리지 않은 채, 넋이 나간 표정으로 불을 응시하면서 흔들의자에 몸을 맡기고 있었다.

사실을 말하자면, 아빠가 집을 나간 후 엄마는 정신이 이상해졌다. 그래도 클라리사 이모와 종말을 외치고 다니는 이모부만큼은 이상하지 않았었는데 곰이란 녀석이 엄마의 상태를 악화시키고 말았다.

"내일 가지 말자, 엄마."

리디가 부드럽게 달랬다.

"가지 말자, 제발."

하지만 엄마는 의자를 앞뒤로 흔들면서 화롯불에 공허한 시선을 던질 뿐이었다. 흔들거리는 의자에 육체를 남겨두고 영혼이 빠져나간 표정을 하고 있었다.

엄마와 논쟁을 해봐야 소용없다는 사실을 알고 있는 리디는 지금까지 그래왔던 것처럼 시간이 지나면 엄마의 기분이 달라지겠거니 하고 더 이상 설득하지 않기로 했다. 하지만 그다음 날 아침이 되었는데도 엄마는 지난밤의 결심을 여전히 기억하고 있었다.

"클라리사가 없다면 마을은 금방 망하고 말거야."

리디가 클라리사 이모보다 더 걱정하는 것이 있다면 그것은 바로 마을에서 가장 가난한 리디네 농장이었다. 아빠가 서부로 떠난 것도 가난의 유령에서 벗어나기 위해서였다.

리디가 말했다.

"엄마가 가는 것을 막지는 않겠어. 하지만 난 농장을 지켜야 하기 때문에 엄마를 따라가지 않을 거야."

엄마가 대답하려 하자, 리디가 곧바로 말을 이었다.

"돼지 한 마리로는 우리 가족 전부가 타고 갈 마차 삯을 댈 수가 없어."

리디는 찰리에게 엄마와 동생들을 안전하게 주다 이모부 집에 데려가 달라고 부탁했다. 까치밥나무만 한 키에 낡은 부츠를 신고 아빠의 낡아빠진 셔츠를 소매를 걷어 올려 입은 찰리의 모습은 우스꽝스러웠다. 찰리는 손수레에 짐을 실었다. 작년에 씨앗을 사기 위해 마차를 팔아서 어쩔 수 없는 노릇이었다.

"역마차가 서는 커틀러 씨 집까지는 16킬로미터밖에 되지 않아. 애들이 다리 아프다고 하면 이 수레에 태우면 돼."

찰리는 엄마의 초라한 가죽 트렁크를 수레에 실었다. 엄마가 시집 올 때 보잘것없는 혼숫감을 담아 이 산골짜기까지 끌고 온, 엄마가 애지중지하는 것이었다. 트렁크 안에는 상하기 직전의 음식이 담겨 있었다. 찰리와 리디는 깩깩, 비명을 질러대며 발버둥 치는 늙은 암퇘지 한 마리를 손수레 손잡이에 묶기 위해 온갖 힘을 다했다.

리디가 물었다.

"마을까지 따라가 줄까?"

하지만 둘은 그녀가 집에 남아 언제 들이닥칠지 모르는 야생 동물에게서 소와 말을 지키는 것이 더 바람직하다는 데 의견을 같이했다.

"누나 조심해." 찰리가 걱정스러운 표정으로 말했다.

"난 걱정하지 마."

리디가 대답했다.

"이 돼지 한 마리가 우리 가족 모두의 마차 삯이라는 점을 명심해야 해."

찰리가 말했다.

"내가 돌아올 마차 삯까지 마련할 거야."

누나를 산골 농장에 혼자 내버려둘 수 없다는 약속이었다. 그는 엄마가 자신의 말을 듣지 않았으면 하는 심정으로 멀리 떨어져 있는 엄마를 쳐다보았다.

"누나, 문제가 생기면 겁먹지 말고 스티븐스 씨에게 달려가 도움을 청해. 엄마가 무슨 말을 하든 그분은 좋은 이웃이잖아."

"좋아, 과연 그분들이 도와주는지 확인해보지, 뭐."

리디는 땋은 머리칼을 뒤로 넘기면서 말했다. 찰리는 누나가 사소한 일로 이웃에게 신세를 지지 않으리라는 사실을 잘 알고 있었다. 엄마는 이교도, 낙태 지지자를 받아들이지 않았다. 퀘이커 교인인 이웃을 이교도 겸 낙태 지지자로 여기는 엄마는 아이들이 그 가족과 접촉하는 것조차 허락하지 않았다.

엄마는 말했다.

"우리 워튼 가문이 마귀와 교류하는 일은 결코 있어선 안 돼."

지난여름 초, 엄마가 저주를 퍼부으면서도 정신이 딴 데 가 있을 때 찰리는 몰래 암소를 몰고 산 밑의 스티븐스의 집으로 간 적이 있었다. 리디는 아빠가 집을 떠나기 훨씬 전에 스티븐스의 황소를 빌렸던 것을 기억했다. 엄마는 봄이 오면 기적처럼 송아지가 태어난다는 사실에 의문을 품었는지 모르겠지만, 송아지가 어떻게 태어나는지에 대해서는 단 한 번도 이야기하려 하지 않았다. 그녀는 리디와 찰리 못지않게, 현금이 없으면 결코 송아지가 태어날 수 없다는 사실을 잘 알았다.

리디는 이웃이 과격한 사상이나 이상야릇하고 까다로운 습성이 있느냐에 대해서는 전혀 관심이 없었다. 그저 그들에게 신세 져서는 안 된다는 생각뿐이었다. 리디는 도움을 받고 싶지 않았다. 반드시 황소를 빌려야 했지만 그녀는 그러고 싶지 않았다. 송아지를 태어나게 하기 위해 이웃에게 황소를 빌리느니 차라리 굶어 죽는 것을 택할 그녀였다. 하지만 암소의 발정기는 어김없이 다가오고 있었다.

그녀의 걱정은 쓸데없는 것이었다. 찰리는 떠난 지 2주일 만에 돌아왔고, 그들은 힘을 합쳐 무사히 겨울을 보냈다. 식량이 부족했기 때문에 토끼를 사냥하고, 나무껍질을 벗겨 스프를 끓여 먹었다. 빵 구울 밀가루가 떨어지고, 버터 만드는 기계를 돌릴 만한 우유도 없었지만 그녀는 단 한 번도 그 기계를 돌려봤으면 하고 바라지 않았다.

송아지가 태어날 때가 가까워지자 그들은 암소의 젖을 짜지 않았다. 빵이 없으므로 버터가 필요할 리 없었지만 우유와 치즈가 먹고 싶기는 했다. 하지만 그들은 어떻게 하면 암소에게 좋은지 잘 아는 농부였다.

송아지가 태어나는 것은 큰 기쁨이었다. 우유와 크림을 많이 먹을 수 있게 된 것이다. 리디와 찰리는 자신들이 마을 사람들 못지않게 부자라는 느낌이 들었다. 귀엽고 예쁜 암송아지가 태어난 것은 포근한 3월의 첫째 날이었다. 그날 그들은 시럽을 만들 때 쓸 수액을 모으기 위해 설탕단풍나무[2] 기둥에 구멍을 뚫고 빨대를 박았다. 이 수액만 있으면 시럽과 설탕은 충분할 것이다. 그것으로 돈을 벌기는 어렵겠지만, 해마다 경험을 쌓다 보면 능숙한 농부와 설탕 생산자처럼 점점 더 여유로워지리라고 서로 격려했다.

그날의 아침은 세월이 흘러도 추억으로 남을 것이다. 5월 말의 하늘은 눈부시게 찬란한 푸른빛이었고, 산기슭은 녹음이 우거져 생명력이 넘쳤다. 사과나무의 높은 가지에 내려앉은 파랑새 한 마리가 절정의 봄날을 찬양하고 있었다. 치라, 위라, 위잇, 치릴리-치릴리. 리디는 솟아오르는 생기를 느꼈다. 그녀는 손을 뻗어 낡은 쟁기의 비단결처럼 매끄러운 나무 손잡이를 잡았다. 찰리가 말고삐를 잡아당기면서 남매는 무거운 쇠 쟁기로 돌투성이 밭을 갈았다. 쟁기가 지나간 자리에서는 신선하고, 촉촉한 흙냄새가 풍겼다. 치릴리-치릴리.

그 완벽한 봄날 아침, 말을 탄 누군가가 좁은 길모퉁이를 돌고 있었다. 그가 탄 말은 4월과 5월 초까지 얼어 있다가 녹아서 말라비틀어진 깊은 진흙 웅덩이를 조심스럽게 피하면서 다가오고 있었다.

"찰리."

리디는 얼어붙은 표정으로 동생을 불렀다. 그러나 아빠일지도 모

---

2 잎은 손 모양으로 깊게 갈라지고 뒷면이 흰색인 단풍나뭇과 나무.

른다는 생각은 오래가지 않았다. 두 다리를 한쪽으로 늘어뜨린 채 말을 탄 모습을 봐서는 분명한 여자였다. 엄마도 아니었다. 엄마는 리디를 낳고 찰리를 가지기 전에 말에서 떨어져 유산한 후로는 절대로 말을 타지 않았다.

"찰리, 누군가 오고 있어."

말을 탄 여자는 마을의 잡화점에서 편지를 받아 전달해주는 펙 부인이었다.

"이 편지를 기다리고 있을 것 같아서 말이다."

부인이 말했다. 리디는 우표값을 치르기 위해 바닥이 드러난 금고에서 동전을 꺼냈다. 잡화점 여주인은 리디가 그 편지를 큰 소리로 읽기를 기다렸지만 그녀는 그렇게 하지 않았다. 리디는 남 앞에서 편지를 읽어대는 성격이 아니었다. 그녀는 땀에 젖은 짧은 머리칼이 얼굴에 달라붙은 채로 편지를 들고 불 곁으로 다가가서는 주먹처럼 말아 쥔 손으로 어렵게 쓴 어린애 필체의 엄마 편지를 읽었다.

리디,
세상의 종말은 아직 오지 않았단다. 우리는 희망을 잃지 않았어. 그때까지 난 너를 커틀러 씨에게, 너의 동생은 베이커 씨 공장에 1년간 보내기로 했단다. 빚을 갚기 위해 목초지와 설탕단풍나무밭은 M. 웨스코트 씨에게 빌려주기로 했고. 소와 말도 같이 말이다. 사랑한다. 네가 엄마의 결정에 따르길 바라며.
사랑하는 엄마가

리디는 울음을 터뜨렸다.

"미안해, 찰리."

그녀는 당혹감과 근심이 서린 동생의 얼굴을 바라보았다.

"이런 일이 있을 줄은 몰랐어. 우리 지금 잘하고 있는 거지, 어?"

찰리는 깊은 한숨을 내쉬고는 주머니에서 낡은 손수건을 꺼내 내밀었다.

"괜찮을 거야. 정말 그럴 거야."

리디가 눈물범벅인 얼굴을 수건에 파묻자, 찰리가 그녀의 땋은 머리카락을 뒤로 넘겨주었다.

"세상의 종말이 온 것은 아니잖아, 그렇지?"

찰리는 누나의 무릎에서 편지를 집어 들었다. 리디가 눈물을 닦으며 억지 미소를 짓자, 찰리는 걱정스러운 표정으로 맞춤법이 엉망인 엄마의 편지를 쳐다보았다.

"여기 봐, 엄마도 희망을 잃지 않는다고 썼어."

리디는 공허하게 웃었다. 엄마와 맞춤법 실력이 비슷했기 때문에 처음에는 엉망으로 쓰인 엄마의 편지가 우습다는 생각이 들지 않았다. 하지만 찰리가 웃자 그녀도 따라 웃기 시작했다. 가슴에 박혀 지독한 아픔을 주는 그런 웃음이었다.

친절한 친구들

"엄마는 송아지에 대해서는 아무런 말도 없었어."

리디는 슬픔에 젖어 짐을 꾸리다가 갑자기 떠오른 생각을 말했다. 찰리가 대답했다.

"우리가 알려주지 않았으니 엄마가 송아지에 대해 할 말이 있을 리 없지."

"찰리, 송아지는 마땅히 우리 것이라는 점을 명심하렴."

찰리는 정직함이 밴 고개를 똑바로 쳐들더니 의아하다는 듯이 리디를 쳐다보았다.

리디가 말했다.

"틀림없어. 스티븐스 씨에게 황소를 빌려온 사람은 우리야. 엄마는 송아지가 태어나는 데 아무런 도움도 주지 않았어."

"그에게 진 빚이⋯⋯."

"엄마는 밭, 말과 소를 남들에게 빌려주기로 했어. 너는 공장에 보내고 난 식모로 보낸다고 했지. 그딴 식으로 우리를 팔아버린 엄마에게 송아지에 대한 권리를 주는 건 말도 안 돼."

리디는 한 손을 허리춤에 대고 허리를 곧게 펴고는 찰리에게 물었다.

"넌 송아지로 뭘 하고 싶으니?"

찰리는 달콤한 시럽을 만들어주는 가늘고 긴 설탕단풍나무 쪽을 말없이 바라보았다.

"난 공부하고 싶어."

리디가 대답했다.

"보기 좋게 살이 오른 암송아지야. 오래오래 키우면서 우유를 짜내다 팔면 돈을 벌 수 있어."

"그래봤자 엄마에게 다 빼앗길 뿐이야."

"그건 안 돼."

리디는 3년간 말 못한 화가 치밀어오른 듯 날카롭게 반응했다.

"우린 지금까지 엄마의 뒤치다꺼리를 해왔고 또 그걸 당연하게 생각해왔어. 이젠 안 돼!"

그러더니 기분을 조금 누그러뜨려 말을 이었다.

"엄마에게 돈을 보내면 안 돼. 돈을 보내봤자 주다 이모부에게 줄 거고, 이모부는 세상의 종말이 오면 아무것도 필요 없다고 떠들어대는 목사에게 그 돈을 줄 테니까."

리디는 동생에게서 고개를 돌렸다.

"너와 난 그런 식으로 살지 말자. 아빠가 올 때를 생각해서 무슨 수를 써서라도 이 농장을 지키자. 돈이 생기면 땅에 묻어두는 거야. 우리가 빚에서 풀려나면 이곳으로 돌아와 그 돈을 파내어 종자 씨앗을 사서 다시 시작하자."

"엄마는 이 농장도 팔아버릴 거야."

"그건 안 돼. 아빠가 살아 있는 한 그럴 수 없어."

"글쎄……."

"아빠가 돌아올지 말지는 아무도 몰라. 하지만 우리는 돌아온다고 믿자. 아니면 아빠가 우리를 부를 수도 있어."

"나는 아빠가 우리를 찾지 않았으면 좋겠어."

리디가 말했다.

"아빠한테 그냥 여기서 살자고 조르자."

리디는 동생의 가냘픈 어깨를 감싸주려다가 그만두었다. 누나가 동생을 아직은 용감한 남자로 여기지 않는다는 느낌을 주고 싶지 않았다.

"찰리, 우린 좋은 짝꿍이지, 응?"

"황소 짝꿍, 노새 짝꿍?"

찰리가 이를 드러내며 웃었다.

"내 생각에는 황소 같기도 하고 노새 같기도 해."

그들은 통나무집을 청소했다. 거친 널빤지 바닥을 쓸었다. 길옆에 늘어선 농장 집과 녹음이 우거진 고급 주택과는 비교할 수 없을 정도로 소박한 집이었다. 코네티컷 밸리의 가난한 농부의 일곱 번째 아들로 태어난 아빠는 아이들이 태어나기 전에 땅을 사서 통나무집을 지었다. 매해 메이플 슈거³, 귀리를 거두고 잿물⁴을 만들어 팔아서 비와 눈보라가 들이닥치는 헛간이 아닌, 튼튼한 창고가 딸린 크고

---

3 사탕단풍나무에서 얻은 수액으로 만든 설탕.
4 짚이나 나무를 태운 재를 우려낸 물로, 과거에는 빨래할 때 썼다.

집다운 집을 짓겠다는 것이었다. 하지만 시럽은 충분히 얻지 못했다. 귀리 생산량은 가족이 먹기에도 모자랐다. 땅을 개간하면서 잿물로 만들 만한 나무 그루터기는 많이 찾아냈지만 갑자기 영국에서 잿물이 필요 없게 되었고, 그렇다고 버몬트에서 잿물에 대한 수요가 있었던 것도 아니었다. 아빠는 큰돈을 빌려 양 세 마리를 샀다. 목돈을 쥘 수 있을 만큼의 양털을 모았을 때 양털 가격이 폭락하고 말았다. 그에게는 정말 운이 따르지 않았다. 아이들도 그렇게 생각할 정도였지만 그는 아이들을 사랑했고, 아이들을 위해 열심히 일했다. 아이들 역시 그런 아빠를 뜨겁게 사랑했다.

찰리가 애써보았지만 문은 여전히 꽉 닫히지 않았다. 집에 들어왔던 곰이 떠오르면서 자신들이 집에 없을 때 야생 동물이 들어오지는 않을까 걱정스러웠다. 그때 찰리가 장작더미를 문 앞으로 옮기자고 했다. 숨을 헐떡였고 온몸이 땀으로 젖었지만 한 시간이나 걸려 장작을 문 앞에 쌓고 나니 뿌듯해졌다.

이제 조금 마음을 놓을 수 있게 되었다. 찰리는 밭을 가는 말의 등에 올라탔다. 그의 신발 뒤축이 말의 옆구리를 자극했다. 리디는 소를 끌고 그 뒤를 바짝 붙어 따라갔다. 그녀는 자신의 옷들이 담긴 자루를 들고 있었다. 작아서 신기 불편한 부츠는 끈으로 묶어 어깨에 걸었다. 먼 거리에는 오히려 맨발이 더 편할 것이다. 송아지는 묶을 필요가 없었다. 멈춰 서서 자신에게 젖을 달라고 보채며 투정을 부리는 녀석은 엄마 소 뒤를 춤추듯 따라갔다.

5월의 끝자락이었다. 길은 진흙이 말라붙어 울퉁불퉁했지만, 리디는 땅을 보지 않고 걸었다. 새들은 길 양 옆으로 줄지어 심은 높다란 나무 위에서 뛰어놀았고, 연둣빛 새순과 소나무와 전나무의 짙푸른 잎사귀에 묻혀 재잘거리며 노래를 불렀다. 여기저기 핀 꽃들은 밤이 오면 가혹한 서리가 내린다는 사실을 잊은 채 벌써부터 한여름의 옷을 입고 춤을 추려 했다.

리디는 상큼한 공기를 들이마셨다.

"봄이야."

찰리가 고개를 끄덕였다.

"공장에 가기 싫지?"

리디가 물었다. 찰리가 어깨를 으쓱했다.

"지금은 잘 모르겠어. 그리 나쁠 것 같지는 않아. 먼지를 뒤집어쓰는 곳일 거야. 아마 게으름 부리는 것은 상상도 할 수 없겠지?"

리디가 웃었다.

"너는 게으름 부리는 행동이 뭔지 모르잖아, 찰리?"

그가 그렇다는 듯이 미소를 지었다.

"그냥 우리 집에서 살고 싶다."

리디가 한숨을 쉬었다.

"우리는 돌아올 거야, 찰리. 반드시 그렇게 될 거야."

그들은 거의 같은 의미로 아빠가 했던 말인 '확실히'라는 단어를 생각하며 침묵했다.

"확실히. 난 그렇게 믿어."

리디가 말했다. 그가 미소를 지었다.

"당연하지."

저 멀리 스티븐스의 농장이 보였다. 넓은 챙이 달린 검은색 중절

26

모자를 쓴 스티븐스와, 역시 같은 모자를 쓴 장성한 세 아들이 그를 포위하듯 둘러싸고 있었다. 황소에 붙들어 맨 수레에는 그들이 새로 땅을 개간하면서 캐낸 돌들로 벌써 반쯤 채워져 있었다.

길옆에는 수년 사이에 새로 지은 주택이 서 있었다. 처음에는 북쪽 끝에 소금 알갱이 같은 사각형의 집이 들어섰는데, 그 뒤로 단층의 작은 나무집으로 변하더니 그 옆에 헛간, 창고, 화장실, 두 개의 곳간과 연결되는 통로를 지었다. 작은 집에서 큰 집으로 변하고 있는 중이었다. 소박한 삶을 추구한다는 퀘이커 교인의 입장에서 보면 그들은 부자였다.

질투심이 가시넝쿨처럼 슬며시 올라왔다. 리디는 그 넝쿨을 뽑아 버리려 했지만 질투의 뿌리는 아주 깊이 박혀 있었다.

리디와 찰리가 부르기도 전에 그들이 먼저 알아보았다. 스티븐스는 손을 흔들더니 모자를 벗고 셔츠 소매로 이마를 쓱 문질러 땀을 닦은 다음, 다시 모자를 쓰고 들판을 가로질러 길 쪽으로 다가왔다.

"내 소가 너희에게 도움이 된 모양이구나."

그가 미소를 지었다. 그의 얼굴은 넓적했고 붉었다. 머리는 곱슬머리였는데, 귀 근처는 회색빛이었다. 송충이 같은 눈썹이 그의 친절한 눈 위에 왕관처럼 올라앉아 있었다.

"감사하다는 말씀을 드리고 싶었어요."

리디는 머릿속으로 공정하면서도 정직하게, 그러면서도 그의 몫도 섞인 이 송아지를 얼마를 달라고 해야 가장 큰 이익을 볼 수 있는지 계산했다.

"그 말 하려고 이 짐승들을 끌고 8킬로미터나 걸어온 거야?"

27

그는 양털 같은 눈썹을 추켜세우며 물었다. 리디가 얼굴을 붉혔다.

"사실은 말과 소를 웨스트코스 씨 댁으로 가져가는 중이에요……. 빚을 갚기 위해서요. 그리고 이 예쁜 송아지도 당장 팔아야 해요. 엄마가 우릴 일할 곳으로 보내기로 하셨거든요."

"그럼 집을 떠나는 거야?"

"농장도 빌려주셨어요."

순간 그녀의 목소리에 슬픔이 스쳤다.

"찰리와 전 아빠가 서부에서 돌아올 때까지 기다릴 생각이었지만 이제는……."

"너희 같은 어린애 두 명이서 이번 겨울을 난 거냐?"

리디는 곁에 서 있는 찰리의 몸이 뻣뻣하게 굳는 것을 느끼면서 대답했다.

"잘 지냈어요."

스티븐스는 다시 모자를 벗고 얼굴과 목을 문지르며 차분하게 말했다.

"내가 이웃을 돌봐야 했는데 그렇지 못했구나."

리디는 울컥했다.

"그럴 필요가 없으시지요, 당연히. 돌봐야 할 가축이 주체 못 할 만큼 많은데……."

"내가 송아지를 20달러 쳐주마."

그가 조용히 말했다.

"아니, 25달러. 나도 이 녀석이 좋은 씨라는 것을 알잖니."

그가 미소를 지었다. 리디는 잠시 생각해보는 척하고는 대답했다.

"그 정도면 적절한 것 같군요."

"사실 송아지의 절반은 아저씨 것이에요."

찰리는 리디가 입 다물라고 팔꿈치로 찌르기 전에 불쑥 내뱉고 말았다. 동생의 정직함은 누나의 죽음이었다. 그러나 친절한 아저씨는 고집을 꺾지 않았다. "이렇게 살이 잘 오른 암송아지는 충분히 그만큼 값이 나간단다. 너희가 잘 키웠구나."

그들은 아이들을 집 안으로 들여 송아지 거래를 마쳤다. 벌써 주린 배를 달래야 하는 점심때였다. 실내는 아이들의 통나무집과 헛간을 합친 것보다 더 넓었다. 그들이 있던 곳은 부엌 겸 거실로 쓰는 방이었는데 한쪽 구석은 실을 뽑고 옷감을 짜는 공간이었다. 스티븐스는 천을 짜는 기계인 직조기가 있을 정도로 부자였다. 소의 젖을 짤 수 있게 될 때까지 토끼와 나무껍질, 작년에 먹다 남은 곰팡내 나는 감자로 연명했던 아이들에게 길쭉한 떡갈나무 식탁에 차려진 음식은 황제의 것처럼 보였다.

스티븐스 부인의 얼굴은 남편처럼 넓적하고도 붉은색이었다. 이분 역시 친절했다. 그녀는 앞으로도 많이 걸어야 할 아이들에게 음식을 두둑이 먹어두라고 권했다. 그녀의 말에 스티븐스는 못이 필요하다는 사실이 생각났다. 그가 아들들에게 그들 중 한 명이 아이들을 공장에 데려다주고 마을로 가서 못을 사도 되겠다고 말했다. 마차의 뒤에 소와 말을 매달면 웨스트코스트 집까지는 도보로 갈 때처럼 한 시간 정도 걸릴 것이다.

아들들은 모자를 벗고 식탁에 앉았다. 그들은 리디가 생각했던 것보다 어려 보였고, 또 무뚝뚝해 보이지도 않았다. 막내인 루크는 리디가 학교를 다닐 때부터 자주 봤다. 키가 작은 그녀가 맨 앞줄에 앉을 때 그는 교실 맨 뒤에 앉던 열여섯 살의 어른 같은 청년 중 하나였다. 하지만 아버지가 집을 나간 후부터는 동생들을 엄마에게만 맡겨둘 수 없어서 단 한 번도 학교에 나가지 않았다. 찰리는 집안이 더 어려워지기 전에는 4개월 동안 진행되는 학기의 대부분을 학교에 나갈 수 있었다. 리디는 공장 주인이 동생이 공부할 수 있도록 배려해주기를 고대했다. 그녀가 알기로는 공장 주인은 정직하고, 공부하는 것에 대해 부정적이지 않았다. 루크는 말과 소를 마차의 뒤에 묶고는, 보지 않는 척하면서 리디에게 손을 내밀었다. 리디는 자신을 어린아이나 힘없는 여자 취급하는 남자의 도움 따위는 받고 싶지 않았다. 그녀는 마차 위로 힘차게 뛰어오르고 나서야 자신이 좁아터진 의자에서 루크와 찰리의 가운데에 끼게 되었다는 것을 알았다. 가급적 품위 있게 보이도록 자세를 취했다. 남들과 몸이 닿는다는 것이 여간 어색하지 않았다. 집에서도 가족끼리 몸이 닿는 일은 거의 없었다. 덩치가 산 만한 남자와 몸을 붙이고 보니 자신이 왜소한 느낌이 들면서 입이 얼어붙었다.

루크도 말을 많이 하는 성격은 아니었다. 그는 간혹 몸을 앞으로 기울여 옆을 보면서 리디와 찰리에게 말을 걸었다. 찰리에게는 앞으로 일할 공장에 대해 얼마나 아는지를 물었다. 찰리의 상냥하면서도 높은 목소리는 남자다운 낮은 목소리를 내는 루크와 대비되어 그를 더욱 어려 보이게 했다. 세상은 공평치 않다. 이렇게 성숙한 루크에게는 그를 돌보아주고 같이 살아줄 부모와 형제들이 있는데, 어린 찰리는 혼자서 세상을 개척해야 한다. 리디는 쥐고 있던 자루 밑바닥에 동전 하나가 들어 있음을 느꼈다. 그녀는 울지 않으려면 이걸 집어야 한다면서 이를 악물고 그 동전을 쥐었다.

"그럼 농장은 그냥 묵혀두는 거야?"

루크가 찰리에게 물었다.

"아니 빌려주는 거야. 밭, 목초지, 설탕단풍나무가 있던 곳도 몽땅. 빚은 갚아야 하니까. 집과 헛간은 그냥 비어 있을 거고……, 지붕 위에 눈이 쌓이지 말아야 할 텐데."

리디는 찰리의 걱정 어린 말이 지나친 것 같아 듣기 거북했다.

"별일 없을 거야. 앞으로 2년이면 돌아올 텐데 뭘."

"내가 들여다볼 수 있어. 그래도 상관없겠지? 지붕에 눈이 많이 쌓일 것 같으면 내가 치워줄게."

"아니, 뭐."

리디가 사양할 뜻을 표하려 했지만 찰리가 먼저 고맙다고 말했다.

"사실 우리가 해야 할 일인데…… 그렇게 해준다면 걱정할 필요가 없겠어. 누나와 난 아빠가 돌아올 때까지 꿋꿋이 버틸 거야. 그렇더라도 너무 애쓰지는 마."

"걱정 붙들어 매."

루크가 상냥하게 대답했다.

"길에 눈이 쌓이면 아무도 집 근처에 갈 수 없을 텐데."

루크는 리디에게 걱정할 필요가 없다는 듯 미소를 보냈다.

"난 눈을 얼마든지 넘어 다닐 수 있어. 혼자서 운동을 하는 셈이지. 아마 너희 집은 겨울에도 인적이 끊이지 않을 거야."

그의 말에 리디는 자신이 어린아이 같다는 느낌이 들면서 찰리에 대한 책임감이 들었다.

웨스트코트 씨에게 말과 소를 무사히 전했다. 강변의 평지에 위치한 그의 농장에는 벌써 옥수수 새순이 올라왔다. 리디는 웨스트코트 씨가 정이 들대로 든 자신의 늙은 소와 말을 끌고 가는 모습을 보았다. 말쑥한 웨스트코트 씨에 비하면 리디와 찰리는 닭들이 노니는 마당에 내려앉아 허겁지겁 모이를 쪼아 먹는 허기진 참새 꼴이었다.

그들은 조금 가벼워진 마음으로 강변도로를 따라 베이커 씨 공장으로 향했다.

"여기서부터 걸어갈 수 있어."

찰리가 고집을 부렸지만 루크는 고개를 흔들며 웃었다.

"집에 빨리 가봤자 돌이나 날라야 한다고."

리디는 자신이 동생과 이별하는 모습을 루크가 보지 않았으면 했다. 하지만 그가 있어서 차라리 잘됐다는 생각도 들었다. 둘만 있으면 마음이 약해져 동생을 그곳에 못 떼어놓을지도 모른다.

"떨어져 있어봤자 난 마을에 있게 될 거니까 네가 찾아올 수 있을 거야."

찰리가 작은 손으로 누나의 팔을 잡았다.

"걱정 마, 누나. 누난 괜찮을 거야."

리디는 오히려 동생이 자신을 위로하는 모습에 웃음이 나오려고 했다. 아니, 울음이 나올 것 같았다. 그녀는 동생의 작은 몸을 삼킬 듯이 입을 벌린 거대한 공장을 바라보았다. 찰리는 공장 입구로 몸을 돌렸다. 큰 마차가 충분히 지나갈 만큼 넓은 통로였다. 찰리가 손을 흔들었다. 리디가 말했다.

"이제 가. 늦었어."

루크가 우스꽝스러운 모자의 끝을 들어 올리며 고개를 끄덕였다.
"커틀러 여관이야."
공장을 떠난 이후로 둘 사이에는 대화가 없었다.
"문까지 따라가 줄까?"
루크가 낮은 돌담장에 널빤지를 가로세로로 연결해 붙여놓은 문
앞에 마차를 세우며 말했다. 리디는 난감했다.
"아니, 필요 없어. 사람들이 보면 내가 마차를 타고 온 걸 이상하
게 생각할 거야."
그녀는 서둘러 내렸다.
루크가 이를 드러내며 웃었다.
"조만간에 다시 봤으면 좋겠다. 네 집은 내가 자주 가볼게."
그가 의자에 몸을 기댔다.
"찰리도 찾아가 볼 거야. 좋은 녀석이거든."
리디는 그의 말에 좋아해야 하는 것인지, 고민해야 하는 것인지
알 수 없었다. 루크는 혀를 차고는 마차를 몰고 멀어졌다. 이제 그녀
혼자 새 삶을 개척해야 하는 것이다.

3
커틀러 여관

리디는 루크가 마차를 몰고 길모퉁이를 돌아 보이지 않을 때까지 문밖에서 기다렸다. 제비 한 쌍이 훅 내려가다가 집 중앙에 위치한 큰 굴뚝 주변에서 솟구쳐 오르는 모습이 보였다. 여관은 스티븐스의 농장보다 더 컸다. 현관, 헛간, 두 개의 창고 그리고 4층짜리 건물이 줄지어 늘어서 있었다. 최근에 붉은 황토색과 뿌연 버터밀크색 페인트를 섞어 칠한 건물이 마치 줄지어 늘어선 거대한 사탕무처럼 우뚝 서 있었다. 갓 자란 푸른 풀로 무성하게 뒤덮인 목초지에는 양과 살찐 젖소 들이 점처럼 박혀 있었다. 거실 문 앞과 현관 앞에는 큼지막한 설탕단풍나무가 서 있었는데, 버터 만드는 기계와 냉각 팬이 보이는 것으로 봐서 들어가면 부엌이 나올 것 같았다.

일단 안으로 들어가면 자유를 잃게 된다는 생각이 들었다. 집이 겉보기에 아무리 좋더라도, 그 안으로 발을 딛는 순간 흑인 노예와 다를 바 없는 하인의 신세가 되는 것이다. 얼마 전까지만 해도 언덕배기 통나무집, 드문드문 놓인 밭과 설탕단풍나무를 다스리는 여왕이 아니었던가. 하지만 지금부터는 내가 누렸던 모든 것을 다른 사람들이 마음대로 하게 될 것이다. 엄마는 어쩌자고 그런 어처구니없

34

는 결정을 내렸을까. 딸과 아들이 공장과 여관에서 일한다는 사실을 알면 아빠는 틀림없이 충격받을 것이다. 가난한 사람들이 일단 밥을 먹이기 위해 자식들을 일자리로 내보내는 경우가 많은데, 이번 일은 상황이 다르다. 그녀와 찰리는 적어도 입에 풀칠은 할 수 있었다. 1년에 한 번 추수하고 설탕단풍나무에서 설탕을 만들어 팔면 생계를 유지할 수 있었고, 또 남매가 떨어질 필요도 없었다.

리디는 소름 끼치는 소음에 깜짝 놀라 백일몽에서 깨어났다. 어디서 저렇게 시끄러운 소리가 난 것일까 알아볼 틈도 없이 금속 고삐에 침 거품을 묻힌 채 사나운 이빨을 드러내며 큼지막한 머리를 흔들어대는 말들이 역마차를 이끌며 나타났다. 마차는 크게 경적을 울리면서 모퉁이를 돌았다. 마부가 소리를 질렀는데, 리디는 그가 자신을 향해 소리친다는 사실을 깨달았다. 그녀는 황급히 벽에 몸을 바짝 붙였다. 마부는 고삐를 잡아당기면서 뒤를 돌아보며 리디에게 고함을 질러댔다. 마차는 그녀가 서 있던 바로 그 자리에 멈추었다.

미안하다고 해야 하나? 그럴 필요가 없는 것이, 마부는 더 이상 그녀에게 신경 쓰지 않았다. 그는 헛간에서 달려 나온 소년에게 마차를 넘겨주었다. 부엌에서 한 부인이 달려 나와 마차에서 뻣뻣하게 몸을 빼내는 승객들을 맞았다. 리디는 매우 근사하게 차려입은 그들을 쳐다보았다. 비버 모피 모자에 주름 잡힌 셔츠를 입은 한 신사가 마차 계단에 발을 내딛는 여인의 손을 잡아주었다. 여인의 얼굴은 화려한 보닛5에 가려 보이지 않았는데, 모자의 가장자리에는 그녀의 겉옷

---

5 여자나 어린아이가 쓰는 모자로, 턱 밑에서 끈을 맨다.

과 잘 어울리는 장미가 장식되어 있었다. 실크 옷일까? 진짜 실크를 본 적이 없었던 터라 확신할 수는 없지만 옷감은 아기의 뺨처럼 보드라운 핑크빛이었다. 그녀의 양어깨에는 짙은 핑크빛 숄이 걸쳐져 있었다. 리디는 여인이 먼지가 풀풀 날리는 마차를 타고 북쪽 지방으로 여행을 오면서 그렇게 고운 옷을 입은 것이 이해되지 않았다.

여인은 안전하게 땅에 내려서고는 리디를 바라보았다. 그녀의 얼굴은 예쁘고 단정했으며, 백지장처럼 하얗다. 우아한 외모였다. 그녀는 리디에게 미소를 지었다. 전혀 도도하지 않은, 매우 친절한 미소였다. 리디는 부인이 자신을 쳐다본다는 사실을 알아채고는 입을 꼭 다물고 시선을 돌렸다.

부엌을 뛰쳐나온 뚱보 여인이, 우아한 여인과 그녀를 호위하는 신사, 또 다른 두 명의 여행객을 낮은 정문 안으로 밀어 넣어 여관 건물의 북쪽 끝 문으로 인도하면서 리디와 부인의 갑작스러운 만남이 이루어졌다. 뚱보 여인이 리디에게 시선을 돌렸다. 그녀가 벽 쪽으로 다가와 쉰 목소리로 물었다.

"넌 여기서 뭐하는 거냐?"

그녀는 길 잃은 개가 자신의 집에 너무 가까이 있어서 신경 쓰인다는 듯이 리디의 아래위를 훑어보았다. 자신의 차림새를 의식하지 않던 리디는 그제야 자신이 보닛을 쓰고 있지 않으며, 머리칼이 먼지투성이라는 것을 깨달았다. 리디는 마대를 잘라 만든 초라한 갈색 옷을 조금이라도 가리기 위해 팔짱을 꼈다. 솟아오르기 시작한 가슴팍은 꽉 끼지만 복사뼈 위로는 제멋대로 흔들거리는, 끝자락이 해어진 그런 옷이었다. 그녀는 갈색의 맨발을 그냥 드러낸 채였고, 작아서 신기 어려운 부츠는 어깨에 걸려 있었다. 루크의 마차에서 내릴 때 신는다는 것을 까맣게 잊은 것이었다.

부인의 싸늘한 시선을 받자 정신이 번쩍 든 리디는 소매를 올려 코와 입 주위를 닦았다. 여인이 말했다.

"어서 가거라. 여긴 가난에 찌든 농장이 아니라 고급 여관이란다."

3월의 어느 날 아침에 나무뿌리에서 줄기로, 잎으로 수액이 솟아오르듯 리디의 분노도 아래서부터 치밀며 올라왔다. 목을 가다듬고 똑바로 섰다.

"리디 워든이라고 해요. 엄마의 편지를 갖고 왔어요."

여인이 불쾌한 표정을 지었다.

"네가 새로 온다는 그 계집애냐?"

"그런 것 같군요."

리디는 마대를 잡은 손에 더욱 힘주면서 대답했다.

"너하고 실랑이할 시간 없다. 부엌에 들어가서 트리피나에게 씻을 곳이 어딘지 물어보렴. 여기서는 항상 깨끗한 차림이어야 한다."

리디는 뭔가를 말하려다가 입술을 깨물고 여인의 얼굴을 똑바로 쳐다보았다. 여인은 눈을 껌벅하고는 몸을 돌려 정문에서 기다리는 손님들을 맞기 위해 종종걸음을 쳤다.

음식을 준비하느라 여주인 못지않게 분주한 주방장 트리피나는 식탁에 음식을 내려놓느라 분주해서 꾀죄죄한 몰골의 새 하녀에게는 별다른 관심을 보이지 않았다.

"저쪽에 앉아 있어."

그녀는 고갯짓으로 큰 화로 옆의 낮은 의자를 가리켰다. 리디는 스티븐스의 마차를 타고 오랫동안 울퉁불퉁한 길을 왔기 때문에 차라리 서 있고 싶었다. 하지만 새 직장에 온 지 10분도 안 되었는데 여주인뿐만 아니라 주방장 아주머니의 신경을 거슬리게 해서는 안 될 것 같았다.

부엌은 통나무집의 세 배만 했다. 부엌 한복판에는 큼지막한 화로가 있었다. 리디는 몸을 펴고 그 앞으로 다가갔다. 머리부터 발끝까지 온기가 느껴졌다. 굴뚝 오른쪽에는 벌집처럼 생긴 대형 오븐이 있었다. 빵 굽는 냄새가 얼마나 고소한지 근사한 점심을 먹었다는 사실을 까맣게 잊을 정도였다. 푸짐한 식사를 하게 되면 그걸 당연하게 받아들이게 되는 것이 문제다. 어쩌다 한 번 그런 대접을 받는 것이 아니라 매번 그렇게 먹어야 한다는 생각이 드는 것이었다.

화로 위에는 어린아이 두 명쯤은 한 번에 들어가 목욕할 수 있을 만한 커다란 솥이 걸려 있었다. 솥 안에는 홍당무, 양파, 콩, 감자가 꽉 들어찬 진한 스튜가 거품을 내며 끓고 있었다. 꼬챙이에 꿴 닭들은 마법에 걸린 것처럼 스스로 도는 듯했다. 하지만 리디의 시선은 화로 위의 가죽끈에 고정되었다. 그 가죽끈에는 큼지막한 금속 추가 달려 있었고, 그 추에는 꼬챙이들이 붙어 있었다. 아버지가 저 장치를 봤으면 싶었다. 아버지가 나무로 이런 장치를 만들어준다면 지루하게 꼬챙이를 돌리고 있을 필요가 없기 때문이었다. 하지만 냉정하게 판단했을 때 저 장치는 부자들이나 구입할 수 있는 물건일 가능성이 높았다. 직조기를 들여놓을 정도로 부자인 스티븐스의 집에서도 저런 물건은 보지 못했다.

"움직여라."

몸집이 큰 그 주방장 여인은 화로에서 음식을 꺼내며 리디를 흘끗 쳐다보았다.

"평범하게 생겨서 다행이구나. 그렇지 않으면 손님들이 가만 내버려두지 않거든."

그녀는 국자로 스튜를 떠 큰 대접으로 옮기면서 말했다.

"사고 일으키지 않을 거지?"

리디는 의자를 집어 들어 구석으로 갔다. 그녀는 예나 지금이나 전혀 예쁘지 않지만 아주 열심히 일하는 성격이었다. 주방장에게 바로 그 점을 보여줄 각오였다. 지금 도와드리겠다고 말해야 하나? 하지만 그녀는 화로에서 꺼낸 음식을 방 한복판에 놓인 긴 나무 식탁으로 옮기느라 무슨 얘기를 해도 듣지 않을 것이었다. 리디는 눈앞의 장면이 두려운 나머지 몸을 움츠리며 두 발을 의자 밑으로 감추었다. 모든 손님이 부엌에서 식사를 하는 걸까? 그렇다면 나는 어디로 숨어야 하지?

이러한 의문에 대답이라도 하려는 듯 여주인이 남자아이 하나를 데리고 왔다.

"서둘러."

여주인은 솥에서 꺼낸 음식을 개인 대접으로 옮기고, 그 대접을 소년이 방으로 옮기는 과정을 감독했다. 그녀는 지시 사항을 웅얼거리다가 겉만 그럴 듯한 숙녀지, 실상은 여직공에 불과한 반갑지 않은 손님에 대해 투덜거렸다. 부엌 한구석에 앉아 있는 리디를 보았다면 그런 소리를 하지 않았을 것이다. 리디는 차라리 무시당하는 것이 다행스러웠다. 몸을 씻은 후 먼지투성이 옷을 벗어던지고 깨끗한 옷으로 갈아입으면 달라 보일 수 있기 때문이었다. 여행을 떠난 답시고 그래도 좀 나은 옷을 입지 않았다면 어쩔 뻔 했겠는가. 자루에는 더 작고 낡은 옷이 들어 있었다. 자신의 몸이 여성스러운 옷에는 어울리지 않는다는 사실에 짜증이 났다. 여자가 남자처럼 당당한 체구를 가지면 안 되는 것일까. 남자였으면 얼마나 좋을까. 그랬다면 아버지는 돈 벌러 집을 떠날 필요가 없었을 것이다. 장성한 아들의 도움으로, 언덕의 농장만으로도 얼마든지 가족을 부양할 수 있었을 것이다.

하지만 그녀는 아무리 소망하고 발버둥 쳐도 계집아이일 수밖에 없었다. 보통 여자애처럼 깡마르고 생동감이 넘치지만 최근에 일어난 몸의 변화는 소년이 되고 싶은 그녀의 기대를 짓밟는 것이었다. 가슴은 작았고, 엉덩이 윤곽도 보이는 둥 마는 둥이었지만 이러한 변화가 바로 여자가 되어간다는 증상이라는 사실은 부인할 수 없었다.

아버지는 집을 떠나기 전만 해도 리디에게 엄마의 집안일을 돕게 했었다.

"엄마가 네 동생들을 낳느라 몸이 좋지 않구나."

하지만 양털이 다 떨어져 더 이상 실을 짤 수 없게 되면서부터는 엄마가 리디에게 기대 집안일을 하지 않으려 한다는 사실을 알았다. 시간이 흐르면서 요리하고, 버터를 만들고, 청소하고, 동생들을 돌보는 집안일은 서서히 리디 몫이 되었다. 엄마는 한동안 아마천을 짜기는 했다. 집에 직조기가 없었으므로 아마로 옷감을 만들려면 돈을 주고 기계를 빌려와야 했다. 아버지는 엄마가 지은 셔츠를 입고 집을 떠났다. 엄마가 마지막으로 만든 옷이었다. 리디는 계속해서 옷감을 짜고 싶었다. 하지만 집을 떠난 아버지 대신 바깥일에 집중하다 보니 밤에는 희미한 촛불 밑에서 옷감을 짤 여력이 남아 있지 않았다.

지난겨울에는 셔츠 하나를 짰다. 키가 커서 맞는 옷이 없었던 찰리는 아버지가 두고 간 낡은 울 셔츠를 잠옷처럼 걸치고 다녔다.

커틀러 부인은 상점에서 산 옥양목 가운을 리디에게 주었다. 그녀가 지금 입은 거친 갈색 옷보다 부드럽고 또 잘 맞았지만 그녀에게는 어울리지 않았다. 어찌 하녀의 옷을 좋아할 수 있을까. 또 리디는 하녀용 부츠도 받았다. 부츠가 발을 꽉 쪼일 정도로 작았기 때문에 오랫동안 서 있으려면 맨발이 편했지만 주인에 대한 충성심의 표시로 그 신발을 안 신을 수 없었다. 다행히 몇 주라는 시간이 흐르면서 물집이 생겼다 없어지기를 수백 번 반복하니 신발이 점차 부드러워지고, 또 한두 시간 정도는 신발의 불편함을 잊고 지낼 수 있게 되었다.

커틀러 사람들은 평범하다고 할 수 없었다. 부인은 체격이 컸고, 그 체격에 어울리게 모든 곳을 감시하는 능력이 있는 듯 보였다. 부자 중의 부자인 그녀가 어쩜 이렇게 인색할 수 있을까. 그녀는 실눈을 뜨고 밀가루 한 숟가락, 빵 한 조각까지 점검했다.

리디는 감히 빵 부스러기조차 주워 먹을 엄두를 내지 못했다. 하지만 윌리 하이드는 아침 식사가 끝난 식탁 위의 접시들을 부엌으로 나르면서 마지막 남은 빵을 재빨리 낚아챘다. 찰리보다 한 살 정도 위인 듯 보이고 자작나무처럼 어색하게 키가 큰 윌리는 부인의 지시라면 절대적으로 따랐고, 여관이 바쁘지 않으면 헛간이나 가축우리 혹은 밭에 심부름을 다녔다. 리디는 말은 하지 않았지만 마음대로 밖을 돌아다닐 수 있고, 그럴 때마다 부츠를 벗을 수 있는 그가 부러웠다.

커틀러 부인은 제비를 노리는 고양이처럼 리디의 크고 작은 행동 하나하나를 감시했다. 하지만 리디는 책잡힐 행동을 하지 않으리라 단단히 각오한 상태였다. 태어나서 지금처럼 열심히 일해본 적이 없었다. 잠시도 틈을 보이지 않고 일하는 그녀에게 누가 수다를 떨자고 다가오겠는가? 누가 새의 지저귀는 소리를 듣고, 석양을 바라보고, 갓 태어난 송아지가 길고도 우스꽝스러운 다리로 엄마 소에게 다가가는 모습을 지켜보자고 할 것인가? 찰리를 그리워해보았자 가슴에 돌덩이가 들어찬 것처럼 마음만 무거워질 뿐이었다.

리디는 창문 없는 통로의 처마 밑에서 잠을 잤다. 늦봄이긴 하지만 아직 여름이 오지 않았는데도 덥고 숨이 꽉 막히는 곳이었다. 무료 숙박객들은 좁은 통로의 창문 딸린 방을 차지하고 있었는데 식모와 공간을 같이 써야 한다는 원칙을 고수하는 여주인은 그들을 새벽부터 밤늦게까지 일을 시켰다.

리디는 가급적 말을 하지 않고 주의 깊게 들으려 했다. 찰리에게 들려줄 얘깃거리를 모으기 위해서다. 편지 쓰는 것은 생각해보지 않았다. 찰리가 그녀의 조잡한 필체와 엉터리 스펠링을 확인할 때마다 창피스러웠다. 그뿐만 아니라 편지지와 우표 살 돈도 없었다. 송아지를 판 돈은 땡전 한 푼 쓸 수 없었다. 너무 지쳤거나 날씨가 더워 쉽게 잠들 수 없는 밤에는 밀짚 매트리스 밑에 숨겨놓은 마대를 꺼내어 어둠 속에서 돈을 세어보았다. 어린 애그니스가 엄지손가락을 빠는 것처럼, 리디는 아무리 그러지 않으려 해도 돈 세는 일을 멈출 수 없었다. 그 여름 동안 그녀에게 위안이 되어준 건 돈 세는 일뿐이었다.

* * *

9월이 가까워질 때쯤, 보드라운 핑크빛 실크 옷을 입은 여인이 다시 나타났다. 이번에는 버몬트의 벌링턴에서 출발한 역마차를 타고 왔다. 그녀는 저녁을 먹으면서 매사추세츠 로웰에 간다고 말했다. 다른 투숙객이 그녀에게 무슨 일로 로웰에 가느냐고 묻자 그녀는 미소를 지으면서 "해밀턴 공장에서 일한답니다"라고 답하며, 그의 눈을 쳐다보면서 "저는 공장에서 일하는 직공이에요"라고 덧붙였다.

질문을 던졌던 남자는 뭐라 중얼거리다가 시선을 죽 그릇으로 옮겼다. 여인은 미소를 지으면서 그 남자를 쳐다보다가 자신을 바라보는 리디를 발견하고는 마치 자신의 동료를 발견하기라도 한 것처럼 더욱 활짝 미소를 지었다. 남자가 술을 마실 수 있는 장소로 옮겨 가자, 여인은 자신의 멋진 드레스와 잘 어울리는 작은 실크 가방에서 책 한 권을 꺼내 읽을 참이었다.

"우리 전에 만나지 않았었나?"

리디는 그녀가 누구에게 말을 거는지 확인하기 위해 고개를 뒤로 돌렸다. 방 안에는 그 여인과 리디뿐이었다.

"여름을 보내려고 농장에 가던 5월 말이었을 거야."

리디는 목을 가다듬었지만 대화하던 방법을 잊은 상태라서 자연스럽게 고개만 끄덕였다.

"넌 여기 주인집 식구가 아니구나."

리디는 이번에도 고개를 끄덕였다.

"척 보아하니 넌 정말 열심히 일하는 아이구나."

리디는 그녀의 칭찬에 고맙다는 듯이 다시 고개를 끄덕이고는 세탁할 옷들을 통에 담았다.

"너라면 공장에 가서도 잘할 수 있을 거야. 일주일에 2달러는 충분히 받을 수 있고말고." 그녀는 잠시 쉬었다가 말을 이었다.

"그리고 자유롭게 살 수도 있어."

리디는 그 여인이 거짓말한다고 생각했다. 말도 안 되는 소리를 하는 것이다. 여자애가 무슨 수로 일주일에 2달러를 벌 수 있단 말인가.

"힘든 일이지만, 네가 여기서 하는 일보다는 쉬울 거야. 어디 그뿐이겠니. 너 자신만을 위한 여유가 있어서 그 시간에 공부를 해도 되고, 또 그냥 쉴 수도 있단다."

"엄마가 여기 있으라고 했어요."

부엌문이 열리자 리디는 커틀러 부인이 식당으로 들어오는 것을 느끼고 응수했다. 부인이 여인과 리디를 번갈아 보면서 무슨 말을 하려는 순간, 리디는 재빨리 식당에서 부엌으로 들어가버렸다.

그날 밤, 리디는 다시 송아지 판 돈을 세어보았다. 아무리 생각해도 여인의 말은 거짓이었다. 하지만 한 가지 의문점이 드는데, 농부의 딸이라는 그녀가 무슨 수로 실크 드레스를 입고 다니느냐는 것이었다.

버터 만드는 기계 속의 개구리

리디가 처음 여관에 왔을 때, 월리는 아침 불을 피우려 애쓰고 있었다. 그가 종종 늦잠을 자는 바람에 불을 꺼뜨리면 누군가를 이웃집으로 보내 불붙은 석탄 덩어리를 얻어 와야 했다. 부인은 부싯깃통 설치에 돈 쓰는 것을 싫어하면서도 부엌 불이나 꺼트리는 조신하지 못한 부인네라는 소리는 듣기 싫은지 리디에게 불을 맡겼다. 리디는 제시간에 일어나지 못할 것 같아 며칠간은 마음을 졸이며 밤을 보냈다. 아침에 제일 먼저 일어나 불을 피우기 위해 아예 난로 옆에서 잠을 자기도 했다.

하루는 트리피나가 난로 옆에 잠들어 있는 리디를 발견하고는, 야단치기보다는 불쌍하다는 생각이 들었다. 그날 아침부터 일종의 동료 의식이 싹트기 시작한 것이다. 요리사인 그녀는 중년이 넘은 나이로, 꾸밈없는 사람이었다. "결코 남자의 노예가 되고 싶지 않다"는 그녀의 말에 비추어봤을 때 그녀는 결혼한 적이 없는 것 같았다. 몸집이 큰 그녀는 원기 왕성하면서도 한 번 말해서는 말귀를 알아듣지 못하는 월리를 짜증스러워했다. 반면에 시간이 지나면서 리디의 노력은 빛을 발하기 시작했다.

어느 날 아침 리디가 버터를 만들기 위해 우유를 휘젓고 있을 때, 요리사 부인이 우유 통에 개구리 두 마리가 빠졌었다고 말했다.

"한 마리는 오른쪽에 빠졌어."

그녀는 윌리가 쾅, 하고 닫고 들어온 문 쪽으로 고개를 갸우뚱하며 말했다.

"또 한 마리는 밤새도록 발버둥 치다가 아침에서야 버터 덩어리 위에서 발견되었지 뭐야."

리디는 미소를 지었다. 트리피나가 말을 이었다.

"태어날 때부터 발버둥 치기로는 감히 따라가지 못할 정도로 대단한 녀석들이 있지. 재앙을 버터를 만드는 데 이용하는 녀석들이지."

개구리처럼 희망을 가져볼 일이다. 리디는 무언가를 생각하고는 웃음이 터져 나오려는 것을 간신히 참았다. 트리피나는 궁금하다는 듯이 고개를 꼿꼿이 세웠지만 리디는 그저 미소를 지으면서 머리를 흔들 뿐이었다. 리디는 찰리의 농담을 아직 다른 사람에게 들려주고 싶지 않았다.

가을이 쏜살같이 찾아왔다. 갑자기 낮이 짧아졌다. 쇠 주전자를 박박 문질러 닦고, 버터 만드는 기계를 돌리며, 풀무질로 불을 지피면서 송아지 판 돈을 집에 갖다 줄 계획을 구상해봤지만 그럴 기회가 결코 있을 리 없었다.

찰리에게서는 그 어떤 연락도 오지 않았다. 사실 리디 또한 편지지와 우표를 살 돈도 없거니와 편지를 쓸 시간과 힘도 없어서 찰리의 연락을 기대한 것은 아니었다. 그래도 리디는 잠자리에 들 때마다 찰리의 모습을 상상했다. 지금은 얼마나 자랐을까, 하는 일은 힘들지 않을까. 레이첼, 애그니스와 엄마에 대해서는 생각하고 싶지 않았다. 형편이 더 좋지 않을 것 같았다. 더 이상 아버지가 집으로 돌아오리라 기대하지도 않는다. 혹시라도 세상에 없는 것이 아닌가 하는 의심이 들어서 일부러 아버지를 떠올리지 않는지도 몰랐다. 그렇다고 슬픈 것은 아니었다. 그저 막연한 호기심만 있을 뿐이었다.

리디와 찰리는 집을 떠날 때 아빠에게 쪽지를 써서 엄마의 편지와 함께 통나무집 식탁에 펼쳐놓고 그 위에 무거운 철재 촛대를 올려놓았다. 아빠가 돌아오면 가족의 행방을 알 수 있을 것이다. 하지만 좁은 길을 따라 집으로 걸어오던 오래전 아빠의 모습은 낡은 옷처럼 희미해졌다. 리디는 3년 전의 그 모습이 기억에서 점점 사라져가는 것을 안타까워할 필요가 없지 않을까 하는 생각이 들었다. 리디는 혼자서 중얼거렸다.

"아빠는 가지 말아야 했던 거야. 결코 집을 떠나지 말아야 했던 거라고."

10월 초 언덕을 빨갛게 물들였던 단풍은 언제 그랬냐는 듯이 순식간에 사라졌다. 늦가을의 음산한 비가 눈서리로 변하는가 싶더니 어느새 앙상한 나뭇가지에 눈이 소복하게 쌓였다. 그리고 희미하게 빛나는 눈 더미를 배경으로 서 있는 암갈색의 상록수들 덕분에 세상이 다시 한 번 아름다워졌다. 밝은 날에는 눈이 부셔서 실눈을 뜨고 바라봐야 했다.

주인아저씨는 짐마차와 객차를 차고에 집어넣고는 윌리에게 바퀴와 차대에 달라붙은 진흙을 청소한 후 썰매를 준비하라고 지시했다.

손님들을 태우고 찾아오는 역마차는 눈에 띄게 줄어들었다. 하루해가 짧은 겨울에는 일거리는 많지만, 음식을 대접하고 시중들어야 할 손님은 많지 않았다. 찾아오는 몇몇 손님은 꽁꽁 얼어붙은 잿빛 날씨처럼 폐쇄적이고 은밀해서 그들만의 좁아터진 세계에 머물고 싶어하는 것 같았다.

"노예 사냥꾼."

트리피나는 깔끔하게 잘 차려입은 가무잡잡한 피부의 신사가 떠난 후 중얼거렸다.

"난 저런 인간들이 싫어."

만약 트리피나가 여관으로 출퇴근했더라면 저녁에는 물레를 돌리거나 바느질하면서 시간을 보냈을 것이다. 이와는 반대로 주인집 여자는 마을 상점에서 모직이나 옥양목을 구입했다. 심지어 그녀는 자신이 기르는 양 떼에서 거둔 양털조차 손질하지 않았으며, 또 그것으로 울도 짜지 않았다. 내슈아나 로웰로 보내면 거대한 수력 방직기로 옷감을 짜서 보내주기 때문이었다. 버몬트가 누렸던 모든 부가 남쪽이나 서쪽 지방으로 야금야금 흘러 나가는 것 같았다. 사실 여관집 주인은 다가오는 봄에 양을 모조리 팔아치울 계획이라고 말한 적 있었다. 서부 쪽과 연결된 철도를 타고 엄청나게 많은 울이 로웰 공장으로 밀려드는 탓에 뉴잉글랜드에서 양을 키우는 사람은 도저히 살아남을 수 없게 됐다는 것이었다. 리디의 아빠도 그렇게 말하고는 했다. 하지만 커틀러 씨에 비하면 보잘것없을 정도로 양이 적었기 때문에 남들이 느끼는 만큼 위기를 느끼지는 않았다.

어느 늦은 아침, 리디는 점심 식사로 내놓을 감자의 껍질을 벗기고 자르던 중 등 뒤에 누군가 서 있다는 사실을 깨달았다. 그 사람은 리디의 머리를 슬쩍 잡아당겼다. 그녀는 심술궂은 윌리를 톡 쏘아줄 생각으로 뒤를 돌아보았다. 그런데 뒤에 있던 사람은 바로 찰리였다.

리디는 손에 칼과 감자를 든 채로 벌떡 일어섰다.

"아이고, 깜짝이야!"

찰리는 씩 웃었다.

"놀래라고 그런 거야. 좋아 보이네."

"찰리, 키가 컸구나."

리디는 거짓말을 했다. 사실 찰리는 더 작아진 것 같았다. 솔직하게 말하면 아마 상처를 입을 것이다.

"어떻게 지냈니, 찰리?"

의례적인 인사말이 아니라 정말로 찰리의 안부가 궁금했다.

"아직도 햇병아리야."

그는 이를 보이며 웃었다.

"겨울에는 일거리가 없어. 그래서 누나를 보러 올 수 있었지."

그렇게 궁금했던 동생이 바로 눈앞에 있었다. 리디는 가슴이 벅차 동생에게 무슨 말부터 해야 할지 도통 알 수가 없었다.

"엄마와 동생들에게서 연락 온 것은 없었니?"

찰리는 고개를 흔들었다. 찰리의 머리카락은 많이 길었지만 예전보다는 단정해 보였다. 리디는 자신이 머리를 잘라주었을 때보다 동생이 더 머리 손질을 잘하고 있다는 생각이 들면서 가슴이 아팠다.

"누나 바쁘네. 혹시 내가 누나 일을 방해하는 거야?"

바보 같은 질문이었다. 하지만 부엌에는 요리사와 윌리가 있었다.

여주인도 수시로 들락거렸다. 리디는 그들에게 뭐라고 해야 할지 언뜻 떠오르지 않았다.

"집에는 갔다 왔니?"

리디는 찰리에게 옆에 놓인 의자에 앉으라고 고갯짓하고는 몸을 돌려 일하기 시작했다.

"아니. 누나는?"

리디는 고개를 저었다. 리디는 찰리에게 돈에 대해 말하고 싶었다. 어떻게 하면 그 돈을 안전하게 집에 가져갈 수 있는지 의논하고 싶었지만 다른 사람들이 있어서 그럴 수는 없었다.

찰리가 말했다.

"루크를 몇 번 봤는데, 우리 집 농장을 한두 번 갔다 왔다더군. 별일 없대."

그는 목소리를 낮췄다.

"다른 사람이 집에 들어가지 못하도록 문 앞에 장작을 쌓아놓은 것을 보고 웃더군. 장작 때문에 창문으로 들어갔대."

리디는 루크뿐만 아니라 그 누구든 창문으로 집에 들락거릴 수 있다고 생각하니 마음이 놓이지 않았다. 아무래도 안전하지 않은 것 같았다. 너구리나 곰도 창문으로 집 안에 들어갈 수 있을 것이다. 하지만 리디는 불안한 마음을 드러내지 않았다.

"공장에서 일을 심하게 시키지는 않니?"

리디는 차분하게 물었다. 찰리는 참으로 작고 초라해 보였다.

"할 만해. 농장 일이나 다름없어. 식사도 좋은 편이고 양도 많아."

그렇다면 왜 키가 크지 않았느냐고 묻고 싶은 것을 꾹 참았다.

리디는 찰리가 떠난 후에야 그에게 해주고 싶었던 수백 가지 이야기가 생각났다. 말하는 중에 기억이 났다면 개구리 얘기도 해줬을 것이다. 그러면 찰리는 그 얘기를 듣고 웃었을 텐데. 동생의 웃음소리가 그토록 듣고 싶었는데. 동생이 다녀간 후 리디는 외로움이 더욱 깊어졌다. 그가 곁에 있던 한 시간은 경계심이 다 사라지면서 자신이 한없이 무력하다는 느낌이 들었다. 가면서 먹으라며 트리피나가 떠안긴 빵과 치즈를 품에 안고 찰리는 점심쯤에 떠났다. 찰리는 자기 키만큼 큰 설피[6]를 신발 밑에 덧대고 있었다. 공장에 무사히 도착하기 전에 눈이라도 쏟아지는 것은 아닐까? 그러다가 길을 잃는다면? 리디는 걱정을 떨쳐버리려고 고개를 흔들었다. 찰리에게 무슨 일이 생기면 누가 그 사실을 알려준단 말인가? 불행한 일이 벌어지면 며칠 후에나 엄마가 먼저 알게 될 것이고, 엄마는 연락을 받은 뒤 리디에게 편지를 쓸 것인지 말 것인지 결정할 것이다. 이처럼 가족이 떨어져 사는 것은 고통이다. 결코 바람직하지 않다.

"날씨는 좋을 것 같지 않니?"

트리피나는 리디를 안심시키는 말을 했다. 리디는 깊은 한숨을 내쉬었다.

"넌 엄마보다 더 동생을 걱정하는구나."

그녀가 타박하는 듯하면서도 동정하는 눈빛으로 리디를 쳐다보았다.

날씨는 사흘 동안 맑았다가 나흘 때 되는 날에 눈보라가 몰아쳤

---

6 눈에 빠지지 않도록 신발 바닥에 대는 넓적한 덧신.

다. 가축우리에 물과 건초를 넣어주었고, 암소의 젖을 짰다. 밖에서 일할 수 없게 된 일꾼 오티스와 에녹이 몸을 녹일 온기를 찾아 들어오는 바람에 부엌은 더욱 비좁아진 듯했다. 그들은 3월에 설탕단풍나무 기둥에 박아 달콤한 수액을 받아낼 뾰족한 나뭇조각을 만들기 위해, 부지깽이의 속을 파낸 다음 그걸 10센티미터 길이로 잘라냈다. 리디는 지난겨울에 찰리와 함께 마찬가지로 뾰족한 나뭇조각을 만들던 기억이 떠올랐다. 이 사람들의 숙련된 솜씨에 비하면 자신들의 방법은 유치하기 짝이 없었다.

부엌의 크기는 어제와 달라지지 않았는데, 자유롭게 움직일 수 없었다. 화덕으로 가려면 일꾼들의 발과 도구를 넘어가야 했다. 트리피나는 들리지 않게 투덜거리다가, 그들이 가축의 밥을 챙기려고 밖으로 나가자 노골적으로 기뻐했다. 하지만 리디는 그들이 있는 걸 개의치 않았다. 일할 때는 조금 방해되었지만, 나뭇조각을 만들면서 나누는 그들의 대화는 세상의 문을 활짝 열어주는 통로였다.

"노예 하나가 페리스버그까지 도망쳤다가 붙잡혔다는군."

"법은 도망친 노예를 포기하지 않으려는 주인들 편이야. 현상금이 많으니 도망친 노예를 보면 신고하는 인간이 반드시 있기 마련이지."

"그거야 당연하지."

에녹은 화로 속에 침을 뱉었다. 침은 벌겋게 달아오른 석쇠에 놓인 기름 덩어리처럼 지글거렸다.

"그런다고 누가 뭐라고 하는가? 워싱턴에서 노예 제도를 합법화해놓은걸. 합법적으로 구입한 말이 도망갔다면 누구라도 쫓아가겠지. 돈을 주고 산 것은 그게 무엇이든 그 사람 것이라고. 법이 노예를 가질 수 있다고 정했다면, 노예가 도망가는 경우 당연히 그 주인은 나가서 잡아들일 권한이 있는 거야. 말을 쫓는 것과 노예를 쫓는 것은 똑같아."

"그렇다면 그 재산을 주인에게 돌려주면 포상을 기대하는 것도 당연하겠구먼."

그가 화로에서 인두를 잡아 빼 손에 쥐고 있던 나무토막에 찌르자 연기가 피어올랐다.

"몬트필리어에서는 도망간 노예를 신고해서 잡게 해주었다고 100달러를 줄 만한 거부는 없을 것 같지 않아?"

"이런 날씨에 도망가는 노예는 발견되기 전에 얼어 죽기 십상이야. 얼어 죽어서 몸에 서리가 내린 노예로 현상금을 받을 수 있을 것 같아?"

"어떤 노예가 이렇게 매서운 날씨에 도망을 가겠어? 눈에 발자국이 찍혀서 어디로 가는지 고스란히 드러난다는 사실도 모를까?"

"노예들이 눈이 안 오는 데서 왔다는 사실은 생각 안 해? 그들은 폭설이 내리면 얼마나 도망가기 어려운 줄 모른다고. 그저 기회만 잡으면 무작정 도망칠 뿐이지. 신중하게 생각할 여유도 없어."

리디는 만약 자기가 노예라면 신중하게 도망칠 기회를 노려야겠다고 생각했다. 모든 가능성을 고려해서 최적의 기회를 정하리라. 초여름의 달 밝은 밤에 도망친 다음, 낮에는 잠을 자고 밤에만 이동할 것이다.

"저 인간들, 바보 같은 소리만 하고 있어."

트리피나는 리디에게 귓속말을 했다.

"도망자 신세가 뭔지도 모르는 인간들이야."

리디는 흑인을 본 적이 없었다. 흑인은 어떤 모습을 하고 또 어떤 행동을 할까? 한번 보고는 싶은데, 본다고 해도 흑인에게 무엇을 하고 또 어떤 말을 할 수 있을까? 설사 도망자를 봤다고 치자. 그래서 뭘 어쩌자는 것인가. 100달러를 벌어봐? 도망자의 위치를 알려준다고 해서 주인이란 사람이 과연 현상금을 줄까? 사실 그만한 거금만 들어온다면 아버지의 빚을 다 갚고 당당히 집으로 돌아갈 수도 있을 것이다.

3월. 설탕단풍나무에서 수액이 흘러나오자 커틀러 사람들은 정신없이 바빠졌다. 윌리는 오티스와 에녹을 데리고 수액을 채취해 끓였다. 시럽을 보관할 대형 창고는 이미 2년 전에 지어진 상태였다. 일꾼들은 가축에게 사료를 줄 때 빼고는 줄곧 밖에서 일해야만 했다. 우유를 짜고, 또 사료나 물을 주는 일을 리디가 도와야 할 정도였다.

리디는 집안일 외에 시럽에 섞인 불순물을 걸러 집으로 가져가는 일도 맡게 되었다. 시럽이 많지 않아서 일의 양도 많지는 않았지만 여주인이 리디 곁에 달라붙어 일일이 지시를 내렸다.

뜨거운 불을 쏘이며 해야 하는 힘든 일이었다. 시럽에 우유와 잿물을 섞어 거품이 일어나도록 잘 저은 다음, 그걸 끓이면서 불순물 거품을 거둬냈다. 여주인은 맑고 깨끗한 시럽이 완성될 때까지 감시하고 지시만 내리면서 그 힘든 노동을 보고만 있을 뿐이었다.

깨끗해진 시럽의 일부는 설탕이 될 때까지 끓여서, 그걸 여러 가지 모양으로 만들었다. 리디는 여러 모형 중 조지 워싱턴의 얼굴을 좋아했는데, 종종 코 부분이 찌그러져 망치는 경우가 생겼다. 리디가 워싱턴의 얼굴 모형을 가장 좋아하는 이유는 송아지 판 돈을 가지고 집에 돌아가는 장면을 상상할 수 있게 해주기 때문이었다.[7] 그 꿈을 이룰 뾰족한 방법이 있는 것은 아니지만.

7 미국의 1달러짜리 지폐에는 조지 워싱턴이 새겨져 있다.

귀향

4월 둘째 주로 들어서자, 더는 수액이 나오지 않았다. 하지만 시럽은 풍작이었다. 여주인은 모형 뜬 설탕의 상당 부분을 보스턴에 가져가기로 했다. 그걸 팔면 왕복 여비를 충당할 수 있을 뿐만 아니라, 대도시도 구경하고 또 병석에 드러누운 언니를 문안할 수 있기 때문이었다.

여주인이 여행을 떠났다 해서 놀고먹는 것은 아니었지만 휴일처럼 마음이 가벼운 나날이 이어졌다.

"만약 내가 어딘가를 가서 사람들이 행복해진다면 난 얼마든지 여행을 다닐 것만 같아."

트리피나가 말했다. 2주 동안 리디와 트리피나는 저택을 문지르고 닦았다. 윌리도 이 일을 도울 때쯤에는 이미 대저택 안팎에서 번쩍번쩍 빛이 났다. 다가오는 봄처럼 상큼한 냄새도 났다. 4월 말까지 눈이 좀 더 내리기는 하겠지만 이제 겨울도 끝자락이다. 봄이 오는 것을 막을 수는 없다.

트리피나가 입을 열었다.

"주인은 여행을 하면서 경비를 벌잖아. 우리도 못할 것은 없지."

"어디 가시려고요?" 리디는 진지하게 물었다.

"내가?"

트리피나가 반문했다. 그녀는 핏줄이 불거진 거친 손으로 능숙하게 뜨개질을 하고 있었다.

"난 갈 곳이 없는 몸이라오. 몬트필리어는 두 번 가봤지. 그것으로 족해. 보스턴은 너무 크고 더러운 곳이야. 그런 곳은 정말 싫어. 넌 어디 가고 싶은데?"

"집이요."

리디가 기어들어가는 목소리로 대답했다.

"집? 거기는 여기에서 20킬로미터도 되지 않는데, 뭘."

리디는 고개를 끄덕였지만 그 거리가 2만 킬로미터처럼 느껴지는 것이었다.

"얼른 갔다가 이틀 만에 돌아오라고."

이 아줌마가 지금 무슨 소리를 하는 것인가? 리디는 자신의 귀를 의심하지 않을 수 없었다.

"하지만……."

"주인도 없는데 누가 신경 쓰겠어?" 트리피나는 리디를 빤히 쳐다보며 말했지만 손은 계속해서 움직였다.

"그래도 될까요?"

"내가 된다고 했잖아?"

트리피나가 말했다.

"주인이 없으면 내가 모든 걸 책임져."

리디는 이의를 제기할 엄두가 나지 않았다.

"며칠 있으면 땅이 녹아 진흙탕이 될 거야. 편하게 갔다 오고 싶으면 내일 당장 출발해. 동생에게 설탕 좀 가져다주고."

리디는 정말로 집에 갔다 와도 괜찮겠냐고 물으려다가 그만두었다. 트리피나가 괜찮다는데 어떻게 또다시 물을 수 있단 말인가?

리디는 해가 뜨기 전에 일어났다. 참으로 즐거운 날이었다. 점심으로 빵과 치즈를 싸고, 모형을 본뜬 설탕도 조금 넣었다. 도로는 눈이 녹아 벌써 진흙탕으로 변하고 있었지만 산길에는 여전히 눈이 많이 쌓였을 듯해서 설피도 챙겼다.

그녀는 한 시간도 안 되어 공장에 도착했지만, 실망스럽게도 찰리는 없었다.

"어딘가에 있을 거야. 안으로 들어가서 물어보렴."

직공 중 한 사람이 말했다.

리디가 안쪽으로 들어가 노크를 하자, 포동포동하고 예쁘장한 부인이 문을 열었다.

"누구냐?"

그녀는 미소를 짓고 있었다.

"찰리 워든을 만나러 왔어요."

리디는 자신의 말이 어색해 자신도 모르게 얼굴을 붉혔다.

"제가 누나거든요."

부인이 대답했다.

"들어오너라."

리디는 점심 도시락과 설피를 현관에 내려놓고 부인을 따라 크고 우아한 식당으로 들어갔다.

"점심 식사를 준비하는 중이란다."

부인은 손님이 옆에 있는데 화로 위에서 펄펄 끓는 스튜 그릇으로 달려가 젓는 것이 실례가 된다는 듯 미안해하며 입을 열었다.

"찰리는 오늘 학교에 갔단다."

그녀는 주전자에 뚜껑을 얹으면서 말했다.

"머리가 아주 좋은 녀석이지."

"당연하지요."

리디가 말했다. 찰리에 대한 질투심이 들 리 없었다. 남매 사이는 여전히 돈독했다.

"내 남편이 그 아이를 점점 더 마음에 들어 한단다."

무슨 의미일까? 누가 찰리를 점점 더 마음에 들어 한단 말인가? 찰리는 그들의 아들이 아니다. 제자도 아니다. 리디는 찰리가 자신의 동생이라는 점을 분명히 해두고 싶었지만 어떻게 말해야 할지 알 수 없었다.

"제가 왔었다고 전해주세요."

리디는 어색하게 말했다. 그녀는 현관에 놓아둔 보따리에서 설탕을 꺼내 부인에게 내밀며 우물거렸다.

"설탕이에요."

"조금 더 있다 가면 좋겠구나."

부인이 붙들었지만 리디는 보따리를 집어 들었다.

"가야 해요. 시간이 없거든요."

그곳에서 멀어지고 나서야, 리디는 부인에게 고맙다는 말을 하지 않았다는 사실이 생각났다. 그렇다고 돌아갈 수도 없는 노릇이었다.

빨리 집에 가야 했다. 그래야 집을 청소하고, 지붕에 물이 새는 곳은 없나 살피고, 또 돈을 숨길 만한 최고의 장소를 찾을 수 있었다. 모든 일을 끝내면 밤일 테고, 하룻밤을 집에서 보내야 할 것이다.

그리고 아침에 일찍 일어나 출발하면 다시 공장에 들를 여유가 있을 것이다. 하지만, 그렇게는 하지 않을 것이다. 찰리를 학교까지 데려다준다고 하면 그 사람들이 어떻게 생각하겠는가? 늙은 암탉이 병아리를 내려다보듯 누나가 자신을 쳐다보면 찰리는 매우 창피스러워할 것이다. 찰리를 좋게 생각하는 사람들 앞에서 그를 난감하게 만들어선 안 될 것이다.

그래도 리디는 기분이 좋았다. 루크 스티븐스처럼 돌봐줄 부모가 곁에 없다고 해서 슬퍼할 것이 뭐가 있겠는가? 더욱이 그들은 루크의 혈육이 아니었다. 리디는 바로 찰리의 친누나가 아닌가? 옥수수 껍질을 버리듯 아무렇지도 않게 자식들 곁을 떠난 엄마보다 더 가까운 핏줄이다.

분노를 실은 감정이 생각의 나래를 펼치게 했고 분주하게 발을 옮기게 했다. 정오쯤에는 스티븐스가의 농장을 지나쳤다. 걸음을 멈추고 뭔가를 먹고 싶다는 생각조차 들지 않았다. 농장으로 올라가는 좁은 길로 들어섰을 때에야 허기가 느껴져 딱딱하게 굳어버린 빵과 치즈를 씹었다.

길에는 여전히 눈이 쌓여 있었으나 걱정했던 것보다는 잘 치워져 있었다. 웨스트코트가 소를 돌보러 오고 가면서 친절을 베풀었으리라. 그런데 가만히 보니 목초지는 여전히 눈밭이었다. 가축도 보이지 않았다. 하지만 시럽을 채취한 흔적은 있었다. 그가 설탕단풍나무에서 수액을 채취하러 들락거렸을 것이다.

리디는 모퉁이를 돌면서 혹시나 통나무집이 사라져버린 것이 아닐까 상상해보았다. 하지만 집은 그 자리에 있었다. 약간 낡아 보이긴 했지만 아버지가 지었을 때처럼 쪼그려 앉듯이, 정직하게 그 자리에 붙어 있었다. 떠날 때 문 앞에 쌓아두었던 장작더미도 그대로였다. 집을 돌봐주기로 한 루크 덕분에 지붕도 눈보라에 피해 입지 않았다. 그는 통나무집 주변을 버릇처럼 지나다녔을 것이다. 키가 크고 무뚝뚝한 젊은 퀘이커 교도에게 고마웠다.

리디는 헛간에서 짧은 사다리를 꺼내 남쪽 벽으로 난 두 개의 창문 중 한 곳에 비스듬히 댔다. 그러고는 문 앞의 장작더미에서 쪼개진 나무 하나를 가져왔다. 창문틀이 부풀어 오르지 않았다면 창문이 쉽게 위로 올라가야 했다. 역시 예상대로였다. 창문은 그녀의 귀향을 환영하듯이 부드럽게 열렸다. 리디는 열린 창문에 장작을 괴고 오른쪽 다리를 창턱에 올려 집 안으로 밀어 넣은 뒤, 곧이어 머리를 가슴에 둥글려 붙인 쪼그린 자세로 몸까지 밀어 넣었다.

그런데 난롯가에 그림자가 어른거리는 것이 아닌가. 리디는 소리죽여 비명을 질렀다.

"루크?"

그림자는 몸을 돌리면서 일어섰지만 집 안이 어둠침침해서 낯선 이를 쉽게 알아볼 수 없었다. 키가 큰 사람이었으나 루크는 아니었다. 눈썹이 하얗고 멋진 낯선 사람이었다. 낯선 것은 그뿐만이 아니었다. 어둠 속에서도 그의 얼굴과 손이 검었다. 그의 눈동자가 반짝였다. 리디는 그 흑인을 쳐다보았다.

에스겔

다리 하나는 창턱에 올려놓고, 몸은 위로 올린 창문과 창턱에 낀 채로는 도망갈 방법이 없었다. 하지만 왜 도망가야 하지? 여긴 내 집이다. 그리고 흑인이든 백인이든 곰보다 무서운 사람은 없다. 공포가 사라지면서 이 남자 덕분에 100달러를 벌 수 있을지도 모른다는 생각이 들었다. 곰을 쳐다볼 때처럼 그 침입자에게서 눈을 떼지 않으며 집 안으로 내려선 다음, 허리를 곧추세우고 창턱에 앉았다. 겁나지 않은 척, 그에게 누구며 또 집 안에서 무얼 하고 있는지 물으려는 순간 그가 먼저 입을 열었다.

"내가 진실로 진실로 너희에게 이르노니……, 다른 데로 넘어가는 자는 절도며 강도요."

풍성하면서도 잘 빗어 넘긴 털가죽처럼 굵고 부드러운 음성이었다. 그가 한 말이 성경 구절이라는 사실을 알고는 있었지만, 리디는 그가 자신을 뭐라 지칭하든 반박할 수 없어서 어안이 벙벙했다. 자신이 도둑이 아니지 않은가.

"꼬마 아가씨, 무서워하지 마. 난 네가 도둑도 강도도 아니란 걸 알고 있어."

"아니고말고요."

리디는 권위 있어 보이려고 큰 소리로 말했다.

"난 이 집 주인이에요."

"아, 마침내 만났군. 그렇다면 나의 새 주인인 리디 워든이겠군. 허락 없이 들어와서 미안해."

침입자가 재치 있는 말과 빠른 두뇌 회전으로 상대방이 누군지 파악하는 순간, 리디가 그에게 물었다.

"내 이름은 어떻게 알고 있어요?"

리디는 그의 이름 혹은 그가 왜 남의 집에 들어와 있는지를 돌려서 묻고 싶은 것이었다.

"스티븐스 형제가 말하길 아가씨가 이해해줄 것이라고 하더군."

그는 리디의 표정을 살폈다. 리디가 창틀을 넘을 때부터 그녀에게서 시선을 떼지 않았던 그의 얼굴에 불안이 스쳤다.

"스티븐스의 말이 맞았으면 좋겠어."

그의 미소에는 사과의 뜻이 담겨 있었다.

"이제 내려와서 나하고 차 한잔하자. 먼 길을 왔을 텐데……. 집 안에 이상한 사람이 있어서 크게 놀라기도 했을 테고."

제의를 받아들이지 않을 이유는 없었다. 리디는 그가 내미는 손을 잡았다. 어둠 속에서는 비단처럼 매끄럽게 보였던 그의 피부는 놀라울 정도로 거칠었다.

그는 리디가 안전하게 바닥에 발을 디딜 수 있도록 도와주었다. 그의 안내를 받아 흔들의자에 엉덩이를 살짝 걸치고 나서 그가 내민 찻잔을 받아들었다. 자작나무 차였다. 집으로 걸어오면서 왜 굴뚝에서 연기가 피어오르는 모습을 보지 못했을까. 불꽃이 작아서 그랬을지도 모른다. 집 안은 바깥보다 덜하지만 그래도 여전히 추웠다. 남자는 잔에 차를 따르고 나서, 의자를 화로 쪽으로 끌어당겨 리디를 바라보며 앉았다.

"마을에서 왔군?"

리디는 고개를 끄덕였다. 남자는 도망친 노예 같지는 않았다. 말하는 것이 꼭 목사 같았다. 하지만 그는 틀림없는 도망자였다.

리디의 속을 꿰뚫어본 그는 입을 열었다.

"나를 소개하지. 나는 에스겔 애버내시라고 하는데 좀 고리타분한 이름이지. 북쪽으로 가다가 눈 때문에 11월부터 발이 묶여버렸지 뭐야."

자신이 도망자라는 얘기는 하지 않았다.

"스티븐스 형제 집에서 지내다가 누군가 그곳 농장을 감시한다는 사실을 알게 되었지. 그때 루크가 이곳으로 가라더군. 문 앞에 장작을 쌓아놓아서 의심받지 않을 거라며."

"야생 동물이 못 들어오게 하려고요."

"잘했어. 장작 덕분에 맹수 걱정은 하지 않고 잘 지냈어."

그는 컵 가장자리를 쳐다보며 차 한 모금을 마셨다. 그는 리디를 올려다보았다.

"당장 집을 비우는 것이 도리겠지만 불행하게도 난 몸이 불편해. 폐가 좋지 않아서 이런 혹한기에는 숨을 제대로 쉴 수 없거든."

"아저씨는 목사님처럼 말하시는군요."

그는 긴장을 풀면서 대답했다.

"맞아. 아니, 목사였다고 할 수 있지."

"그럼 노예가 아니겠네요?"

"나를 노예로 취급하는 사람은 있었어."

"하지만 말씀을 잘하시는데요."

리디는 자신도 모르게 머릿속 생각을 내뱉었다. 그는 미소를 지었다.

"아가씨도 그래."

"내 말은, 아저씨가 공부한 티가 많이 난다는 것이었어요."

"독학했지. 성경만 읽을 정도의 실력이면 족하다고 생각했었어. 사람들에게 설교하고 싶었거든."

그는 예쁘고 고른 치아를 드러내며 미소를 지었다.

"하지만 조금 읽을 줄 안다는 것은 대단히 위험한 일이더군."

"성경을 읽으세요?"

"성경은 특별해. 영감을 주거든."

"영감을 얻고 도망친 거예요? 무작정 걸어서?"

그는 기억을 더듬으려는 듯 고개를 뒤로 젖히면서 대답했다.

"뭐 그런 셈이지."

리디는 그의 눈빛에서 그 말이 사실이 아님을 느꼈다.

"난 집을 떠나서는 안 되었어요."

"하지만 떠났잖아?"

리디는 목소리를 높이면서 대답했다.

"그렇게 할 수밖에 없었어요. 어쩔 수 없이 말이에요!"

"그래서 노예가 된 사람이 한둘이 아니지."

65

그가 부드럽게 말했다. 리디가 말을 이었다.

"난 노예가 아니에요. 난 그저, 그저……."

그저 뭐란 말인가?

"아버지의 빚 때문에…… 그래서……."

변명을 하면 할수록 비참해 보일 뿐이었다.

"하지만 우리는 농장이 있어요. 버몬트의 자유 시민이고요."

그가 리디의 얼굴을 쳐다보았고, 리디는 다시 말을 이었다.

"아빠는 집을 떠날 때까지 그러니까…… 그리고 남동생은……."

하지만 찰리는 지금 낯선 사람들과 살면서 학교에 다니고 있지 않은가. 리디는 자신에게 변명을 생각해내도록 강요하는 남자가 싫었다.

"난 나의 가족을 떠나왔지."

그가 조용히 말하기 시작했다.

"몇 개월에 한 번씩 연락하거나 들르겠다는 약속을 하고는 아내와 아이를 떠나왔단다. 하지만 지금 난 병들고 돈 한 푼 없이 모든 것을 다른 사람에게 의존한 채, 몸을 숨기면서 이렇게 앉아 있는 신세가 되었지."

그는 머리를 흔들었고, 리디는 잠시나마 그를 미워한 것이 미안했다. 아빠도 어딘가에서 같은 말을 하고 있을지 몰랐다. 잠시 후 그가 일어섰다.

"토끼 고기를 넣고 끓인 죽이 좀 있는데, 지금 당장 아가씨에게 줄 것이 그것밖에 없어. 오늘 밤에 루크 형제가 음식을 갖고 올 것 같은데, 아가씨가 배고프면……."

66

"난 빵과 치즈가 있는걸요."

"근사한 만찬이 되겠군."

그는 농담으로 받아넘겼다.

"처음 아저씨를 봤을 때는…….'

두 사람은 음식을 먹는 중이었고, 리디는 그에게 꼭 이 말을 해야

한다고 생각했다.

"처음 느낌이…….'

그러나 그녀는 말을 이어나갈 용기가 없었다. 그가 점잖게 리디의

말을 이었다.

"큰돈이 될 수도 있지. 내가 아가씨라면 신고하고 싶은 충동을 느

꼈을 거야."

리디는 자신의 얼굴이 벌겋게 달아오르는 것을 느끼면서 강렬하

게 부정했다.

"난 절대로 안 그래요. 이제 우리는 아는 사이가 되었잖아요. 결코

그럴 수는 없어요."

"아름다운 아가씨에게서 그런 말을 들으니 영광이야."

"여기가 어두워서 잘 안 보이겠지만 난 사실 남자처럼 생겼어요."

"그럴 리가. 귀여운 인상이야."

리디는 그가 자신의 비위를 맞추려고 아부를 떠는 것이 아님을 알

고 있었다.

밤에 루크가 왔지만 리디는 곯아떨어져서 알지 못했다. 잠에서 깼

을 때 화로 위에서 끓는 오트밀 냄새를 맡고 그가 다녀갔음을 눈치

챘다. 옷 입은 채로 잠들었던 그녀는 재빨리 다락에서 사다리를 타고 내려왔다.

"잠꾸러기가 마침내 깨셨군."

"너무 늦었어요. 가야 해요."

하지만 그는 그녀가 아침을 먹을 때까지 놓아주지 않았다.

어색한 작별이었다. 두 번 다시 에스겔을 만나고 싶지 않았다. 그가 추적자들의 올무에서 벗어나 여우처럼 단숨에 국경을 넘어가길 소망했다. 단 한순간도 그를 배신하는 상상을 할 수 없었다.

"안전하게 캐나다로 가길 바라요. 그리고 어서 가족과 다시 만나길 기원하겠어요."

리디는 주머니에 손을 넣어 송아지 판 돈을 꺼내 그에게 내밀었다.

"여행길에 돈이 필요할 거예요."

그녀가 돈주머니를 내밀 때 동전 부딪히는 소리가 났다.

"이건 아가씨 것이야. 아가씨가 번 돈이고, 또 필요하잖아."

"아니요. 난 벌지 않았어요. 송아지를 판 돈이에요. 필요할 때까지 땅에 파묻어두려 했던 거예요."

"그렇다면 내가 빌리는 것으로 해도 될까?"

그가 물었다.

"자리가 잡히면 스티븐스 씨 댁을 통해 보내줄게. 형편이 되면 이자까지 쳐서."

"서두를 필요는 없어요. 가족과 다시 만날 때까지 말이에요. 나나 내 동생은 언제 이곳에 다시 돌아올지 알 수 없어요."

리디는 슬픔이 밀려들었다. 의자를 벽 쪽으로 붙이고 나서 창문으로 올라갔다. 에스겔은 그녀가 빠져나갈 수 있도록 창문을 붙들어주었다. 바깥쪽 벽에는 누군가 미리 짧은 사다리를 가져다놓았다. 아마 루크일 것이다.

"고맙다는 말을 어떻게 표현해야 할지 모르겠군."

그가 말했다.

"사실 송아지의 반은 스티븐스 댁 몫이었어요."

리디는 자신이 베푸는 선행의 부담을 줄이고 싶었다.

"그 집 황소의 도움을 받아서 태어난 녀석이었거든요."

에스겔이 입을 열었다.

"아가씨도 자유를 찾길 바라."

리디는 큰길로 들어서면서 그가 무슨 뜻으로 그런 말을 했는지 생각하기 시작했다. 결론은 그의 말이 정확하다는 것이었다. 커틀러 여관에서는 트리피나와 사이좋게 지내기는 하지만 노예 신세나 다름없었다. 새벽이 오기 전부터 밤늦게까지 일하는데 무슨 증거가 더 필요할까. 빚을 청산하고 집으로 돌아오기까지는 오랜 세월이 걸릴 테고, 그 사실은 1년 전과 다르지 않았다. 현금이 필요했다. 돈을 많이 받을 수 있는 일자리를 찾아야 했다. 그런 곳은 뉴잉글랜드에 있는 공장밖에 없다. 로웰에 위치한 공장에서는 여자아이도 일하는 것에 비해 넉넉한 돈을 번다고 하지 않던가.

날씨는 좋지 않았고 돌아오는 길은 거의 내리막이었다. 여관에 도착한 것은 이른 오후였다. 리디는 온기가 도는 부엌으로 들어가기 전에 사용하지 않은 설피를 헛간에 걸었고 도시락 통은 식료품 저장실에 내려놓았다.

"이렇게 찾아주셔서 영광입니다."

뜻밖에 여주인이 있었다. 분노로 얼굴이 벌겋게 달아오른 여주인은 리디에게 비꼬는 말을 했다. 트리피나는 얼굴을 찡그린 채 몸 둘 바를 몰라 했다. 리디는 현관에 서서 어떻게 변명하고 사과해야 할지 궁리하기 시작했다. 하지만 항상 그러했듯이 적당한 말이 얼른 떠오르지 않았다.

"넌 해고야!"

여주인이 말했다.

"저 애는 그 누구보다 일을 잘해왔는데요."

트리피나가 중얼거렸다.

"만일……."

여주인이 말을 잇기 전에 리디가 재빨리 끼어들었다.

"주인님이 외출하셨다고 집에 갔다 온 게 잘못이라는 것은 저도 잘 알아요. 제 짐을 꾸려서 갈게요. 그럼 됐지요?"

"내 옷을 입고 있다니!"

"그래요. 빨아놓고 갈까요?"

"버릇없는 것 같으니라고!"

리디는 입을 꾹 다문 화난 여주인 옆을 지나 계단을 올라 창문 없는 작은 방으로 갔다. 옥양목 옷을 벗고 몸에 꼭 끼는 자기 옷으로 갈아입으면서 무거운 마음의 짐을 벗었다는 느낌이 들었다. 펙 부인이 집으로 편지를 가져다주었던 때 이후 지금처럼 홀가분한 기분은 처음이었다.

트리피나가 따라 올라왔다.

"오늘밤은 주인 눈에 띄지 않는 곳에서 보내도록 해. 아마 내일이면 화가 누그러질 거야. 주인도 네가 일을 정말 잘한다는 사실을 알아. 그래서 너의 엄마에게 매주 50센트씩 보내준 거고. 아까도 주인에게 내가 바로 그 점을 일깨워주려던 거였어."

"트리피나, 난 공장에서 일할 거예요."

"뭐라고?"

"난 이제 자유예요. 여주인이 나를 풀어주었으니까 난 원하는 것은 뭐든지 할 수 있어요. 로웰로 가서 빚 갚을 돈을 벌어 집으로 갈 거예요."

"그렇다면 동생은……."

"동생은 잘 있어요. 좋은 집에서 잘 지내고 있어요. 학교도 보내주는걸요."

"매사추세츠까지는 어떻게 갈 건데? 차비도 없으면서."

"걸어서 가죠."

리디는 당당하게 대답했다.

"자유를 찾으려면 걸어야 하거든요."

"다리가 무척 아플 텐데."

트리피나가 중얼거렸다.

7
자유를 찾아 남쪽으로

리디는 곧바로 그곳을 나왔다. 트리피나는 자신의 신발 가운데 두 번째로 아끼는 것을 내주었다. 리디에게는 신발이 컸기 때문에 트리피나는 신발 앞코에 끼워 넣을 종이와 양말 두 켤레도 마련해주었다. 리디가 받지 않으려 하자 트리피나는 중얼거렸다.

"4월에는 양말 없이 매사추세츠까지 걸어갈 수 없단 말이야."

그런 다음, 트리피나는 추수꾼들에게 베풀 잔칫상을 충분히 채우고도 남을 만큼 잔뜩 음식을 싸주고 은화 5달러가 든 작은 지갑을 리디의 손에 쥐어주었다.

"너무 과분해요."

"이걸 받지 않으면 넌 죽게 될 텐데, 그건 내 양심이 허락하지 않아. 이 돈이면 차비를 하고 요기도 할 수 있을 거야. 음식은 내가 만든 것이고."

"하지만 주인이 알면……."

"주인은 내가 알아서 할게."

"돈은 나중에 이자를 쳐서 갚을게요."

리디는 약속했다. 트리피나는 고개를 끄덕이고는 다섯 살배기에게 하듯 리디의 엉덩이를 툭 쳤다.

"나 잊으면 안 돼, 알았지? 종종 나를 생각해달라고. 그게 이자야."

트리피나가 그녀를 잡도록 설득하거나, 여주인에게 붙잡으라고 재촉할 여유를 주고 싶지 않았다. 금방 얻어 신은 큰 양말에, 부츠가 발에 맞지 않아 발걸음이 영 어색했지만 마음은 가벼웠다. 에스겔이 생각났다. 그는 자유를 찾아 북쪽으로 가고 리디는 남쪽으로 걸어갔다.

그녀는 기분이 몹시 좋은 나머지 그날 하루 16킬로미터도 넘게 걸었다는 사실을 잊었지만 발은 잘 알고 있었다. 날이 어두워지기 전, 잘 맞지 않는 양말과 부츠 속에 갇힌 발은 너무 많이 걸었다고 투덜댔다. 그녀는 바위에 걸터앉아 부츠를 벗었다. 그러나 금방 한기가 들어 다시 부츠를 신고는 천천히 걷기 시작했다.

땅거미가 질 무렵 비가 쏟아지기 시작했다. 가벼운 봄비가 아니었다. 몸을 흠뻑 적시는 폭우였고, 그녀의 가슴과 다리로 흐르는 얼음장 같은 강물이었다. 리디는 할 수 없이 다음 마을에서 발길을 멈추고 하룻밤 묵을 곳을 찾았다. 여관의 여주인은 어린 여자아이가 홀로 장거리 여행을 한다는 사실에 충격을 받고는 세심하게 배려해주었다.

"물에 빠져 죽을 뻔했구나."

그녀는 리디의 목적지를 예상해서 말했다.

"너 로웰에 가는 중이지? 일주일만 있으면 마차가 올 텐데, 그때까지 나를 도와주면 차비를 내주마."

리디는 망설였지만 옷이 흠뻑 젖고 발에는 물집이 잡혀서 여행을 계속하기 힘들다는 판단을 내렸다. 리디는 제의를 받아들이고 열심히 일했다. 주말이 되자 주인 여자가 로웰은 잊어버리고 자신과 같이 지내자고 애걸할 정도였다. 하지만 리디는 설득당하지 않았다.

울적하게 비가 내리는 목요일, 리디는 도착한 마차에 몸을 실었다. 마부에게 피 같은 3달러를 지불하고 구석진 자리에 앉았다. 그녀 외에 승객은 남자와 여자 둘뿐이었는데, 두 사람은 좀처럼 말을 하지 않았음에도 부부처럼 보였다. 여자는 리디가 몸에 맞지도 않는 옷을 입고 숄을 걸쳤으며 이상한 부츠를 신은 모습을 예리한 눈으로 쳐다보더니 마차가 돌부리에 걸릴 때마다 흔들려서 집중하기 어려울 텐데도 뜨개질로 시선을 돌려버렸다.

마차는 진흙탕 길을 달려 이틀 만에 윈저에 도착했다. 여전히 버몬트를 벗어나지 못한 상태였다. 리디는 돈을 아끼기 위해 비가 오든 말든 마차를 타지 않고 걸어야 했던 것은 아니었을까 생각했다. 그랬더라도 마차를 탄 것처럼 왔을 것이었다. 윈저에서 마음에 내키지 않았던 부부가 마차를 떠났다. 여인숙에 드니 침대가 더럽고 벌레투성이라 밤새도록 몸이 가려웠다. 아침에 마차에 올랐을 때는 세 사람으로도 비좁았던 자리에 여섯 명이 함께 앉아 가야 한다는 사실에 충격을 받았다.

그중 하나는 리디와 나이가 같아 보이는 소녀였다. 리디는 그녀에게 공장에 일하러 가느냐고 묻고 싶었지만 오빠로 보이는 남자와 함께 있어서 망설였다. 그 순간 어제 마차에서 내린 부인이 자신을 쳐다보던 시선이 떠올랐다.

여섯 사람은 역마차에 꽉 들어차 있었다. 몸을 꼼지락거릴 틈이 거의 없었다. 마차가 경사진 곳을 지나가거나 위아래로 요동칠 때는 도로가 꼭 망가질 것만 같았다. 리디는 의자에 한쪽 엉덩이만 걸쳤고, 다른 한쪽 엉덩이는 멍든 자국이 없어지도록 아슬아슬하게 허공에 드러내고 있었다. 한 신사가 큼지막한 담뱃대에 불을 붙이자 리디는 담배 냄새에 구역질이 날 것 같았다. 다행스럽게도 다른 신사가 여성 승객이 함께 타고 있음을 엄중하게 일깨워주자, 그는 문고리에 담뱃대 끝을 문질러 불을 껐다. 하지만 담배 냄새는 호흡과 체취로 탁해진 공기를 더욱 나빠지게 한 뒤였다. 리디는 농장의 신선한 공기가 그리웠다. 인간은 동물보다 더 더러운 존재다.

사람들은 좌우로 흔들리고 위아래로 덜컹거리는 마차 안에서 몸을 제자리에 붙들지 못하면서도 유별나게 리디의 옷에 관심을 기울였다. 처음에는 당황했으나 시간이 지나면서 화가 치밀어 올랐다. 상류층이라는 사람들이 이 얼마나 무례한 짓인가.

역마차에 올라탄 사람들의 옷은 로웰에 도착하기 전에 엉망이 되어갔다. 눈이 녹는 데다 봄비까지 내려 도로는 진흙탕으로 변했다. 마지막 날 아침, 마부가 숙련된 솜씨로 몰아왔음에도 마차가 구덩이에 빠져 꼼짝도 하지 않았다. 마부는 남자 승객 네 명에게 바퀴를 밀어 빼내도록 시켰다.

리디는 그 불쌍한 남자들이 마차를 들어 올리고, 미는 모습을 지켜보았지만, 그들의 노력은 전혀 소용없는 것이었다. 마부는 위에서 힘내라고 소리 질렀다. 남자들은 고급 바지와 코트가 진흙이 묻어 갈색으로 변하고, 귀여운 비버 가죽으로 만든 모자가 진흙탕으로 떨어질 때 투덜거리며 저주를 퍼부었다.

25분가량 그 광경을 쳐다보던 리디는 남자들의 어리석은 모습을 더는 보고만 있을 수 없었다. 그녀는 숄을 벗어 허리에 두르고 치마 밑자락을 들어 올린 뒤 평평한 돌을 찾아 진흙이 덕지덕지 묻은 바퀴 밑에 넣었다. 그러고는 진흙탕 속으로 뛰어들어, 지쳐서 헉헉거리는 두 남자를 그녀의 좁은 어깨로 밀쳐내고는 뒷바퀴에 어깨를 단단히 붙였다. 그리고 남자들에게 명령했다.

"하나, 둘, 셋, 들어!"

마부가 크게 웃었다. 남자 승객들은 웃지 않았지만 힘을 합쳐 바퀴를 밀었다. 마침내 바퀴가 돌을 넘어갔고 여행을 계속할 수 있게 되었다.

리디는 자신의 옷이 더러워진 것은 신경 쓰지 않았다. 다만 함께 마차에 오른 사람들이 얼마나 무지하고 쓸모없는 존재들인가라는 생각뿐이었다. 어느 승객 하나 그녀에게 고맙다는 말을 하지 않았다. 리디 또한 그런 인사치레를 기대한 것은 아니었다. 마차를 타고 목적지까지 가야 한다는 생각은 변함이 없었지만 다른 사람들과 함께 있어야 하는 역마차 안은 정말 싫었다. 리디는 여전히 미소를 짓고 있는 마부를 쳐다보며 물었다.

"거기 올라가도 돼요?"

그가 고개를 끄덕이자, 리디는 기어올라 그의 옆에 앉았다. 남자 승객 중 어느 누구도 그녀를 거들어주지 않았지만 사실 리디는 나무나 사다리, 지붕 올라가는 것에 익숙해서 도움은 필요 없었다. 마부는 채찍질을 하며 말을 몰면서도 웃음을 멈추지 않았다. 말이 거칠게 달리자 승객들은 항의하듯이 비명을 질러댔다. 승객들이 다시 자리를 잡으며 분노를 토해내자, 마부는 눈을 껌벅거리며 고삐를 바짝 당겼다. 그는 리디를 향해 고개를 끄덕하고는 승객들의 소동이 잠잠해질 때까지 말을 멈춰 세웠다.

"너 강단이 있는 애구나."

마부는 자신의 뒤에 있던 상자에서 두꺼운 겉옷을 꺼냈다.

"추울 텐데 이거 입어라."

리디는 그 옷을 몸에 걸치고 목 부분을 감쌌다.

"호저[8]보다 상식이 없는 바보 같은 사람들이에요. 아저씨는 왜 저 분들에게 바퀴 빼내는 방법을 가르쳐주지 않았어요?"

"보고 있으면 재밌는데 내가 왜?"

리디는 남자들이 땀을 흘리며 용쓰는 바람에 옷이 엉망으로 더럽혀진 모습이 떠올라 웃음이 터졌다. 가뜩이나 탁했던 역마차 안 공기에 도로의 진흙 냄새까지 섞였으니 숨 쉬기가 더욱 힘들어졌을 것이다. 그렇지 않아도 신선한 공기가 들어오도록 창문 가리개를 올리는 사람도 있었다.

"공장으로 가는 게구나?"

리디는 고개를 끄덕였다.

"전 돈이 필요해요."

그는 리디 쪽으로 고개를 돌렸다.

"공장에서 일하는 여자들은 꼭 보스턴 여자 같은 차림을 하던데."

"난 보스턴 여자처럼 우아한 옷 따위에는 관심 없어요. 농장 때문

---

8 긴 몸통에 고슴도치처럼 억센 털이 박힌 동물.

에 빚을 졌거든요."

"네가 농장 주인이냐?"

"아버지가 주인인데요. 아버지는 4년 전에 서부로 갔는데 그 뒤로 연락이 없어요."

"너 대단하구나. 남동생이나 오빠는 없니?"

"남동생이 하나 있어요. 얼마나 든든한지 몰라요. 그런 동생을 엄마가 공장에 보냈는데 아마 돌아오려면……."

"로웰에는 돌봐줄 사람이 있니? 친척이나 친구?"

리디는 고개를 흔들었다.

"나 혼자 버틸 수 있어요."

"넌 분명 해낼 수 있을 거다. 하지만 얘기 친구라도 있으면 나쁠 건 없지. 내 누이가 공장 기숙사를 운영하고 있는데 그곳으로 데려다줄게. 콩코드 제조 회사의 제5공장."

"고맙기는 하지만 저는……."

"넌 날 도와줬잖니. 그걸 기숙사비로 셈하면 된다."

"아저씨는 마음만 먹었으면 마차를 금방 꺼낼 수 있었어요."

"그럼 재미가 없지. 마부는 지겹고 외로운 직업이야. 즐길 수 있을 땐 인정사정 보지 않고 즐겨야 하는 거지. 농장 소녀의 도움으로 난관에서 탈출한 신사들의 얼굴을 봤니?"

마차는 그날 오후 다리를 건너 도시로 들어섰다. 도시는 과연 도시였다. 목장의 양만큼이나 많은 빌딩이 서 있었고, 사람들로 번잡했다. 다른 것이 있다면 도시는 양처럼 보드랍지도 "메에~" 하며 볼멘

소리를 하지도 않는다는 것이었다. 회색 건물들은 거대했고 불길해 보였다. 지구 상의 모든 벽돌을 사용했을 듯한 거대한 건물이 단 한 채의 건물이라는 사실이 믿기지 않았다. 면적이 대규모 목초지만큼 넓고 높이가 5~6층에 달하는 건물들이 즐비했다. 연기를 토해내는 굴뚝들이 하늘에 낮게 걸려 있었다.

도시의 소음! 리디는 귀를 막고 싶은 충동이 일었다. 하지만 집으로 쳐들어온 곰을 빤히 쳐다보고, 도망 중인 노예와 대화를 나눈 그녀로선 지금 이 상황을 두려워할 수 없었다. 리디는 무릎 위에 올린 두 손을 꼭 쥐었다.

옷에 진흙이 묻은 승객들은 다양한 트렁크를 끌고 메리맥 호텔 앞에 내렸다. 리디는 대번에 그 호텔이 너무 비쌀 뿐 아니라 자신에게 어울리지 않는 곳이란 걸 알아차렸다.

그녀는 마부가 말들을 돌보고, 객실을 정리할 때까지 기다렸다가 그를 따라 걸어서 그의 여동생의 기숙사에 도착했다.

"버몬트의 화강석을 모셔 왔다."

그는 문간에서 미소 지으며 자신을 맞는 통통한 여인에게 말했다.

"이 돌 때문에 제시간에 올 수 있었지. 이놈의 등을 밟고 진흙탕에서 빠져나와 질퍽거리는 내리막길을 달려왔지."

콩코드 제5공장

처음에는 곰이 가구를 향해 오트밀 그릇을 내던질 때 났던 뎅그렁 소리인 줄 알았는데, 가만히 보니 소녀들로 생동감이 맴도는 작은 다락방이었다. 누군가 성냥갑에 성냥을 긋자 불꽃이 일면서 아주 작은 지옥의 유황 냄새가 났다. 촛불은 동트기 전의 어둠을 밝히기에는 충분하지 않았다. 다섯 명의 소녀가 옷을 입거나 단 한 개의 세숫대야를 놓고 다투는 소리를 들으며 잠에서 깨어난 리디는 자신의 현실을 깨닫기 시작했다.

마부의 동생인 베들로 부인은 더럽기 짝이 없는 리디를 기꺼이 받아주었다. 그녀는 서둘러 오빠에게 차 한 잔을 대접하고는 갈 길을 가도록 했다. 그녀는 찰리와 나이가 비슷해 보이는 아들에게 욕조에 뜨거운 물을 채우게 한 후, 리디에게 목욕하라고 지시했다. 부인은 리디가 벗어던진 진흙 범벅의 옷과 숄을 검은 무쇠 난로의 끓는 물에 집어넣었다.

얼마나 대단한 난로인가? 그렇지 않아도 신형 난로가 경이롭다는 소문을 들은 적 있었다. 얼굴에서 밤색 흙먼지를 떨구고, 따뜻해서 나른해진 몸에 하나 남은 꽉 끼는 드레스를 걸친 채 부인의 방에서 나온 그녀의 시선을 사로잡은 것은 다름 아닌 바로 이 난로였다. 리디는 바다 깊은 곳에서 기어 나온 신기한 괴물을 보듯 난로를 쳐다보았다. 리디는 난로 옆에 앉아 온기를 느끼며 찬찬히 그 경이로움의 비결을 알아보고 싶었지만 부인은 그녀를 식당으로 밀어 넣었다. 곧 이어 긴 시간 동안 공장 일을 마치고도 여전히 활력이 넘치는 30여 명의 젊은 여성이 식당을 채웠다. 리디는 돼지고기와 콩이 담긴 접시에 머리를 틀어박고 남들보다 훨씬 빨리 그릇을 비웠다. 베들로 부인은 식사를 마친 그녀를 다락방으로 올려보냈다. 리디는 고맙다는 인사말을 중얼거리는 것조차 잊을 정도로 잠에 곯아떨어졌다.

새로운 삶이 시작되는 첫날 아침, 리디는 잠시 침대에 누워 텅 빈 다락방의 고요를 만끽했다. 흔들리는 마차에서 3일이나 시달리고 난 뒤 다섯 명의 여자와 방을 같이 쓰게 된 것이다. 리디는 다른 여자와 침대를 함께 썼는데, 그 여자가 몸을 비틀고 코를 고는 통에 잠을 제대로 이루지 못했다. 종이 울려서 자리에서 일어난 여자들의 큰소리와 중얼거림이 어찌나 소란스럽던지 그녀가 떠나온 커틀러 여관의 창문 없는 골방이 평화로운 안식처로 느껴질 정도였다. 그렇다고 그곳이 그리운 것은 아니었다. 이불을 젖혀버렸다. 몸에 꽉 끼는 작은 옷 말고는 입을 게 없었다. 할 수 없이 그걸 입고, 꿰매고 또 꿰맨 양말을 신고서 힘들게 4층 계단을 내려갔다.

거실에는 큼지막한 식탁 두 개가 공간을 꽉 채우고 있었다. 베들로 부인의 아들 팀이 식탁을 준비하느라 정신이 없었다. 커피, 애플파이, 고기와 감자를 잘게 다져 섞은 해시 그리고 아마 생선 요리일 듯한 냄새가 마법의 기계 같은 난로에서 온 집 안으로 번지고 있었다. 난로는 한 번에 많은 일을 할 수 있다는 사실을 증명하려는 것 같았다.

"부츠를 여기에 뒀는데……."

베들로 부인은 따스하게 빛나는 둥근 얼굴로 리디를 올려다보았다.

"난로 옆에서 말리고는 있지만 너도 알다시피 쓸모는 없을 거다."

"네?"

"너의 옷과 부츠 모두 엉망이 됐단다. 옷은 타버렸는데 타지 않은 부분도 솥에서 진흙탕 죽으로 변했을지 모르겠다. 오빠도 미쳤지, 어쩌자고 너 같은 작은 여자아이에게 그런 일을……."

"아, 그건 아저씨 잘못이 아니에요."

리디는 밤새 난로 옆에서 딱딱하게 굳어버린 부츠에 발을 집어넣으며 말했다.

"남자 승객들이 있었는데 어찌나 미련하던지……."

"말 안 해도 된다. 내가 내 오빠를 모르겠니. 마부석에 앉아서는 이렇게 저렇게 하라는 말도 없이 그저 웃고만 있었을걸."

"하지만 아저씨는 마차와 말을 지켜야 해서 내릴 수 없었던 거예요."

"말도 안 되는 소리. 오빠는 상류층 사람을 놀리는 걸 즐길 뿐이란다. 만약 여관에서 밤새 들려줄 만한 재밌는 얘깃거리를 만들 수 있다면 얼마든지 마차를 부술 사람이다. 승객이 옷을 망치고 품위를 해치는 행동을 하게 하는 것 따위는 아무렇지도 않게 여긴단다."

"전 잃을 돈도 없고 체면도 없어요."

"돈은 전혀 없나?"

리디는 대답하기를 망설였다. 사실 한 푼도 없었다. 가지고 있긴 한데 자신의 돈이 아닌 트리피나의 돈이었다.

"너를 콩코드 공장에 추천하려면 외모부터 깔끔해야 한다고. 거긴 수준이 되는 애들을 고용하려 하거든."

리디는 얼굴을 붉혔다.

"물론 난 네가 그 누구보다 일을 잘하리라 생각한단다. 하지만 공장에서는 옷이나 신발을 보고 사람을 뽑기도 해. 하느님은 인간의 마음을 보시고 인간은 외모를 본다는 성경 말씀이 여자에게 적용된다는 것이 문제로구나. 넌 잘 꾸밀 필요가 있어." 부인은 작은 드레스에 딱딱하게 굳어버린 낡은 부츠 차림의 리디를 안쓰럽게 쳐다보았다. 리디는 창피한 속내를 드러내며 입을 열었다.

"여비로 쓰고 남은 돈이 조금 있지만 사실은 빌린 돈이에요."

"일하면 그 돈을 금방 메꿀 수 있단다. 그런데 나 좀 도와주련? 좀 있으면 애들이 아침 식사를 하러 들이닥친단다. 강은 너무 높고 물레방아는 너무 느리게 돌아……. 말인즉슨 애들에게는 휴일이 있지만 나는 그런 팔자가 아니란 의미지."

리디는 서둘러 헝겊을 손에 쥔 후, 베들로 부인이 난로에서 꺼낸 파이를 받아들었다. 베들로 부인이 말했다.

"강물이 다시 떨어지려면 며칠이 더 걸린단다."

그녀는 미소를 지었다.

"적당한 옷을 구해 입고 일자리를 찾기까지는 충분한 시간이지."

소녀들이 아침 식사를 하러 들어올 때의 소음은 그 무엇과도 비교할 수 없었다. 그녀들은 문을 열고 들어오면서부터 모든 사람이 다 들을 수 있을 만큼 높은 소리로 재잘거렸다. 휴일의 여유로움을 잠시도 억누를 수 없는 소녀들은 음식을 앞에 두고 감사의 기도를 하면서 "아멘"으로 채 끝맺기도 전에 다시 말문을 뗐다.

리디는 제멋대로 휘적거려서 발이 아프기도 한 트리피나의 신발을 끌고 큰 식탁을 준비하는 팀을 열심히 도왔다. 큰 쟁반에 담긴 대구 튀김, 해시, 감자볼 그리고 크림이 담긴 큰 주전자, 토스트와 버터, 애플파이, 커피와 우유 주전자를 날랐다. 리디는 이 소녀들처럼 시끄러운 소리를 내며 음식을 먹는 사람을 본 적이 없었다. 아가씨들이 어찌 이럴 수 있을까.

그 난장판을 뚫고 누군가 말했다.

"거기, 안녕! 우리 초면이구나."

갑자기 조용해졌다. 누군가 말했다.

"무례하게 굴지 마, 베시. 어제 와서 몹시 피곤할 거야."

리디는 그렇게 말한 여자 쪽을 바라봤다. 여관에서 봤던 그 여자일 거라는 직감이 들었기 때문이었다. 고개를 돌리니 바로 그 여자가 미소를 짓고 있었다.

"어젯밤에 왔구나, 친구?"

리디는 고개를 끄덕였다.

"거기, 주눅 들지 마. 우리도 한때는 모두 신참이었어. 물론 베시도 마찬가지지."

다른 여자들이 웃었다.

"나는 아멜리아 케이트라고 해."

'아멜리아'는 그녀에게 어울리는 귀족적인 이름이라는 생각이 들었다. 그녀는 작년에 핑크빛 옷을 입고 여관에 묵었을 때처럼 아름다웠다. 그녀의 피부는 희었고, 얼굴과 손은 길고 섬세했다. 그녀는 인정받는 존재였다. 그렇지 않았다면 그녀가 입을 열었을 때 모두 침묵하지는 않았을 것이다.

"네 이름은?"

"난 리디 워든."

리디는 거친 손가락으로 가슴을 조이는 옷 위를 긁었다. 리디가 보기에 방 안의 여자들은 모두 옷을 잘 입었고, 가녀리고 또 아름다웠다. 리디는 자신이 공작새 무리에 끼어든 까마귀라는 생각이 들었다.

"버몬트에서 왔겠구먼?"

베시라는 여자가 묻자 여럿이 웃음을 터뜨렸다.

"버몬트에 무슨 일이 있어?"

누군가 그린 마운틴 지역의 독특한 콧소리가 섞인 목소리로 물었다.

"난 루트랜드 근방 출신인데, 넌 어디야?"

리디는 자신보다 별로 나이 들어 보이지 않는 소녀에게 시선을 돌렸다. 다른 애들처럼 외모를 꾸몄지만 피부는 더욱 희었다. 그녀는 밝은색의 머리칼을 왕관처럼 땋았고, 몇몇 주근깨로도 지우지 못할 진지한 얼굴을 하고 있었다. 리디는 방 안의 여자들이 관심을 바꾸어 다시 떠들어대는 것을 다행스러워하며 엉클어진 자신의 머리칼을 잡아당겼다.

아침 식사 후, 아멜리아와 루트랜드에서 온 프루던스 앨런이 리디에게 적당한 옷, 작업용 앞치마, 신발 그리고 보닛을 사러 가자고 제의했다. 그들이 막 집을 나서려 할 때, 베들로 부인이 아멜리아의 손에 뭔가를 쥐어주었다. 손을 펴보니 1달러 지폐였다. 부인은 자신의 짓궂은 오빠가 여행 중에 리디의 옷을 망가뜨린 데 대한 보상이라고 했다.

리디가 아멜리아와 프루던스의 마음에 들도록 옷을 사는 데에는, 너무 고통스럽게도 가지고 온 돈 전부도 모자라서 베들로 부인이 준 1달러마저 다 털어 넣어야 했다. 발에 편한 신발은 어쩔 수 없이 구입해야 하는 형편이었지만, 돈을 전부 써버리니 너무 속이 상해 새것들을 장만한 기쁨을 만끽할 수 없었다. 발가락, 뒤꿈치, 복숭아뼈 부근이 꽉 조인다는 느낌에서 마침내 자신도 대도시의 유행하는 신발을 신게 되었다는 생각이 들며 이전에는 단 한 번도 발에 꼭 맞는 신발을 신은 적이 없다는 사실을 깨달았다. 이제 이 신발을 신으면 어디든 갈 수 있을 것이고, 심지어 집까지 달려갈 수 있을 것이다.

리디는 어떻게 해서 그런 결정이 내려졌는지 몰랐지만, 베들로 부인은 다락방에 있는 리디의 물건을 아멜리아와 프루던스의 3층 방으로 옮길 것이라고 말했다. 신참에게 가장 좋은 방을 배정한다고 하면 다른 여자들이 불평할 것이고 또 사실 실제로 불평했지만, 기숙사뿐만 아니라 도시에 친척은커녕 친구 하나 없는 리디는 특별한 관심의 대상이라는 아멜리아의 주장에 베들로 부인도 납득한 것이었다. 자신의 오빠 때문에 죄책감을 가지고 있던 부인은 그 부탁을 받아들였다. 리디는 3층의 작은 방으로 옮겼다. 아멜리아, 프루던스 그리고 베시가 함께 쓰는 방이었다. 일주일 전에 자신과 같이 침대를 쓰던 동료가 뉴햄프셔 고향으로 돌아가는 바람에 혼자서 침대를 사용하던 베시는 입이 한 자나 튀어나왔다.

대부분 여섯 명이 사용하는 다른 방에 비하면 네 명이 사용하는 이 방은 호사스러운 것이었다. 그럼에도 두 사람이 함께 누울 수 있는 더블베드 두 개, 작은 책상 두 개, 다양한 트렁크와 판지 상자를 제외한 공간은 몹시 좁아서 마음대로 걸어 다닐 수 없었다. 침대 외에는 엉덩이를 걸칠 만한 곳이 없었지만, 근무일에는 저녁을 먹고 불을 끄기까지의 여유 시간이 채 세 시간도 되지 않았다. 대부분의 소녀는 그 짧은 시간을 각자의 방이나 식당에서 혹은 시내로 나가 상점이나 강연회를 돌아다니거나 무도장에서 춤을 추면서 보냈다. 이러한 사업체들은 소녀들에게 바가지를 씌울 생각이 없는 정직한 시민들이 운영했다.

리디의 기대보다 보호자 역할에 훨씬 충실한 아멜리아가 물었다.

"주일에는 어느 교회에 갈 건데?"

리디는 겁먹은 표정으로 그녀를 쳐다보았다. 워든 집안은 마을에 살면서 단 한 번도 돈을 주고 교회에 참석한 적이 없었다.

"교회 가는 것은 생각해보지 않았는데."

아멜리아는 리디가 생각보다 선도하기 힘든 인물이라는 점을 상기시키려는 듯 한숨을 내쉬었다.

"넌 가야 해."

소설을 보고 있던 베시가 입을 열었다.

"아멜리아의 말인즉, 회사가 여직공의 영혼 상태가 어떠하냐에 상관없이 모조리 교회 예배에 참석할 것을 요구한다는 거야. 그래야만 소설 따위로 영혼을 더럽힌다 해도 거룩해 보인다나 뭐라나."

"베시, 제발 말 좀 가려서 해."

"미안, 아멜리아. 하지만 리디가 원하지도 않는 도덕적 의무에 대해 네가 책임지려 한다면 난 밤새워 토론할 수 있어."

베시는 소설을 내려놓고 리디의 얼굴을 똑바로 쳐다보았다.

"회사에서는 가끔씩이라도 어느 교회든 가주기를 바래. 감리 교회에서는 소녀에게 예배 참석 회비를 강요하지 않으니까 돈이 없으면 거길 가라고. 그래도 설교가 길어지면 돈을 내긴 해야겠지만 특별히 마음에 두는 교회가 없다면 감리 교회에 가는 것이 좋아."

"베시!"

"베시는 과장해 말하는 버릇이 있어." 프루던스가 진지하게 말했다.

"마음에 두지 마."

긴 금발을 빗어 내리는 그녀는 동화 속 공주의 외모를 하고 있었지만 목소리는 너무 사무적이라서 동화와는 거리가 멀었다.

리디는 자신의 생각을 어떻게 털어놓아야 할지 가늠하기 어려웠다.

"하지만 매사추세츠는 자유로운 곳이 아닌가요?"

"당연하지."

아멜리아가 답했다.

"하지만 이곳도 하나의 문명국가로서의 규율과 법규가 있단다. 우리 모두를 위해서지. 좀 있으면 너도 알게 될 거야."

베시는 어처구니없다는 듯이 눈알을 굴리더니 다시 소설을 들어 올렸다.

다음 날 아침, 베들로 부인은 리디를 데리고 기숙사 건물들을 지나 다리를 건너 공장에 도착했다. 벽돌로 지어진 두 동의 공장 건물 사이에는 나무 울타리가 높게 가로놓여 있었다. 울타리의 문은 감옥처럼 굳게 잠겨 있었지만 베들로 부인은 거칠 것이 없었다. 그녀는 두 공장 중 한 곳으로 들어갔다. 리디는 발을 끌고 그녀를 따라 들어갔다. 그들이 들어간 방은 커틀러 여관의 거실보다 넓었는데, 테이블과 사무원의 책상들로 빈틈이 없었다. 남자 사무원 서너 명이 펜으로 회계 장부를 쓰다가 곁을 지나가는 두 여자를 올려다보았다. 강물의 수위가 너무 높아 기계를 돌릴 수 없는 시기이기 때문에 회계 사무실이라고 해서 특별히 할 일이 있을 리 없었다.

베들로 부인은 그 방을 지나쳐 반대쪽 문을 열고 마당으로 나왔다. 리디의 농장이 다 들어가도 남을 만한 면적이었다. 베들로 부인은 정문, 회계실과 일반 사무실과 창고가 있는 남쪽의 저층 건물들이 회사 소유라고 설명했다. 거리가 짧은 쪽으로는 높은 건물 두 동이 서 있었는데, 하나는 기계 조립 공장이고 또 하나는 수리 공장이었다. 북쪽 끝에는 6층 높이의 거대한 방직 공장이 자리하고 있었다. 한쪽 끝에는 밖으로 통하는 계단이 설치되어 있었다. 벽돌 건물 정면의 아래위층으로 각각 창문 여섯 개가 전혀 반갑지 않은 눈을 하고서 4월의 가랑비를 뚫고 다가가는 리디를 노려보는 것 같았다. 길고 긴 지붕에 올라앉은 종탑 때문에 건물은 더 높게 보였고, 위압감이 들었다.

"시골 소녀에는 무척 인상적인 광경일 거야."

베들로 부인이 말했다. 리디는 고개를 끄덕이고는 몸이 떨리지 않도록 숄을 단단히 틀어쥐었다.

베들로 부인은 충수가 적은 남쪽 건물로 돌아가 '대리인'이라는 글자가 쓰인 문을 노크했다.

그녀는 문을 열어준 젊은 남자에게 명랑하게 말했다.

"새로 온 소녀를 데려왔어요. 농장에서 막 올라왔는데 보시다시피 아주 건강한 아이랍니다."

남자는 리디를 보는 척 마는 척하더니 뒤로 물러나며 두 여자가 들어갈 수 있도록 문을 잡아주었다.

"그레이브스 씨가 시간이 되는지 알아보죠."

그는 거만하게 말했다.

"여기 사무원들은 건방져."

베들로 부인은 리디의 불안을 떨쳐버리기 위해 속삭였지만 전혀 통하지 않았다. 대리인이라는 사람 자체가 편안함과는 거리가 있었다.

"베들로 부인이라고 하셨죠?"

뚱뚱하고 성공한 사람처럼 보이는 남자는 중년 부인이 들어왔는데도 자리에서 일어나는 예의도 표하지 않은 채 물었다.

긴장 탓에 얼굴이 벌게진 베들로 부인은 속사포로 얘기를 펼쳤다. 그가 부인의 따발총 같은 말에 짜증스러운 표정을 짓는 모습을 보며 리디는 둘 다 쫓겨나리라 생각했다. 얘기가 끝나자 예상과는 달리 그는 리디에게 1년짜리 계약을 맺자고 제의했다. 바로 그 순간에 방직실에서 물자가 부족하다는 보고가 들어왔다. 사무원 서스턴은 콩코드사에 대한 규칙을 내뱉고는 다음 날 아침에 천연두 접종할 시간을 정해주었다.

그들은 고개를 까닥하고는 헤어졌다. 베들로 부인은 리디를 툭 치며 대리인에게 감사의 뜻을 전하라는 사인을 주었다. 리디의 목소리는 들릴 듯 말 듯했지만 사실 그것이 그리 문제 될 것은 없었다. 대리인은 리디에게 아예 관심이 없었던 것이었다.

리디는 그가 손가락으로 가리키는 부분에 서명하면서, 그가 들려주는 회사 규칙을 진지하게 듣는 척하고는 주의 사항이 인쇄된 종이를 앞치마 주머니에 찔러 넣었다. 그녀는 오늘 밤 주의 사항을 공부하리라 다짐했지만 사실 심장이 털썩 내려앉은 상태였다. 대충 훑어봐도 그녀가 그 내용을 파악한다는 것은 불가능했다. 찰리가 곁에 있었다면 큰 소리로 읽어주며 설명해주었을 것이다. 공장에서 일하는 여자들은 이렇게 무식해선 안 될 것 같았다.

'콩코드 공장의 규칙'을 읽기까지 아마 몇 달이 걸릴 것이다. 하지만 바로 그 다음 날, 리디는 그 규정에 불쾌한 조항들이 숨겨져 있다는 사실을 깨달았다. 첫째는 예방 접종에 관한 것이었다. 베들로 부인은 아침 식사를 끝낸 후 리디를 병원에 데리고 갔다. 의사는 인정사정 보지 않고 그녀의 다리에 구멍을 뚫고는 이상한 액체를 쏟아부었다.

며칠 후에 상처가 덧나자 리디는 몹시 괴로워했다. 하지만 동료들은 그것이 다 그녀를 위한 것이라면서 놀렸다. 리디는 이제 천연두를 앓지 않을 거라는 점을 감사해야 했다. 아멜리아는 아직 휴가가 끝나지 않았다는 점을 감사하게 여기라고 충고했다. 2주간 충격과 지루함을 번갈아 느끼던 중, 저녁을 먹는 자리에서 다음 날부터 다시 작업을 시작한다는 소식이 발표되었다. 리디는 빈둥대는 시간이 끝나게 된 것에 감사했다. 이제 조금만 있으면 정식으로 여직공이 되는 것이었다.

리디는 베들로 부인이 아침 식사를 끝내고 나서 그녀를 방직실에 데려다 준다는 말을 듣고 실망이 되면서도 위안이 되었다. 점심때까지는 시간이 있으니 설거지하고 가자는 것이었다. 첫날부터 녹초가 되도록 일하는 것은 좋지 않다는 말도 덧붙였다. 처음에는 네 시간 일하는 것으로 족하다고 했다.

정문은 굳게 닫혀 있었다.

"지각해서는 안 돼."

베들로 부인이 말했다.

"시작 벨이 울릴 때에는 반드시 여기 들어와 있어야 하는 거야."

두 사람은 2주 전에 그랬던 것처럼 회계 사무실을 거쳐 공장으로 들어갔다. 하지만 이번에는 신사처럼 차려입은 남자들이 동행이었다. 그들 모두 머리를 꼿꼿이 세우고 있었는데 각자 목적지에 대한 확신이 있어 보였다. 리디는 새 옷을 걸쳤음에도 자신이 너무 창피스러워서 얼굴이 홍당무가 되었다. 베들로 부인의 몸을 거의 밀치듯이 보닛을 쓴 머리를 숙여 황급히 그곳을 빠져나갔다.

공장 부지로 들어서는 순간, 지축의 강한 흔들림을 느꼈다. 공장의 맥박은 거대한 벽돌 벽을 타고 퍼져 나갔다. 만일의 사태에 대비해 소중한 인간의 생명을 보호하기 위하여 건물 벽에 붙어 있는 그 늘진 나무 계단을 타고 오를 때 기계의 울림을 생생하게 느낄 수 있었다.

베들로 부인은 앞장서 4층까지 올라가는 동안 여러 번 걸음을 멈

추고 숨을 골랐다. 그녀가 문을 열자 폭발하는 듯한 기계의 울림이
들리기 시작했다. 부인은 리디를 안으로 밀어 넣었다.

"마스든 씨를 만나면 안내해줄 거야."

부인은 그렇게 소리를 지르고는 가버렸다.

9
방직실

무언가 만들어지는 소리! 지독한 소음! 털거덕, 찰칵. 거대한 기계들이 몸을 비트는 소리. 삐걱거리는 소리. 신음 소리. 삐걱, 덜컹. 어느 정도 정신이 맑아졌을 때, 리디는 퀘이커 교도인 스티븐스의 집에서 보았던 낡은 직조 기계가 뿌연 먼지 속에 줄지어 놓인 모습을 보았다. 악몽이 아닌 현실에서의 생명체나 다름없었다. 단정하고 꼼꼼한 소녀들의 눈에 의해서 움직이는 괴물들.

각 기계 위에 아치형으로 설치된 철제 틀에 달린 목제 장치는 위아래로 오르내리며 기계 뒤의 큼지막한 틀에서 수백 가닥의 실을 뽑아내고 있었다. 씨실을 붙잡고 있는 북⁹은 먹이를 노리는 맹수처럼 길고 긴 씨실들 사이를 내달렸고, 비터(beater)는 그 실들을 제자리에 단단히 집어넣고 있었다. 그 기계의 정면에서는 완성된 직물이 경악할 만한 속도로 쏟아져 나오자마자 둥글게 말리고 있었다.

소녀들은 그것들을 두려워하기는커녕 대단하게 여기지도 않는 것 같았다. 그녀가 감독을 따라 지나가자 일하는 소녀들이 쳐다보았다.

---

9 베틀에서 날실의 틈으로 왔다 갔다 하며 씨실을 푸는 기구.

미소를 지어주는 소녀, 그저 빤히 쳐다만 보는 소녀도 있었다. 귀청을 떨어뜨릴 것 같은 소음도 대수롭지 않다는 표정이었다. 어떻게 이런 환경에서 일할 수 있단 말인가? 경사진 길을 내려가는 마차가 속도를 늦추기 위해 말고삐를 잡아당길 때처럼 견디기 힘든 소음이 되살아나는 것 같았다. 바로 그 마차! 두개골 하나에 마차 수백 대가 돌진해 부딪치는 것 같은 고통이었다. 리디는 당장에라도 문을 열고 밖으로 나가 삐걱거리는 계단을 밟고서 마당으로 내려선 후 좁은 다리를 건너 이 지옥 같은 도시를 빠져나가, 푸른 언덕과 목초지로 달려 나가고 싶은 충동이 일었다.

하지만 리디는 단 한 발자국도 움직이지 않았다. 소음의 공격에도 귀를 막지 않았다. 그녀는 감독이 안내한 기계 앞에 서서 그가 하는 말을 이해하는 척했다. 그는 검은 콧수염이 수북이 내려앉은 작고 빨간 입으로 들릴 듯 말 듯 주절거렸다. 머리칼이 거의 없어서인지 감독의 그 풍성한 수염이 더욱 눈에 들어왔다. 그의 정수리는 정성 들여 문지른 나무처럼 번쩍거렸다. 그러다가 그가 느닷없이 자신의 빨간 입을 리디의 귀에 지나치도록 가깝게 밀착했고, 리디는 깜짝 놀랐다. 그가 소리 지른다는 것을 깨닫기 전에 리디는 고개를 재빨리 돌려버렸다.

"내 말 알아들었어?"

리디는 공포에 질린 눈으로 그를 바라보았다. 하나도 알아듣지 못했다. 이 남자가 도대체 무슨 소리를 하는 것인가? 이상하게 생긴 입에서 튀어나온 말을 과연 이해할 것이라고 생각한단 말인가? 하지만 들은 것이라고는 짐승 같은 방직기 소리밖에 없다는 말을 어떻게 할 수 있단 말인가? 먼지와 천 조각을 섞은 듯한 공기로 가득 찬 거대한 창고 같은 아침의 어둠 속에서 그 무엇을 볼 수 있단 말인가?

리디가 입을 벌리고 멍하니 서 있을 때 누군가 그녀의 어깨에 손을 얹었다. 깜짝 놀라 몸을 움츠린 리디는 방직기를 다루는 젊은 여자가 방금 자신의 어깨에 손을 올렸다는 사실을 깨달았다. 그녀의 머리는 리디의 왼쪽 귀 근처에 거의 붙어 있다시피 했기 때문에 리디는 그녀가 감독을 향해 내뱉는 소리를 들을 수 있었다.

"걱정 마세요, 마스든 씨. 제가 도울게요."

감독은 신참인 리디를 자신이 직접 책임지지 않아도 되고, 또 방직기 다루는 방법을 가르쳐 주지 않아도 된다는 사실에 부담감을 덜은 표정으로 고개를 끄덕였다.

"우린 이제 같이 일하는 거야."

그녀는 리디의 귀에 대고 소리를 질렀다.

"이것이 네 기계고 바로 옆에 있는 이 두 대는 내 기계야. 내 이름은 다이애나."

그녀는 리디에게 자신의 오른쪽 어깨 뒤에 서라고 신호했다. 다이애나가 갑자기 기계 오른쪽의 철제 손잡이를 때리자, 방직기는 부르르 떨다가 멈추었다. 직사각형 모양의 날실(경사 드레드)을 만들어내는 그 기계의 양옆에는 가축용 여물통 모양의 폭 좁은 나무통이 놓여 있었다. 그녀는 왼쪽에 놓인 나무통에서 북을 집어 올렸다. 나무로 만든 북은 양쪽이 뾰족했고, 그 끝에는 구리를 뜻하는 '동'이라는 글자가 새겨져 있었다. 크기는 조금 크지만 옥수숫대를 빼닮은 북은 얼레나 씨실을 움직일 수 있도록 속이 파여 있었다. 그녀는 리디의 눈이 따라잡을 수 없을 만큼 빠르게 발밑의 얼레 상자에서 빈 실패를 들어 올려 실타래 속으로 집어넣었다. 그러고는 북의 한쪽 끝 구멍에 입을 갖다 대고는 실을 뽑아냈다.

"죽음의 키스라고 하지."

다이애나는 자신의 말이 너무 무섭게 들리지 않도록 어색하게 미소 지으며 소리쳤다. 그녀는 북을 통과한 실을 쇠로 만든 후크에 돌려 감은 후, 그것들을 이미 짜놓은 직물의 마지막 줄에 집어넣었다. 그 후크들은 약 1미터 길이의 가죽 끝에 매달린 채 종 모양의 쇠에 연결되었다.

"고리들을 쉬지 말고 움직여줘야 해."

다이애나가 말했다.

"직물을 네가 움직이는 방향으로 넉넉히 잡아당겨."

그녀는 새로 짜여 나오는 직물을 가리켰다.

"북이 끝까지 오가는지를 봐야 해. 오른쪽까지 말이야."

다이애나는 리디의 귀에 대고 말했다. 그녀는 나무통의 오른쪽 끝에 북을 놓았다.

"북을 전부 오른쪽으로 붙여놓으면 바로 작업 시작이야."

다이애나가 손잡이를 잡고 방직기 쪽으로 밀어젖히자, 가늘고 긴 홈으로 들어갔다. 방적기는 죽었다가 다시 살아나서 흔들거렸다.

리디는 다이애나가 서로 마주보고 있는 기계 두 대와 근처에 있는 또 다른 기계 사이를 자유롭게 돌아다닐 수 있도록 거리를 두고서 한 시간가량 지켜보았다. 다이애나는 기계의 동작이 느려지면 북을 갈아 끼운 후, 두루마리가 단단히 조여지도록 후크를 걸었다. 그러다가 갑자기 기계 한 대를 거칠게 꺼버렸다. 그녀는 윗실과 밑실이 분리되는 부분을 가리켰다.

"세로줄이 걸렸어. 이걸 놓치면 곤란해져."

속이 비어 있는 북이 몇 인치의 하자를 만들어내어, 결국에는 옷감 몇 미터쯤은 그냥 버리게 된다는 것이었다.

"불량품이 나오면 그만큼 임금을 덜 받게 돼."

다이애나가 방직기의 철제 틀에 매달린 작은 봉지를 툭 치자 활석 가루가 뿜어져 나왔고, 그녀는 그걸 손가락에 묻혔다. 그녀는 끊어진 세로줄을 연결하는 방법을 가르쳐주었는데, 연결 부분이 표시가 나지 않아서 꼭 녹여 붙인 것 같았다. 그녀는 옆으로 비켜서며 말했다.

"이제부터는 네가 해봐."

리디는 농장 소녀였다. 힘쓰는 것은 자신 있었다. 그런데 손잡이를 잡아당기려니 꿈적도 하지 않았고, 젖 먹던 힘까지 다 써야 겨우 움직였다. 리디는 한 번도 밭을 갈아보지 못한 말이 밭을 가는 것처럼 낑낑댔다. 다이애나의 지시대로 사과만 한 쳇발을 움직이려 하는데 바위 덩어리가 가죽 끈 가장자리를 누르는 것처럼 뻑뻑했다. 하지만 기계를 작동하는 데 필요한 힘은 북을 재빨리 움직여야 하는 기술에 비하면 아무것도 아니었다. 하늘이 도와서인지, 리디는 그 지긋지긋한 매듭을 하나 연결할 수 있었다.

동작 하나하나가 너무 빨랐다. 씨실의 얼레는 5분도 되기 전에 새 것으로 바꿔야 했다. 또 기계 소리는 어쩌나 큰지 귀가 먹먹했다. 하지만 키가 큰 다이애나는 기계 사이를 차분하게 움직였다.

그녀가 조종하는 방직기 세 대가 모두 완벽하게 작동하는 경우도 있었다. 북들은 가운데 패인 부분에 실패를 완벽하게 물고 있었고, 쳇발들은 직물 위에 높이 걸려 있었으며, 씨실들은 한 군데도 걸림 없이 매끄럽게 흘렀다. 휴식 중에 다이애나가 리디를 가까운 창문으로 데리고 갔다. 창턱에는 활짝 핀 꽃병들과 책, 잡지에서 잘라낸 종이들이 다닥다닥 붙어 있었다. 다이애나는 시 한 편이 인쇄된 종이의 말려 올라간 가장자리를 손가락으로 눌렀다.

"요즘에는 책을 볼 시간이 없어. 예전에는 그렇지 않았는데······. 리디, 넌 책을 좋아하니?"

리디는 옆에 아무도 없을 때 자신이 회사 규정을 이해하기 위해 있는 힘을 다해 노력한다는 점을 떠올리며 대답했다.

"난 학교를 거의 다니지 않았어."

다이애나가 친언니처럼 대답했다.

"넌 공부할 수 있어. 원하면 내가 저녁에 공부를 도와줄게."

리디는 고마움이 담긴 시선으로 그녀를 쳐다보았다. 사실 다이애나에게 미안해할 것도, 창피스러워할 것도 없었다.

"규정을 이해하는 데 조금 도움을 받았으면 해서······"

"무리도 아니야. 모두 규정 때문에 골머리를 앓고 있거든." 다이애나가 대답했다.

"오늘 밤 그 종이를 가지고 제3공장으로 와. 그 어려운 것을 공부해보자."

그날 저녁 식사를 끝내고 리디가 외출한다는 말을 들은 아멜리아는 불안해했다.

"오늘은 공장에 나간 첫날이니까 쉬어야 해."

"괜찮아."

방직실의 소음이 귀에 들어오지 않게 되면서 리디는 안정을 되찾았다. 피곤했지만 그렇다고 녹초가 된 것은 아니었다.

"공부할 것이 있어서."

리디는 말하면서 자긍심이 솟았다.

"공부? 누구와?"

"다이애나라고……, 방직실에서 일해."

리디는 다이애나의 성을 모르는 것이 아쉬웠다. 아멜리아, 프루던스, 베시는 3층 방적실에서 일하기 때문에 다이애나를 모를 것 같았다. 베시는 보던 소설에서 눈을 뗐다.

"다이애나 고스?"

"그저 다이애나라는 것밖에 몰라. 오늘 나에게 정말 친절했거든."

"다이애나 고스?"

아멜리아가 끼어들었다.

"리디, 그 애하고는 어울리지 마."

리디는 자신의 귀를 의심했다.

"어?"

프루던스가 말을 이었다.

"만약 다이애나 고스가 맞다면, 그 애는 급진주의자야. 그래서 아멜리아가 걱정하는 거야."

"어?"

베시가 웃었다.

"촌뜨기 소녀가 알다가도 모를 급진주의자와 친구가 될 것 같지는 않은데……."

리디가 대답했다.

"나도 퀘이커 교도는 알아. 창조론자이고 노예 폐지론자. 안 그래, 어?"

"어쩌면 좋아!"

베시는 소설책을 내려놓고 가볍게 박수를 쳤다. 에밀리아는 일요일에 쓸 보닛에 리본을 달면서 베시의 행동을 지켜보다가 바늘로 모자 가장자리 대신 자기 손가락을 찔렀다. 그녀는 손가락을 입에 넣고 미간을 찌푸렸다.

"리디, 앞으로는 '창조'라는 단어와 '어'라는 말을 하지 마."

"버몬트에서 온 애들만 그런 말을 하지."

프루던스가 산악 지역의 말투를 꾹 누르며 말했다.

리디는 당혹스러웠다. 룸메이트들을 자극하고 싶지 않으면서도 다이애나와는 어울리고 싶었다. 우스꽝스러운 규정을 배우는 것만이 목적이 아니었다. 키가 큰 그 소녀처럼 뭐든지 다 배워, 실력 있는 직공이 되고 싶었기 때문이었다.

공장 생활에 대해서는 어느 정도 눈을 떴다. 방직실에서 일하는 유능한 직공은 돈을 많이 받는다는 사실도 이미 파악했다. 몸이 녹초가 될 정도로 힘들게 일해야 약간의 보너스를 받고 만족해하는 하녀와는 다른 신분이 되는 것이었다.

리디는 보닛을 머리에 쓰고 끈을 묶었다.

"곧 돌아올게."

"나라면 절대 가지 않아."

아멜리아가 차갑게 말했다. 리디는 미소를 지었다. 아멜리아에게 항상 신세를 지는 것이 신경 쓰였고, 그녀에게 비우호적이며 은혜를 모르는 인간으로 비치고 싶지는 않았다.

"나 때문에 너무 걱정하지 마. 나도 혼자 할 수 있는 것이 있거든, 어?"

"아하!"

베시는 콧방귀를 뀌고는 헛웃음을 터뜨렸다. 프루던스가 말을 받았다.

"네가 여기 오래 있지 않아서 실정을 모르기 때문이지. 아멜리아뿐만 아니라 그 누구도 네가 이 어색한 환경에서 스스로 적응하는 걸 방해할 사람은 아무도 없어."

리디는 아멜리아나 프루던스가 연설을 시작할까 봐 겁이 나서, 숄을 집어 들고는 방문을 열었다.

"조심할게."

말은 그렇게 했지만 어떻게 하는 것이 조심하는 것인지에 대해서는 아무런 생각이 없었다.

다이애나의 기숙사와는 겨우 두 블록 거리였다. 동일한 구조의 4층 건물이었다. 4월의 저녁노을을 배경으로 창문에 늘어선 램프와 촛불들이 졸린 눈을 깜박거리고 있었다.

리디는, 베들로 부인이 그랬던 것처럼 잠겨 있지 않은 정문을 통해 널찍한 거실로 들어갔다. 거실은 두 개의 식탁으로 꽉 차 있었고,

양옆으로는 비슷한 크기의 공간이 있었다. 베들로 부인의 기숙사와 마찬가지로 의자들은 식탁에서 멀리 당겨져 벽에 붙어 있었는데, 소녀들은 양옆 공간에서 대화를 나누고, 뜨개질을 하거나 책을 보고 있었다. 양계장처럼 시끄럽고 정신이 없었다. 길거리 장사치들은 안으로 들어와 리본이나 싸구려 장신구를 펼쳐놓고 소녀들을 유혹했다. 한쪽 구석에서는 관상가가 한 소녀의 머리 크기를 재고는, 그 수치로 그녀의 성격에 대해 입을 열 참이었다. 서너 명의 소녀들은 꼼짝 않고 서서 그들의 대화를 엿듣고 있었다.

리디는 문을 닫고는, 앞으로 걸어 들어갈 엄두가 나지 않아 그 자리에 서 있었다. 이름도 확실히 모르는데 어떻게 다이애나를 불러달랄 수 있을까? 하지만 쓸데없는 걱정이었다. 시끄럽게 떠들어대는 무리에 섞여 있던 다이애나가 구석진 자리의 의자에서 일어나 다가왔다. 그녀가 미소를 짓자, 진지하고 긴 얼굴에 보조개가 팼다.

"잘 왔어. 위로 올라가서 조용히 얘기하자."

계단 위로 올라가자, 떠들어대는 소녀들과 2층이나 멀어졌다는 사실에 편안해졌다. 다이애나의 방에는 아무도 없었다.

"손님 대접하는 것 좀 보라지."

다이애나는 리디의 속내를 들여다본 것처럼 말했다.

"조용한 시간을 갖기 위해 영혼이라도 팔고 싶은 때가 있어. 넌?"

리디는 고개를 끄덕였다. 아침 비둘기의 재잘거림처럼 다이애나의 목소리는 사랑스럽고 품위가 있었다. 리디는 그녀가 방직기에 붙어 있을 때보다 더 위압감을 받았다.

"정식으로 인사 해야지. 난 다이애나 고스라고 해."

그녀는 리디의 얼굴에서 뭔가를 읽은 것처럼 말을 덧붙였다.

"악명 높은 다이애나 고스."

그러고는 보조개가 파이는 귀여운 미소를 지었다. 리디는 얼굴을 붉혔다.

"나 조심하라는 말 들었네."

"그런 것은 아니고……."

"그렇다면 듣게 될 거야. 난 사라 베글리의 친구거든."

다이애나는 리디의 얼굴에서 '사라 베글리'라는 이름에 대한 반응을 살폈다. 리디가 별다른 반응을 보이지 않자 다른 이름들을 나열했다.

"아멜리아 사전트? 메리 에머슨? 홀다 스톤? 몰라? 그럼 곧 듣게 될 거야. 보다 나은 작업 환경을 위해 목소리를 높이는 범죄인들이지."

그녀는 리디의 얼굴을 응시하며 말했다.

"같은 입장에 있는 여직공들이 왜 우릴 두려워해야 하지? 리디, 이건 노예가 자유를 두려워하는 것과 다를 바 없어."

"난 노예가 아냐."

리디의 입 밖으로 사나운 대답이 불쑥 튀어나왔다.

"너는 내 연설을 들으러 온 게 아니지. 미안해. 이젠 너를 소개해봐."

리디는 자신에 대해 말하는 것이 쉽지 않았다. 그런 경험이 없었다. 아멜리아, 프루던스, 베시에게는 정식으로 소개할 필요가 없었다. 특히 아멜리아가 그렇지만, 그들은 언제나 자신에 대해 진지하게 말하는 편이었고, 또 리디를 자기편으로 인식하는 것 같았다. 그런데 자신에 대해 뭘 말해야 하는 것인가? 다이애나 같은 애들은 어떤 것에 흥미 있어 할까?

"나에게는 찰리가 있어."

리디가 말하기 시작했다. 아버지의 빚을 갚기 위해 자신과 찰리가 집을 떠났는데, 자신은 이 공장에 오게 되었다는 사실부터 말했다.

베시의 장담과는 달리 다이애나는 비꼬지도 않았고, 냉소를 짓지도 않았다. 아멜리아가 리디에게 하듯 머리 회전이 느린 사람을 상대로 강의도 하지 않았고, 프루던스처럼 설명하는 것을 의무처럼 여기지도 않았다. 전혀 그렇지 않았다. 키가 큰 소녀는 침대 가장자리에 살짝 걸터앉아 조용하면서도 진지하게 리디의 이야기를 끝까지 들어주었다. 단 수분 안에 그렇게 많은 단어를 쏟아낸 경험이 없었던 리디는 약간 호흡이 가빴다. 자신에 대해 그렇게 자세히 털어놓고 말했다는 사실이 당혹스러웠다.

"넌 가족과 연락하고 있지, 어?"

"아니야. 기억도 잘 나지 않는걸. 친척 아줌마가 날 열 살까지 키워주고는 떠나갔거든."

리디는 그녀를 측은히 여겼지만 다이애나는 그런 감정을 떨쳐버렸다.

"나에게는 공장이 내 가족이야. 여기에는 걱정해야 할 자매들이 많거든. 하지만 너에 대해서는 걱정하지 않아. 넌 열심히 일하지 않는 것이 뭔지도 모르지, 응?"

"난 일은 걱정하지 않는데 소음이 문제야."

다이애나가 웃었다.

"맞아. 처음에는 소음이 정말 끔찍해. 하지만 자신도 모르게 익숙해지지."

리디는 그 말이 믿기 힘들었지만 다이애나가 그렇게 말하니…….

"그리고 넌 열세 시간의 작업이 과로라고 생각하지 않지?"

리디는 단 한 번도 시간을 정해놓고 일한 적이 없었다.

"일이 끝날 때까지 일해야 하는 건 당연하지. 날이 어두워지기 전에 일을 그만둔 적은 없었어."

다이애나가 물었다.

"임금은 일한 만큼 받았어?"

"아직 돈을 받지 못했어. 듣기로는…….""

"그럼 여관에선 얼마를 받기로 한 거야?"

"몰라. 일주일에 50센트인 것 같기도 하고. 주인이 엄마에게 보냈다고 알고 있어. 주방장인 트리피나가 말하길 주인이 그걸 자주 잊어버린다나 봐. 내 생각에 찰리는…….""

리디는 말을 멈추었다. 그러고 보니 엄마와 찰리 모두 그녀가 지금 어디 와 있는지 모른다!

"뭐 걱정스러운 일이라도 있어, 리디?"

"찰리와 엄마에게 편지를 쓰지 않았어. 내가 어디에 있는지 전혀 몰라."

그들에게 그녀가 필요할 때 어떻게 찾지? 리디는 말로 다 표현할 수 없는 두려움이 몰려들었다. 이제 가족들과는 완전한 이별이다. 지구 반대편에 와 있다 해도 과언이 아니었다. 찾으려야 찾을 수 없다.

"언제쯤 내가 여기 와 있다는 사실을 알게 될까?"

"그거야 편지 쓸 종이만 있으면 되지."

"우표도 필요해. 내가 미리 우편료를 내야 하거든. 엄마와 찰리에게는 돈이 없어."

"내가 우편료를 대줄게."

"빌리고 싶지 않아. 이미 상당한 빚을 졌어."

하지만 다이애나의 고집도 만만치 않았다. 그녀는 리디가 당장에라도 자신이 있는 곳을 가족에게 알려야 한다고 말했다. 그녀는 종이, 펜과 잉크 그리고 종이 밑에 댈 딱딱한 판자를 가져왔다. 리디는 다이애나 앞에서 낑낑대며 편지 쓸 것을 창피해했지만 다이애나는 리디가 마음 편히 편지 쓸 시간을 주기 위해 책을 뽑아들었다.

> 엄마, 내가 아아러 로웰에 왔다는 사실을 알면 크게 놀라겠지. 난 지금 콩코드 공장에서 방직기를 돌리고 있어. 편지를 보내고 싶다면 제5공장으로 보내면 돼. 모두 친절하게 대해주고, 밥도 맛있고 많이 줘. 빚을 갚으려고 저축하는 중이야.
>
> 난 건강해. 엄마와 동생들 모두 잘 있기를 바라.
>
> 엄마의 딸 리디 워든

종이 한 장을 더 써서 찰리에게 따로 편지를 보내는 일은 낭비 같았다. 하지만 다이애나는 그에게도 편지를 써야 한다는 것이었다.

찰리야, 놀라지 마. 난 로웰에 와서 직공이 되었단다.
사람들 모두 친절하단다. 일도 재밌어. 하지만 기계의 소음이 믿
을 수 없을 만큼 정말 엄청나단다. 임금은 좋아. 돈을(돈을) 모아서
빚을 갚을 작정이야. 그래서 우리가 희망을 잃지 않는 게 아니겠니?
(하하하.)
　　　　　　　　　　　너를 사랑하는 누나 리디 워든

추신. 나에게 편지를 쓰고 싶다면 콩코드 제5공장으로 보내면
돼. 맞춤법이 엉망이다. 지금 너무 바쁘거든.

리디는 편지지를 접고 다이애나가 빌려준 밀랍으로 봉한 다음 겉
면에 주소를 적었다. 그러자 우편을 보내는 방법을 묻기도 전에 다
이애나가 리디의 손에서 낚아챘다.

"나도 편지 보낼 일이 있어. 가는 길에 부쳐줄게."

리디는 한숨을 내쉬었다.

"돈 받으면 갚을게. 트리피나에게도…….."

다이애나가 대답했다.

"이번에는 환영 선물이야. 선물을 갚는 것은 실례야."

이때 불을 끄라는 벨 소리가 울렸다.

"엉터리 규정은 보지도 못했네."

다이애나가 말했다.

"다음에 보지 뭐."

다이애나는 리디를 제5공장 기숙사에 데려다주었다. 도시의 별들

은 희미하고 아득히 멀어 보였지만 하늘은 맑고 서늘했다.

"아침에 보자."

다이애나가 문 앞에서 말했다.

"오늘 정말 고마워."

리디가 대답했다. 다이애나는 고개를 흔들었다.

"가족은 당연히 알고 있어야지. 걱정하게 내버려둘 순 없잖아."

룸메이트들은 이미 잠자리에 든 상태였다.

"늦었네."

아멜리아였다.

"소등 벨이 울리자마자 왔어."

"그리 늦은 것은 아냐."

이번에는 베시였다.

"아멜리아는 너와 어울린 그 애를 좋아하지 않을 뿐이야."

"다이애나 고스 맞지?"

아멜리아가 물었다.

"응."

"그리고?"

리디는 대답하지 않고 보닛을 벗은 후, 어깨에 걸쳤던 숄을 내려놓았다. '그리고'라니? 아멜리아는 무슨 말을 듣고 싶은 것일까?

아멜리아가 물었다.

"너보고 자기편이 되라든?"

리디는 그 질문을 이해하지 못한 채 숄을 접었다.

베시가 말을 받았다.

"다이애나가 널 묶은 다음, 여성노동개혁협회에 가입하겠다고 말할 때까지 고문했냐는 의미란다."

"오, 베시."

프루던스가 짜증을 냈다.

"다이애나는 그런 걸 요구하지 않았어."

리디는 아멜리아와 프루던스가 사용하는 침대와 트렁크들을 피해서 돌아, 베시와 같이 사용하는 반대편 침대로 갔다. 침대 가장자리에 엉덩이를 걸치고 신발과 양말을 벗었다.

"지금까지 뭐하고 온 거야?"

베시가 소리 나도록 책을 덮으면서 물었다.

"아멜리아, 무슨 일이었다고 생각해?"

"별다른 일 없었어."

리디는 별것 아닌 일로 룸메이트들을 자극하고 싶지 않았다.

"내가 있는 곳을 가족에게 알려야 한다면서 종이를 줬을 뿐이야."

"오, 리디."

프루던스가 말했다. "우리가 네게 진작 그렇게 하라고 했어야 했는데, 너무 생각이 없었구나."

"아무렴 어때. 편지를 썼으면 된 거지."

"아주 교활한 계집애야."

아멜리아가 중얼거렸다.

"그 애 경계해야 해. 내 말 믿어, 리디. 너를 위해 하는 소리야."

마지막 소등 벨이 울리기 시작하자 베시가 킁, 하는 콧소리를 내더니 손을 뻗어 촛대를 들고서 불을 껐다.

올리버

　서른네 번의 벨 소리가 기숙사의 잠을 깨웠다. 사방에서 소녀들이 누군가를 부르는 소리, 심지어 노래 부르는 소리까지 들려왔다. 다른 층에 있는 누군가는 수탉 우는 소리를 냈다. 베시가 신음 소리를 내면서 몸을 뒤척이는 가운데 리디는 여관의 창문 없는 다락방에서 그랬던 것처럼 벌떡 일어나 어둠 속에서 서둘러 옷을 입었다.

　배 속에서 꼬르륵 소리가 들렸지만 무시하기로 했다. 아침 식사를 하는 7시까지는 두 시간 30분이나 남았다. 소녀들은 5시에 공장 정문 앞에 모여 건물 끝 부분에 설치된 계단을 따라 떠밀려 올라가서 각자가 맡은 기계를 청소하고, 하루 일과가 시작되길 기다렸다.

　"너무 이른 아침이라 피곤할 텐데?"

　다이애나가 아침 인사를 겸해 물었다.

　리디는 고개를 흔들었다. 발은 쑤셨고, 농장에서 밭을 간 다음 날처럼 온몸이 피곤했다.

　"다행이다. 유감이지만 오늘은 더 힘든 날이 될 거야. 우리는 동시에 방직기 세 대를 작동해야 하거든. 알았지? 네가 완전히 익혀서 자신감이 들 때까지 그렇게 해야 해."

리디는 그녀에게서 마치 교회에서 다정히 속삭여주는 언니 같은 느낌을 받았다. 거대한 방직실에서는 거의 아무런 소리도 들리지 않았다. 지하실의 커다란 물레바퀴에 연결한, 천장의 가죽 벨트가 삐걱거리는 소리뿐이었다.

감독이 들어와 고개를 까닥이며 '안녕' 하고 인사를 하더니, 자신의 머리 위에 자리한 휠과 벨트에 연결된 끈 아래에 놓인 낮은 나무 의자를 밀었다. 그는 작고 붉은 입을 오므리더니, 의자에 발을 딛고 올라서서 주머니에서 시계를 꺼냈다. 바로 그 순간, 지붕 위의 종탑에서 벨 울리는 소리가 들렸다. 그가 끈을 잡아당기자 천장에 붙어 있는, 늘어져 있던 널따란 벨트가 팽팽하게 당겨지더니 쥐 죽은 듯이 고요하던 수백 대의 방직기가 무질서하고 소란하게 합창하듯 혹은 공포에 질린 듯 전율하면서 신음 소리를 내기 시작했다.

그 뒤로 채 5분도 지나지 않아 리디는 자신의 머리가 분쇄기로 들어가 톱밥으로 갈리는 나무토막 같다는 느낌을 받았다. 그녀는 소음과 고통을 떨쳐버리기 위해 머리를 흔들었지만, 소음과 고통은 더 무거워질 뿐이었다. 시련은 그 정도로 끝나지 않았다. 새로 산 부츠를 몇 시간째 신다 보니 발이 부어올라 구두끈이 살을 파고들었다. 끈을 느슨하게 풀려고 허리를 구부렸다가 오른쪽 끈이 단단히 묶인 것을 확인하는 순간, 눈물이 터져 나오려고 했다. 아니, 어쩌면 그 눈물은 허공에 소용돌이치는 먼지와 천 조각들 때문일지도 모른다.

공기가 습기와 천 먼지투성이라는 생각이 들면서 숨 쉬기가 고통스러웠다. 리디는 순간적으로 창 쪽으로 달려갔다. 신선한 공기를 마셔야 하는데, 창은 4월의 아침인데도 못질이 되어 있어서 열리지 않았다. 그녀는 이마를 창에 댔다. 유리조차 뜨거웠다. 그녀의 앞치마가 넓은 창턱에 올려진 제라늄 화분을 문질렀다. 꽃은 이 뜨거운 실내에서 활짝 피어 있었다. 그녀는 호흡을 위해 목을 가다듬고 허파를 비우려 했다.

그러자 리디는 다이애나를 봤다기보다는, 느껴졌다.

"마스든 씨가 널 지켜보고 있네."

다이애나는 동생에게 말하듯 다정하게 말하며 리디의 어깨에 손을 올려 방직기 쪽으로 몸을 틀어주었다. 그녀는 멈춰버린 방직기와 당장 연결해야만 하는 경사 드레드(warp thread)를 가리켰다. 다이애나가 그 기계를 멈췄음에도, 리디는 손가락 끝에 파우더를 비비고선 채 손을 기계 속으로 집어넣는 것을 주저했다. 다이애나는 어서 손을 집어넣으라고 가볍게 몸을 쳤다.

리디는 "나는 지금 검은 곰을 내려다보고 있는 거야"라고 중얼거리고는 심호흡을 한 후, 그 전날 오후 내내 다이애나가 거듭 가르쳐준 대로 끊어진 실을 잇기 시작했다. 마침내 줄 잇기에 성공하자 다이애나가 지렛대를 잡아당겼고, 방직기는 전율하면서 생명이 되살아났다.

무슨 수로 이 지옥에 적응할 것인가? 7시에 새벽 작업이 끝나면 서로 몸을 밀치고 나가 다리를 건너, 거리로 내달려서, 기숙사로 달려가 아침 식사를 게 눈 감추듯 허겁지겁 집어삼킨 다음, 출렁거리는 배를 끌어안고 공장 벨이 울리는 7시 35분 전까지 뛰어서 돌아와야 한다. 식사 시간의 절반은 계단을 오르내리고, 공장 마당과 다리를 건너고, 줄지어 늘어선 기숙사를 오고 가는 데 소비되었다. 식당의 소음은 공장의 소음에 뒤지지 않았다. 서른여 명의 여자가 음식을 씹는 소리, 뭔가를 집어달라는 다른 여자들의 고함은 무시하고 팬케이크 접시와 시럽 주전자를 자신 쪽으로 옮겨달라는 아우성.

크고, 분주하고, 항상 시끄러운 기숙사의 식사에 비하면 부엌의 한구석에서 트리피나와 같이하던 조용한 식사, 심지어 별로 말이 없는 찰리와 나누던 나무껍질 스프도 진수성찬이었다. 단 한 번도 본 적이 없을 만큼 풍성하게 차려지는 점심 식사 시간의 절반은 아침보다 더 정신없이 흘렀다.

마침내 저녁 벨이 울리자 마스든 씨가 끈을 잡아당겨 하루 일과가 끝났음을 선언했다. 다이애나는 리디를 데리고 보닛과 숄을 걸어둔 문 옆으로 가서 리디의 것을 집어 건네주었다. "오늘 밤에 회사 규정을 공부하기로 한 약속은 취소하자. 일을 너무 많이 했어."

리디는 고개를 끄덕였다. 어제가 수년 전의 과거 같았다. 회사 규정을 힘들여 공부해야 할 이유가 있었는데, 그 이유가 기억나지 않았다.

전혀 식욕이 없었다. 저녁 요리-돼지기름으로 볶은 콩, 오렌지 치즈를 바른 갈색 인디언 빵, 튀긴 감자, 사과 소스를 바른 팬케이크, 디저트로 나온 크림이 들어간 구운 인디언 푸딩과 건포도 케이크-의 냄새를 맡으니 구역질이 났다. 리디는 갈색 빵을 베어 물고 나서, 뜨거운 차를 조금 들이켜 속으로 내려보냈다. 접시들이 부딪히고, 높은 목소리의 대화가 오가는 난장판 속에서 다른 여자들은 용케도 즐겁게 식사하고 있었다. 어서 방으로 올라가서 부츠를 벗고 아픈 발을 마사지한 다음, 쑤시는 머리를 침대에 눕히고 싶은 마음이 간절했다.

다른 여자들이 식탁의 의자를 거실로 가져와 작은 원을 만드는 동안, 리디는 무거운 몸을 이끌고 계단을 올라 자신의 방으로 들어갔다.

방에는 이미 베시가 들어와 있었는데, 그녀의 손에는 읽던 소설이 들려 있었다. 그녀는 리디의 모습을 보고 폭소를 터뜨렸다.

"첫날부터 녹초가 됐군! 시골 농장 출신의 강철 소녀라 뭐든지 잘해낼 수 있다고 장담한 사람이 누구였더라?"

리디는 대꾸할 기력도 없었다. 베시 옆 침대에 몸을 던진 다음, 발에 꽉 끼는 부츠를 벗고 부어오른 발을 문지르기 시작했다. 그러자 베시가 다정하게 말했다.

"전에 신던 부츠가 더 편하고 부드러웠을 텐데."

리디는 고개를 끄덕였다. 내일은 트리피나가 준 부츠에 헝겊을 쑤셔 넣지 않고 그냥 신기로 했다. 부츠는 긴 여행 탓에 아직도 딱딱하게 굳어 있어서 식사를 하러 기숙사를 오고 갈 땐 불편하겠지만, 큼지막해서 발이 부어오를 염려는 없었다.

리디는 누더기 잠옷으로 갈아입고 이불 속으로 들어갔다. 베시가 곁눈질하며 물었다.

"벌써 자?"

리디는 그저 고개만 끄덕일 뿐이었다. 말 한마디를 꺼낼 여력조차 없었다. 베시가 다시 미소를 지었다. 리디는 그녀가 자신을 비웃지 않으리란 것을 알아차렸다. 리디는 비웃음을 당할 때의 기분이 어떤지 잘 알았다.

"책 읽어줄까?"

베시가 물었다. 리디는 고맙다는 듯이 고개를 끄덕이고는 눈을 감고 촛불의 반대편으로 돌아누웠다. 베시는 소설에 대한 아무런 설명 없이, 멈췄던 부분부터 소리 내 읽기 시작했다. 리디는 여전히 천 먼지로 숨이 막히고, 또 소음으로 머리가 깨질 것 같았지만 이야기를 들으려고 노력했다.

고아원의 배고픈 아이 이야기인 것 같았다. 리디는 배고픈 아이들에 대해서 잘 알았다. 곰이 쳐들어온 그 겨울날, 레이철과 애그니스 그리고 찰리는 모두 배고픈 아이였다. 소설 속의 소년은 고아원 주임에게 그릇을 내밀며 말했다.

"조금만 더 주세요."

그러자 주임은 공포에 질린 소년의 벌겋고 작은 입을 보고 냅다 고함을 질렀다. 리디는 주인공 올리버 트위스트가 어렸을 적의 찰리를 빼닮았다고 생각했다. 엄격한 주임은 관리가 보는 앞에서 그 소년에게 다시 고함을 지르고는 잡아끌었다. 도대체 무슨 잘못을 저질렀기에? 음식을 더 달라는 것이 그렇게 큰 죄란 말인가.

관리가 주절거렸다.

"그 꼬마 죽겠군. 교수형을 당하겠어."

리디는 잠과 싸우면서 모든 단어를 허겁지겁 받아들였다. 아래층에 근사한 식사가 차려졌을 때는 전혀 배고프지 않았는데, 지금은 전혀 알지 못하던 것에 대해 허기가 느껴지는 것이었다. 불쌍한 올리버에게 과연 무슨 일이 벌어질지 궁금했다. 죽 좀 더 달랬다는 죄로 정말 교수형을 당하는 걸까?

리디는 감았던 눈을 뜨고는 몸을 돌려 책에 빠진 베시를 쳐다보았다. 시선을 느낀 베시는 책에서 눈을 뗐다.

"감동적인 얘기라고 생각지 않니? 찰스 디킨스라는 분이 작가인데 그분을 한 번 본 적이 있지. 우리 공장에 온 적이 있었거든. 가만, 내가 방직실에서 근무하고 있었을 때니까…… 그러니까 그때가……."

리디는 작가의 이름이나 그가 공장에 언제 왔는지에 대해서는 전혀 관심이 없었다.

"계속해서 읽어줘."

리디는 쉰 목소리로 부탁했다.

"가여운 리디. 그러지 뭐. 멈추지 않을게."

베시는 그렇게 말하고는 피곤으로 목이 잠길 때까지, 소등 벨이 울릴 때까지 책을 읽어주었다. 그녀는 머리 리본을 제자리에 꽂았다. 그리고 무리를 이룬 소녀들이 계단을 오르는 발소리가 천둥처럼 울리자 속삭였다.

"내일 밤에 다시."

탁월한 선택

공장에서의 다음 날. 소음은 여전히 귀에 거슬리고 트리피나가 준 부츠를 신고도 발은 제멋대로 부어올랐지만, 리디는 자주 흥얼거렸다. 갑자기 행복해진 이유가 무얼까? 무슨 좋은 일이 일어나려는가? 그제야 그 이유가 떠올랐다. 저녁 식사가 끝나고 나서 베시가 또 다시 책을 읽어준다고 했기 때문이었다. 리디의 마음속을 가득 메운 찰리 때문인지, 찰리를 닮은 올리브가 걱정되어 견딜 수 없었다. 그럼에도 혀에 올려둔 설탕처럼 아주 달콤한 미래가 기대되는 것이었다. 그에게 무슨 일이 벌어질지, 얘기가 어떻게 흘러갈지 궁금했다.

다이애나가 리디의 변화를 눈치챘다.

"넌 생각했던 것보다 적응이 빠르구나."

하지만 리디는 대꾸하지 않았다. 어떻게 설명해야 할지 감을 잡을 수 없었다. 사실은 공장 적응과는 별로 관계가 없고, 질식할 것 같은 상황에서 탈출할 수 있는 길을 찾은 것이었다. 다른 소녀들은 창유리에 붙인 시와 성경 구절, 창턱의 제라늄 화분으로 위로를 받겠지만 리디는 이야기를 선택했다.

몇 주가 지나면서, 리디는 책을 읽어주는 베시에 대한 고마움을 일부러 의식하지 않으려 했다. 물론 하루도 빠짐없이 책을 읽어준 것은 아니었다. 쇼핑을 하거나 청소하는 날은 예외였다. 일이 두 시간 일찍 끝나는 토요일 저녁에는 아멜리아가 리디와 프루던스를 데리고 오랫동안 강변을 따라 산책하고 너무 늦지 않게 기숙사로 돌아오곤 했다. 베시는 아멜리아를 신경 쓰지 않고 자기가 하고 싶은 것을 했다. 일요일에는 아멜리아가 내켜 하지 않는 리디를 억지로 교회에 끌고 갔다. 리디는 베시가 혼자서 책을 읽지 않을까 걱정되었다. 하지만 그녀는 일요일 오후까지 기다려주었다. 아멜리아와 프루던스가 일주일에 한 번씩 집에 편지를 쓰러 식당으로 내려가면, 그녀는 금요일 저녁에 멈췄던 부분부터 책을 읽기 시작했다.

리디는 몇 주가 흘러서야 베시가 일주일에 5센트씩 주고 그 소설을 대여점에서 빌려 온다는 사실을 알게 되었다. 베시 혼자 책을 본다면 훨씬 빨리 읽었을 것이다. 죽어도 돈 쓰는 것을 싫어하는 리디지만, 처음으로 임금을 받은 날에는 책을 빌리는 데 들어간 10센트를 베시에게 억지로 쥐어주었다. 베시는 웃으면서 받았다. 역시 저축을 하던 그녀는 자신이 공부할 생각이 있다는 사실을 아무에게도 말하지 말아달라고 부탁했다. 오하이오의 서부에 여자도 입학할 수 있는 대학이 있었다. 여성 교육을 위한 학원 같은 것이 아니라 진짜 대학이었다.

"제발이지 아멜리아에게 입도 뻥긋하지 말아줘."

그녀의 목소리에 빈정거림이 섞여들었다.

"여자가 오벌린 대학에 가는 게 숙녀답지 않다고 생각하거든."

아멜리아가 자신에 대해 어떻게 생각하는지 베시가 신경 쓴다는 사실을 이해할 수 없었다. 교양 있는 숙녀를 목표로 삼은 적 없는 리디는 아멜리아가 자신에 대해 어떤 생각을 할까 의문이 들었다. 간혹 나의 행동을 판단하는 게 아닐까?

소설 《올리버 트위스트》 낭독은 아주 빨리 끝나버렸다. 그냥 물 흐르듯 지나간 것 같았다. 특히 너무 피곤해서 제대로 듣지 못했던 앞부분은 다시 듣고 싶은 마음이 간절했다. 특히 낸시가 죽임을 당하는 부분, 사익스가 죽는 부분은 더욱 그러했다.

리디는 용기를 내 베시에게 책을 더 읽어달라 부탁하고 싶었지만 그럴 수 없었다. 이미 많은 시간을 선뜻 내어줬고 또 조언을 아끼지 않았다. 게다가 7월이 가까워져 오면서 같은 방을 쓰는 세 명 모두 고향에 갈 계획을 짜는 것이었다. 리디의 가슴을 먹먹하게 하는 단어였다. 고향. 갈 수 있다면 얼마나 좋을까? 하지만 1년간 꼼짝없이 일해야 한다는 계약을 맺었다. 통나무집을 보러 갔다 온다거나, 단한 시간이라도 찰리를 만나러 공장을 떠난다면 그대로 직장을 잃게 되는 것이었다. 일찍이 공장 관리인이 경고한 적이 있었다.

"특별 포상 휴가를 받지 않고 직장을 벗어나는 경우, 콩코드 공장 뿐만 아니라 로웰의 어느 공장에서도 절대 받아주지 않을 것이다."

감시 대상 명단에 오른다! 등골이 오싹한 말이었다.

리디는 친구들이 짐을 싸면서 누구를 만날 것인지, 무엇을 할 것인지 떠들어대는 소리를 들으면서 섭섭한 마음을 갖지 않기 위해 노력했다. 아멜리아는 아버지가 교회 목사로 있는 뉴햄프셔로 간다. 그녀의 엄마는 그녀가 목사 사택의 살림을 돕고, 교회 학교의 농촌 아이들을 가르치길 기대한다는 것이다. 프루던스는 루트랜드 근처의 가족 농장으로 돌아간다. 아멜리아가 넌지시 알려준 말에 따르면 이웃 농장의 남자가 공장에서 일하는 그녀에게 청혼할 마음이 있다는 것이었다. 부모가 모두 세상을 떠난 베시는 메인에 사는 삼촌에게 간다. 베시의 삼촌은 그녀가 와서 부엌살림을 맡아주길 바란다고 했다. 본격적으로 농사철이 시작되면 수많은 일꾼의 식사를 담당해야 한다. 그녀는 자신의 오빠도 만날지 모른다는 기대감에 부풀어 있었다. 오빠는 대학 친구들로부터 성숙한 처녀이며 돈도 버는 여직공인 여동생을 데리고 오라는 압박을 받으리라.

리디는 룸메이트들이 고향으로 떠나도 자신은 돈을 벌고 저축할 것이라 스스로 위안 삼았다. 그래, 나는 돈을 많이 벌 것이다. 방직실에 인력이 모자라면 마스든 씨가 나에게 추가로 기계를 맡기리라. 그렇게 되면 더 많은 천을 만들게 될 것이다. 나도 지금은 일을 잘하고 있지 않은가. 다이애나의 도움 없이 기계를 혼자서 다루게 된 지 벌써 몇 주나 되었다.

처음에는 다이애나가 고향에 가지 않을 줄 알았는데, 간다는 사실을 알게 되니 약간 흥분되었다. 마스든 씨가 리디에게 기계를 최소한 두 대, 어쩌면 세 대까지 맡길 것이다. 리디는 다이애나가 공장을 비워 기분이 좋다는 속내를 드러내지 않으려 했지만, 유감스럽게도 그런 재주는 없었다.

"보고 싶을 거야."

리디가 말했다. 다이애나가 폭소를 터뜨렸다.

"내가 가서 속으로는 좋아죽겠다고 얼굴에 쓰여 있는데, 뭘. 이제 네가 기계 세 대를 맡아야 해. 내가 없는 몇 주 동안 임금도 많이 받게 될 거야."

리디는 얼굴을 붉혔다.

"당황해하지 말고 돈을 즐기라고. 내가 보기에 넌 이곳 돈을 쓸어 모을 것 같아. 여기 7월이 지옥처럼 뜨겁다는 점을 알려주지."

"넌 어디로 갈 건데?"

리디가 화제를 바꾸기 위해 물었다. 하지만 그녀를 기다릴 가족이 없다는 사실이 뒤늦게 떠오르면서 후회가 밀려들었다.

"괜찮아."

다이애나는 낭패감이 어린 리디의 얼굴을 보고 말했다.

"난 어렸을 적에 고아가 돼서 그런지 혼자 지내는 것이 아무렇지도 않아. 이 공장이 내 집 같은걸? 여기에 열 살 때 들어와서 지금은 열다섯 살이야. 하지만 7월에는 공장에 거의 머무르지 않지."

리디는 그녀에게 그럼 집이 아니면 어디로 가는지 물으려다가 주제넘은 짓 같다는 생각이 들었다. 다이애나는 기계 소리 때문에 아무도 엿듣지 못한다는 말 외에는 자신의 행선지에 대해 언급하지 않았다.

"독립 기념일에 우번에서 큰 집회가 열려."

리디가 뜨악한 표정을 지었지만 그녀는 말을 이었다.

"운동에 관한 집회. 노동 시간을 하루 열 시간으로 정하자는 거지. 사라 베글리가 연설을 하고, 남자들도 연설을 할 거야."

리디가 대꾸를 하지 않는 가운데 그녀는 계속 말을 이었다.

"7월 4일 독립 기념일 행사인데 점심 도시락도 나와. 어때, 관심 있어? 아무도 네게 문서에 서명하라고 강요하지 않는다고."

리디는 입술을 누르면서 머리를 흔들었다.

"난 안 가. 바쁠 것 같아."

다이애나가 과장해 말한 것처럼 7월은 뜨거웠다. 견디다 못해 춘추복인 캘리코[10]를 벗어던지고 내키지는 않지만 거금 1달러짜리 여름용 작업 드레스를 샀다. 책 대여점에서 《올리버 트위스트》를 빌리는 데도 돈을 썼다. 이번에는 혼자 힘으로 읽어볼 참이었다. 베시의 혀에서는 빗물이 떨어지듯 매끈하게 구르던 단어들을 고통스럽게 띄엄띄엄 잘라 발음하다 보니 혼자서 독서하는 것이 만만치 않았지만 말이다. 하루 열세 시간의 작업을 마치고 땀으로 범벅인 채 베시 옆에 누워 그녀가 찰스 디킨스의 소설을 속삭이듯 낭독하는 소리를 다시 듣고 싶었다.

그러면서도 리디는 혼자 방을 차지한 것이 다행스러웠다. 자신이 힘들게 책 읽는 것을 놀리는 사람도, 도와주는 사람도 없었다. 사실 도움은 바라지 않는다. 그 누구와도 같이 책을 읽고 싶은 마음이 없었다. 언젠가는 찰리에게 큰소리로 읽어줄 수 있을 정도로 이 책을 완벽하게 통독하기로 결심한 것이었다. 그러면 찰리가 놀라겠지? 누나의 지식을 인정할까? 아주 자랑스러워할 거야.

리디는 방직실에서 일하는 중에도 지난밤 이해하지 못했던 부분을 머릿속으로 복습했다. 그러다가 어려운 페이지를 떼어내 주변에 붙이고 시간이 날 때마다 읽는 연습을 하면 어떨까 하는 생각이 들었다. 사실 기계를 세 대나 맡아서 쉴 시간이 거의 없었기 때문에, 한 대의 방직기 틀에 붙여놓고 일을 하다가 수시로 들여다보기로 했다.

---

10 올이 촘촘하고 색깔이 흰 무명베.

리디가 그 획기적인 결정을 내린 것은 7월 중순이었다. 저녁 식사를 마친 쾌적한 저녁, 가벼운 여름용 옷보다 더 멋져 보이는 캘리코를 입고, 머리에 보닛을 쓴 후, 상점에서 산 부츠를 신고는 거리로 나섰다. 상점 문 앞에 서자 몸에 전율이 일었지만 침착하게 문을 밀었다. 작은 벨이 울렸다. 비스듬히 기운 탁상 뒤로 키 높은 의자에 앉은 남자가 안경 너머로 그녀를 올려다보았다.

"아가씨, 뭘 찾으시나?"

그가 공손하게 물었다. 리디는 목소리가 떨리지 않기를 바랐지만 결국 떨리는 음성으로 물었다.

"채, 책 좀 사려고요."

남자는 의자에서 비껴 일어나서는 그녀가 말을 덧붙이길 기다렸다. 하지만 리디는 이미 연습해온 말을 다 해버린 터라 더 할 말이 없었다. 결국은 남자가 그녀에게 상체를 기울이면서 가장 친절한 목소리로 물었다.

"어떤 책을 사려는데?"

남자는 나를 얼마나 바보 같은 아이라 생각할 것인가. 실내는 책이 빈틈없이 꽂힌 선반들로 가득했다. 수백 권, 수천 권이었다.

"저……, 오, 《올리버 트위스트》 주세요."

그녀는 책 이름을 더듬거렸다.

"아, 디킨스의 작품. 탁월한 선택이야."

남자는 다양한 종류의 《올리버 트위스트》를 보여주었다. 몇몇은 싸구려 종이에 조잡하게 인쇄한 것들이었다. 리디가 원하는 것은 책등의 제목을 금박으로 인쇄하고, 아름다운 가죽 정장의 책이었다. 그녀가 가지고 있는 돈을 다 줘야 살 수 있는 것이었다. 어쩌면 더 비쌀지도 모른다. 리디는 겁에 질린 시선으로 남자를 바라보았다.

"2달러야. 포장해줄까?"

리디는 지갑에서 은화 2달러를 꺼내 그에게 내밀며 안도의 한숨이 섞인 대답을 토해냈다. "그렇게 해주세요. 고맙습니다."

리디는 그 보물을 가슴에 품고 서점에서부터 기숙사까지 달려갔다. 거리를 오가는 사람들이 자신을 이상하게 쳐다본다는 것을 알지 못하고.

7월의 일요일은 교회에 가기에는 너무나 아까운 날이었다. 4일에 열린 주일 학교 연합 피크닉에도 가지 않았다. 불꽃을 터뜨리는 소리에 놀라 방에서 부엌으로 달려 내려갔었다. 집에는 그 무서운 폭음에 대해 설명해줄 사람이 아무도 없었다. 쇠솥이 폭발하지 않았다는 사실에 안도하며 푹푹 찌는 방으로 돌아와 책을 읽으면서 손으로 베끼기를 계속했다. 세 번째 일요일의 아침 식사 테이블에서 베들로 부인이 주의를 주었다. 기숙사에 머무는 사람들 중 상당수가 일요 예배 참석을 무시하는 경향이 있는데, 제5공장 직공들의 출석률이 늘어나지 않으면 회사 측에서 불편해한다는 것이었다.

리디는 소설 한 페이지를 손으로 베껴 쓴 종이 한 장을 주머니에 넣고 교회에 가서 감리 교회 목사의 긴 설교를 들으며 들여다보았다. 두 시간의 예배를 참석하면서도 공부할 시간을 최대한으로 확보할 수 있었다. 성경이 봉독될 때 그녀는 깜짝 놀랐다.

"당신은 유대인으로서 어찌하여 사마리아 여자인 나에게 물을 달라 하나이까?"

성경 속에서, 한 여자가 예수에게 던진 질문이었다. 예수가 유대인? 나쁜 사람으로 위장한 소설 속 페긴과 비슷할까? 리디는 그 누구에게서도 예수가 유대인이란 사실을 들은 적이 없었다. 페긴처럼 선한 마음을 갖고 있지만 사실 페긴과는 전혀 다른 인물이다.

예배가 끝난 후, 리디는 기숙사로 돌아가면서 그 점에 대해 골몰해 있었다.

"길을 다닐 때는 앞을 보고 다녀, 응?"

일요일을 즐기기 위해 최고로 잘 차려입은 뚱뚱한 부인이 리디와 부딪히자 쏘아붙였다. 리디가 작은 목소리로 사과했지만 부인은 짜증을 내면서 보닛을 바로잡으며 뭐라고 투덜대다가 말끝에 "여공 주제에"라고 덧붙였다.

인도는 낮을 즐기러 나온 사람들로 북적거렸다. 리디는 생각을 일단 멈추고 우선은 앞을 바라보며 걷기로 했다. 그때 다이애나가 눈에 들어왔다. 아니, 착각일지도 모른다. 턱수염을 기른 잘생긴 남자와 그의 팔에 손을 낀 잘 차려입은 여자가 메리맥 거리의 건너편에서 걸어오고 있었다. 역시 다이애나였다. 틀림없었다. 리디는 주저 없이 그녀를 불렀다. 하지만 그녀는 고개를 돌려버렸다. 대로에서 여자아이가 소리를 질러 창피해서 그런가? 역마차와 짐수레들이 지나가는 통에 순간적으로 그들을 시야에서 놓쳤다. 다시 앞을 바라보니 남자와 그녀는 이미 북적거리는 일요일 산책객들 사이로 사라진 뒤였다. 잘못 봤을 거야. 다이애나였다면 금방 나를 알아보고 길을 건너와서 말을 걸었을 거야.

12
난 노예가 아니야

리디는 뛰어난 직공이 되었다. 민첩하고, 손이 빠르며, 근면한 데다가 견디기가 거의 불가능한 방직실의 더위에도 지치지 않았다. 감독은 구석의 키 높은 의자에 앉아 그녀를 지켜보았다. 리디는 그의 시선을 느꼈다. 그의 작고 동그스름한 입술에 어린 미소는 리디의 작업에 만족한다는 의미였다.

어느 날 오후, 외국의 고위층 두 사람이 공장을 방문했는데 마스든 씨가 그들에게 리디의 작업을 살펴보라고 권했다. 리디는 공손한 미소를 지으려 노력했지만 자신이 마을 경매에 나온 암퇘지 같다는 느낌을 떨쳐버릴 수 없었다.

그들의 침묵은 오래가지 않았다. 한 사람은 얼굴과 목덜미의 땀을 훔치면서 알아들을 수 없는 외국어로 콩코드 공장의 장점보다는 지독한 더위에 대해 투덜대는 것 같았다. 다른 사람은 땀방울이 어린 눈으로 언제든 쓰러져도 좋다는 자세로 주위를 둘러보았다. 마스든 씨가 말했다.

"손꼽을 정도로 뛰어난 직공 중 한 명입니다. 우리 회사의 최고 일꾼이지요."

그녀의 능력은 임금으로 판단할 수 있었다. 일주일에 기숙사비 1.75달러를 넘는 2달러 50센트를 벌었다. 다른 여공들은 더위 때문에 생산성이 크게 떨어지는 상황에서는 도대체 일할 가치가 없다고 투덜거렸지만 리디는 침묵했다. 다이애나가 없는 방직실에는 더 이상 친구도 없었다.

리디는 일하는 시간이 너무 아까워, 물을 마시거나 신선한 공기를 쐬러 계단으로 나가지도 않았다. 게다가 《올리버 트위스터》의 내용을 기계에 붙여놓았던 터라, 잠시라도 시간이 비면 한 번씩 들여다보았다. 하루치 목표로 삼은 페이지를 거의 외울 정도로 읽고 또 읽었다.

이런 식으로 계속하다 보니, 처음 읽었을 때는 도저히 이해되지 않을 것 같은 내용도 이야기 속의 인물들의 상황을 파악할 수 있을 정도로 이해되었다. 베시의 낭독을 통해 귀에 익었던 인물들의 이름은 특이하긴 했지만 아주 쉽게 머리에 새겨졌다. 그녀가 좋아하는 이름들 중에는 비록 악인이지만 집으로 쳐들어온 곰처럼 빈틈이 많은 범블도 있었다. 그가 자신을 조롱하는 세상을 향해 착한 척하는 것에는 쓴웃음이 나왔다. 날카로운 단도를 떠올리게 하는 이름을 가진 빌 사익스는 낸시의 사랑조차 짓밟아버릴 정도로 악인 중 악인이다. 낸시는 사익스와 동거하는 것에 대해 의문을 품지 않았다. 그녀는 짧은 삶을 마칠 때까지 무서운 남자에게 여자가 의존해 사는 것을 운명으로 여겼다.

그녀는 페긴을 이해하려 노력했다. 세상이 자신을 무시하는데, 누군들 복수할 마음을 품지 않겠는가? 집도 가족도 없는 도둑 소년들에게 기독교 자선 단체인 척하면서 절망을 심어주는 소년원 말고 무슨 선택이 또 있을 수 있단 말인가?

리디는 엄마가 동생들을 데리고 도망치듯 마을을 떠났던 그 겨울에, 사실은 자신들이 마을 사람들에게서 동냥을 받을 처지였다는 사실을 깨닫고 몸서리쳤다. 내가 집을 떠난 것은 혹시 가족을 구하기 위해서가 아니었을까? 리디는 빚을 갚는다는 것 외에 그런 식으로 생각해본 적이 없었다.

어쩌면 엄마는 나와 찰리가 스스로의 운명을 개척해나갈 수 있다고 판단했을지 모른다. 그래서 엄마는 동생들을 데리고……. 엄마는 곰이 집에 쳐들어온 것을 정말로 악마가 장난을 치는 징조라 여겼을까? 세상의 종말이 가까웠다는 말도 본심이었을까? 리디는 아버지에게 무슨 일이 벌어지고 있는지 모르는 것처럼 엄마의 본심도 모른다는 생각이 들었다.

엄마가 손수 쓴 편지가 제5공장에 도착했다. 편지를 받아준 베들로 부인에게 우편료를 갚기 위해 동전을 가지러 가는 동안 가슴이 아파왔다.

그러고 보니 엄마에게 동전 한 닢 부치지 못했다. 마음으로는 그러고 싶었다. 엄마를 위해 몇 달러를 따로 떼놓고 있었는데, 일, 기숙사 생활, 책이라는 꿈의 세계에 살다 보니 빈곤에 시달리는 자신의 피붙이는 잊고 있었던 것이었다.

편지를 열고 싶지 않았다. 엄마의 답장이 오지 않기를 바랐는데, 여기 눈앞에 놓여 있어서 결국 펼치지 않을 수 없게 된 것이었다.

사랑하는 딸아,

네가 로웰에 갔다는 편지를 보고 엄마나 기뻤는지 모른다. 잘했
다고 말해주고 싶구나. 네가 엄마에게 돈을 보내주면 주다와 클라라
사이에게 큰 도움이 될 거야. 이모는 우리 때문에 많이 힘들어한단다.
우리 아기 애그니스가 하나님에게 갔다는 말은 해야겠구나. 레이첼은
건강이 좋지 않단다. 막내가 죽었지만 하나님의 뜻이란다.

너의 사랑하는 엄마 매티 M. 워든

애그니스의 조막만 한 얼굴이 떠올랐다. 리디는 피곤해서 핏발이
선 눈을 감고 영원히 떠나버린 동생의 모습을 그려보았다. 곰이 나
타났던 그 겨울에 동생은 겨우 4살이었다. 그 뒤로 벌써 2년이 흘렀
다. 애그니스는 변했었을 것이다……. 어쩌면 리디를 잊어버렸을지
도 모른다. 정말로 나와 찰리를 잊어버렸었을까? 목욕시켜주고 음식
을 먹여주던 나를? 웃게 하려고 장난치던 오빠 찰리를? 울고 싶었지
만 눈물이 나오지 않았다. 심장이 있어야 할 자리에 딱딱하고 건조
한 무언가가 엮여 있는 것 같았다.

더 열심히 일해야 한다. 빚을 갚기 위해 돈을 더 많이 벌어야 하
고, 그렇게 해서 가족을 농장으로 다시 불러 모아야 한다. 그래도 아
버지는 없겠지만……. 남동생이나 여동생들 없이 혼자서, 고아처럼
사는 것은 다이애나처럼 황폐한 땅에서 가족 없이 사는 것과 다를
바 없다.

그렇기 때문에 콩코드 공장이 작업 속도를 높이자, 리디는 다른

소녀들과는 달리 불평을 늘어놓지 않았다. 두 대를 책임졌던 그녀에게 네 대가 주어졌다. 돈이 필요하다. 돈을 벌어야 한다. 몇몇 소녀는 여름휴가를 끝내고 공장으로 돌아오자마자 곧 집으로 돌아갔다. 빨라진 작업 속도를 따라잡을 수 없기 때문이었다. 그런 이유로 리디에게 또 한 대가, 그리고 또 한 대가 주어져 모두 네 대를 조종하게 되었다. 리디는 자신처럼 일을 잘하지 못하는 직공들을 깔보고 싶은, 기분 나쁘지 않은 충동까지 드는 것이었다.

방을 함께 쓰는 소녀 중에서 제일 먼저 집으로 아주 돌아간 것은 프루던스였다. 루트랜드의 구혼자가 공장을 때려치우라고 요구했기 때문이기도 하지만 사실 다른 이유가 있었다. 프루던스는 밤새도록 고통스럽게 기침을 해서 베시와 아멜리아를 잠들지 못하게 했다. 그럼에도 불구하고 리디는 잠을 잘 잤다. 겨울잠을 자는 나비 유충처럼 잤다. 누에고치에 들어가 있는 것처럼, 그녀는 다른 사람들과 완전히 분리되어 있는 것 같았다. 여름이 끝나면서 베시는 더 이상 책을 같이 읽자는 말을 하지 않았다. 그녀는 다른 여직공들과 더불어 라틴어, 식물학을 공부하는 스터디 그룹을 만들었다. 화요일과 목요일 저녁에는 1층 식당 빈 공간의 절반을 차지하고는 선생을 불러 공부했다. 1층의 스터디 그룹으로 내려가지 않고 다음 스터디 시간을 준비하기 위해 방에 있던 베시가 식물학 책에서 얼굴을 내밀며 말했다.

"이 책을 읽어줄까?"

리디는 미소를 지으면서 고개를 흔들었다. 나무와 꽃이라면 알 만큼 안다. 하지만 《올리버 트위스트》는 더 알아야 한다.

프루던스는 집에 가버리고, 식당은 꽉 차버린 상태라서 아멜리아가 방에 있는 시간이 많아졌다. 그녀는 베시가 무시하고, 또 리디조차 말을 들으려 하지 않지만 끈질기게 압박했다.

"너희, 이 숨 막히는 방구석에서 책만 붙들고 있지 말고 나가서 운동 좀 하란 말이야."

아무도 대꾸하지 않았다.

"그게 싫다면 영혼이라도 자유롭게 하라고."

리디와 베시는 아멜리아가 오늘이 일요일이고, 또 누구도 교회에 갔다 오지 않았음을 일깨워주려 한다는 사실을 알면서도 대꾸하지 않았다.

"리디, 넌 무슨 책을 보는 거니?"

못 들은 척하면, 귀찮게 굴지 않겠지.

"리디!"

날카로운 목소리에 리디는 깜짝 놀라 고개를 들었다.

"책을 던져버리고 나하고 산책이나 가자. 오늘처럼 날씨 좋은 일요일 오후는 더 이상 없을 거야. 금방 추워진다고."

"나 바쁜데……."

리디가 중얼거렸다. 아멜리아가 다가왔다.

"넌 똑같은 책을 몇 개월째 붙들고 있어."

그녀는 리디의 손에서 《올리버 트위스트》를 빼앗았다.

"그건 내 책인데, 어!"

"리디, 저녁밥 먹기 전에 잠시 강가를 걷고 오자."

베시가 책에서 눈을 떼지 않은 채 냉랭하게 말했다.

"내가 보닛 리본을 리디의 입에 처넣고 침대 기둥에 묶어 때리기 시작하기 전에 빨리 데리고 나가."

"혼자 산책하라고 그래. 난 책을 읽을 거야."

리디가 책을 되찾으려 손을 뻗었지만, 아멜리아는 더 높이 올릴 뿐이었다.

"넌 이미 이 책을 다 봤어. 내 눈으로 똑똑히 확인했는걸. 그리고 이건 읽을 가치도 없는 엉터리 소설이야. 안식일에 이런 걸 보는 건 죄야."

리디는 속에서 뭔가 올라오는 것을 느꼈다. 엉터리 소설? 이 소설은 삶과 죽음에 관한 것이다. 리디는 화가 나서 어법마저 틀리며 말했다.

"읽어 보지도 않고 어떻게 알아?"

아멜리아가 얼굴을 붉히면서 빠르게 눈을 깜박거렸다. 그러고는 더 이상 놀리지 않겠다는 표정을 지었다.

"나도 소설에 대해 알아."

그녀는 높고도 약간 떨리는 목소리로 대답했다.

"소설은 감수성이 예민한 어린 영혼들을 지옥으로 끌고 가는 악마의 도구야."

리디는 입을 벌린 채 멍하니 아멜리아를 쳐다보았다. 베시가 말했다.

"맙소사, 아멜리아. 어디서 그런 황당한 소리를 들은 거야?"

아멜리아의 얼굴이 더욱 붉어졌다.

"무신론자, 그리고 조롱하는 자들. 너희 같은 인간과는 한방을 쓸 이유가 없어."

"아이참."

베시의 목소리가 부드러워졌다.

"기분 나쁘라고 한 말은 아니었어. 그냥 한방에서 같이 지내자."

아멜리아가 울음을 터뜨렸다. 대리석 조각 같은 얼굴이 찌그러져 심술궂고 화난 말썽꾸러기 꼬마의 얼굴로 변했다. 그 모습을 본 리디는 자신의 가슴에 들어앉은 딱딱한 뭔가가 지그재그로 갈라지며 화강석처럼 부서지는 느낌이 들었다.

리디는 자신의 상자에서 손수건을 꺼내 그녀에게 내밀었다.

"여기 있어."

아멜리아는 그 손수건을 곁눈질하면서, 리디의 호의를 무시하고 깨끗한지를 확인했다. 그러더니 고맙다고 중얼거리고는 그걸 받아서 코를 풀었다.

"내가 왜 이런지 모르겠어."

그녀는 원래의 목소리로 말했다.

"우리 모두 흑인 노예처럼 일하니까 그런 거야."

베시가 대답했다.

"난 그 훌륭한 청원서에 기꺼이 사인하기로 했어."

"오, 베시, 그래서는 안 돼!"

아멜리아는 눈을 크게 뜨고 코를 풀던 손수건을 들어 올리며 말했다.

"그래서는 안 된다고? 내가 방적실에서 일하기 시작했을 때는 하루 열세 시간을 일한 다음에야 겨우 쉴 수 있었어. 그때는 130개의 방추를 담당했었는데 지금은 두 배나 많은 방추를, 그것도 욕설이

저절로 튀어나올 정도로 빨라진 방추를 지켜봐야 한다고. 난 완전히 지쳤어, 아멜리아. 우리 모두가 그렇지."

"청원서대로 된다면 우리 임금도 줄어들 거야."

베시가 모를 리 없을 것 같은데?

"하루 열 시간만 일하면 돈을 훨씬 적게 받게 된다고."

"시간은 돈보다 더 중요한 거랍니다. 리디 아가씨. 저녁에 두 시간의 자유가 더 생긴다면 뭐든지 할 수 있을 거야."

"베시, 청원서에 사인하면 넌 해고될 거야. 회사에선 틀림없이 그렇게 할 거라고."

아멜리아는 손수건을 접어 고개를 까닥하고는 리디에게 돌려주었다.

"해고되면 내가 보고 싶을까, 아멜리아? 내가 쫓겨나는 것을 반길 줄 알았는데. 지난 4년 동안 내가 얄밉게 굴었잖아."

"베시가 생각날 거야. 직업 없이 뭘 할 거야? 블랙리스트에 오르기 때문에 어떤 기업도 널 쓰려 들지 않을 거야."

리디의 말에 베시가 대답했다.

"서쪽으로 갈 것 같아. 그 정도의 여비는 갖고 있어."

그녀는 리디에게 장난스럽게 웃었다.

"오하이오로 갈 생각이야."

"오하이오?"

"만세!"

베시가 소리를 질렀다.

"이젠 끝! 이제 기다렸다가 돈을 받고, 청원서에 사인을 하고 나서 참다운 도전 의식으로 무장하고 이 방추의 도시를 벗어나는 거지."

"그건 안 돼!"

리디는 날카로운 자신의 고함에 스스로 놀랐다. 두 소녀는 서로의 얼굴을 바라보았다.

"제발 사인하지 마. 난 청원서를 받아들일 수 없어. 돈을 벌어야 하거든. 빚을 갚아야 해."

"리디, 너와 가까운 친구인 다이애나가 아직 설명해주지 않았나 보구나? 우리는 더 많은 기계를 조종하며 긴 시간 동안 일해왔어. 그 것도 정말 빠른 속도로 말이야. 회사가 더 많은 돈을 벌기 위해서지. 그럴수록 실질 임금은 올라가기보다 내려가기 십상이야. 하늘이여, 자비를! 청원서 종이 때문에 왜 시간을 낭비하느냐고? 그럼 옛날 방 식으로 생산하면 왜 안 되는 건데?"

베시는 식물학책을 이불 위에 내려놓고, 두 무릎을 끌어안은 다음 어린아이처럼 소프라노의 목소리로 노래를 부르기 시작했다.

오, 나처럼 예쁜, 가련한 소녀.
한탄하다가 결국 죽기 위해 공장으로 가는가?
오, 나는 노예가 될 수 없다오.
난 노예가 될 수 없어.
자유를 사랑하기 때문이지.
그래서 난 노예가 될 수 없다오.

"난 노예가 아니야!"

리디가 화가 난 듯 소리쳤다.

"난 노예가 아니야."

"물론 넌 노예가 아니야."

자신감을 되찾은 아멜리아는 학교 선생님처럼 말했다.

"난 여관에서 하루 열다섯 시간에서 열여섯 시간을 일했고 여관 주인은 엄마에게 매주 50센트를 보냈어. 그것도 생각날 때만 돈을 주었지."

"쉿, 아가씨. 아무도 널 노예라 부르지 않는다오. 난 그저 노래를 불렀을 뿐이야."

"넌 그런 과격한 노래를 어떻게 알고 있니?"

아멜리아가 물었다.

"난 파업이 일어났던 1836년에도 여공이었어. 이미 열 살에 노동에 관한 노래 전부를 배웠지."

"너도 파업을 도왔니?"

아멜리아는 비행을 저지른 어린아이를 쳐다보는 시선으로 바라보았다. 베시의 눈에 분노가 서렸다.

"열 살에? 난 한 층 전부를 전세 낸 것처럼 사방으로 뛰어다녔어. 그때가 가장 행복했던 순간이었어."

"권위에 반항하는 것은 좋지 않아."

"나는 좋아. 쥐꼬리만 한 임금을 받는 노예 같은 생활이 지겨워."

베시는 더 이상 토론하고 싶지 않다는 듯이 식물학책을 집어 올렸다.

"내 말은…… 숙녀답지 못하다는…… 그리고 성경에도 어긋난다는 의미였어."

아멜리아의 목소리가 떨렸다.

"불의에 대항하는 것이 성경을 거스르는 것이라고? 오, 아멜리아. 지금 다니는 교회에서 성경을 잘못 배운 것 같아."

리디는 성난 두 얼굴을 번갈아 쳐다보았다. 그녀는 숙녀 취급을 받는다거나 종교성을 갖는다는 것에는 도무지 관심이 없었다. 버몬트에서 돈을 벌었을 때보다, 혹은 벌 수 있는 것보다 훨씬 더 많이 벌고 싶을 뿐이었다. 다른 사람들의 삶에 간섭하지 않고 살 수는 없단 말인가?

소등 벨 소리가 논쟁을 잠재웠지만 리디의 걱정은 끝나지 않았다.

빨리! 빨리!

리디의 머리에선 그 멍청한 노래가 떠나지 않았다. 노래가 기계 소리에 맞춰 울고 휘파람을 불었다.

오, 나는 노예가 될 수 없다오.
난 노예가 될 수 없어.

그녀는 노예가 아니었다. 스스로 돈을 벌어 자립 생활을 하는 버몬트 주의 자유로운 여자다. 다이애나와 베시의 생각이 어떠하든, 리디는 다른 여자들이 알고 있는 그런 노예와는 아주 거리가 멀다. 부디 청원서니 파업 같은 걸로 그녀의 꿈을 망치지 말아주었으면. 경영에 참견해 모든 희망을 수포로 돌아가게 하지 않았으면.

리디는 다이애나를 정말 좋아하지만, 급진주의가 마치 디프테리아처럼 전염이라도 될 듯이 그녀를 피하는 자신을 발견했다. 그녀는 마스든 씨가 다이애나의 방직기에 들르는 소녀들을 주목하기 시작했다는 것을 눈치챘다. 그는 관찰하면서 머릿속에 기록해놓는 것이 확실했다. 리디는 다이애나가 자신에게 다가오면 긴장했다. 다이애나가 화요일 모임에 초대한다고 했을 때는 스스로 놀랄 정도로 냉정하게 싫다고 잘라 말했다. 다이애나는 두 번 다시 초대하지 않았다. 사실 너에게 화를 낸 것이 아니야. 나 자신에게 그런 거라고. 난 그저 돈을 벌어서 집에 가고 싶을 뿐이야. 제발 나를 이해해줘. 너에게 화를 낸 것이 아니야.

여직공들은 하루 열 시간을 일하면서도 《산업의 목소리》라는 주간 신문을 발행했다. 리디는 휴게실 테이블에 제멋대로 내던져진 주간지에 시선을 주지 않으려 노력했다. 어느 날 저녁, 식사를 마친 리디는 아멜리아와 함께 4층에 올라갔다가 베시가 침대에서 주간지를 보며 의기양양한 웃음을 짓는 모습을 보았다.

그녀는 주간지를 리디에게 내밀었다.

"읽어봐! 이 배포 큰 여자들을 보라지. 의사당에 간다잖아!"

리디는 누군가 그녀에게 뜨거운 부지깽이를 내밀기라도 한 것처럼 뒤로 물러났다.

베시가 말했다.

"오, 리디. 그렇게 겁만 먹지 말고 너와 생각이 다른 사람들의 의견도 읽어두라고."

"베시, 리디는 그냥 내버려둬. 그건 리디를 괴롭히는 거야."

"짜증내지 마, 아멜리아. 우리의 리디는 돈을 너무 좋아해서 문제 같은 것은 일으키지 않을 거야."

리디는 화가 나서 얼굴이 붉어졌다. 돈에 신경을 쓰는 것은 사실이지만 그렇다고 해서 베시에게서 그런 말을 듣고 싶은 것은 아니었다. 그녀는 그들에게 설명해서 자신의 입장을 정당화하고 싶었다. 곰에 대해서, 리디네 가족의 가난한 농장에 곰이 얼마나 가까이 쳐들어왔는지 말해주면 이해할까? 찰리에 대해서, 찰리가 얼마나 영리한지, 그리고 베시의 그 잘난 오빠처럼 찰리도 대학에 가면 공부를 잘할 수 있다고 말하면 믿어줄까? 찰리만 하버드에 못 간 것 같아. 그는 지금 공장에서 왕겨를 쓸고 있겠지. 어린 애그니스는 하나님의 품으로 갔다. 리디는 몸서리를 치고 나서 마음의 평화를 찾기로 했다. 그따위 말을 한다면 비겁한 변명에 불과한 것을. 사실 그들이 나를 이해하든 말든 뭐가 그리 대수란 말인가. 리디는 다이애나를 좋아하는 것만큼 그녀에게 설득당하지 않을 자신이 있었다. 데모에 가담하라는 베시의 말에도 설득당하지 않을 자신이 있었다. 앞으로 1년 혹은 2년 후에는 모든 짐을 던져버리고 집으로 갈 수 있을 것이다. 리디는 엄마에게 편지가 쓰고 싶었다. 빚을 갚기 위해 열심히 일한다는 사실을 알려주고 싶었다.

엄마,

애그니스가 죽었다는 엄마의 답장을 보고 많이 슬펐어. 엄마의 건강이 걱정돼. 제발 마음을 추슬러. 레이첼에게 영양가 있는 음식을 주도록 하고, 겨울에는 따뜻한 옷을 몸에 걸치도록 해. 다음번에 공장에서 돈 받으면 보낼게. 빚 갚으려고 저축하고 있으니까 정확히 얼마나 되는지 알려줘. 참, 돈은 웨스트코트 씨에게로 직접 보낼까 아니면 은행으로 보낼까? 난 잘 있어. 열심히 일하고 있어.

사랑하는 딸 리디 워든

그녀는 《올리버 트위스트》를 참고해서 글자를 고쳤다. 문법은 이만하면 무난하다. 약간의 자긍심이 느껴졌다. 작문 실력이 점점 늘고 있음을 확인할 수 있었다. 엄마야 그걸 간파할 능력이 없겠지만 찰리는 알 것이다. 리디는 또 다른 종이를 펼쳐놓고 찰리에게 편지를 쓰다가 갑자기 창피한 생각이 들어 망설였다. 소식을 전하지 못한 지 꽤나 오래되었다. 무슨 말을 써야 할지 감을 잡을 수 없었다. 계약 기간이 끝나자마자 달려가 그를 만나리라. 그랬다간 영영 소식이 끊어질 수도 있을 텐데. 동생이 나를 잊어버릴 수도 있을 텐데. 그녀는 생각을 떨쳐버리려 머리를 흔들었다. 찰리가 누나를 잊는다는 것은 눈이 겨울에 높은 산봉우리 위로 내려야 한다는 사실을 잊는 것보다 더 가능성이 없는 얘기다. 하지만 리디는 편지를 써야 했다. 혹시라도 누나가 자신을 잊어버렸다고 오해할 수도 있으니까.

찰리,

아니, 찰스라 해야 한다. (이젠 제법 성장했으니까 어릴 적 이름보다는 정식 이름이 어울리겠다.)

찰스,

그녀는 손가락에 쥐가 날 정도로 연필을 꼭 쥐었다.

엄마에게서 애그니스가 죽었다는 소식을 들었다. 너도 그 슬픈 소식을 들었는지? 우리는 엄마와 레이첼을 하루속히 집으로 데리고 와야 해. 난 지금 빚을 갚고 임금을 저축하고 있어. 열심히 일하고 있는데 임금도 좋은 편이야. 속히 집으로 돌아간다는 희망을 여전히 잃지 않고 있단다. (하하하.) 넌 잘하고 있을 거야.
너의 사랑하는 누나가, 리디 워든

펜에서 흐른 커다란 잉크 방울이 그녀의 이름 옆에 떨어졌다. 그녀는 그 잉크를 닦아내려 했지만 검정색 잉크는 편지 본문에까지 번졌다. "별일 아니야. 찰리는 이런 것에 신경 쓰지 않을 거야"라고 독백하면서도 속이 상하는 것은 어쩔 수 없는 노릇이었다. 얼마나 잘 지내고 있는지, 또 일하는 것 못지않게 지식을 쌓고 공부도 잘하고 있다는 사실을 편지로 알려주고 싶었는데 검정색 잉크가 망쳐버렸다. 리디는 그 종이를 찢어버렸다. 다시 편지 쓸 기분이 아니었다.

기계의 속도를 아무리 올려도, 리디는 어떻게든 따라잡았다. 걱정이나 불평불만으로는 조금의 에너지도 낭비하지 않았다. 그녀는 기계가 되고, 기계는 그녀의 지시에 따라 포효하고 덜컹거리는 생물로 변한 듯했다. 그래, 이 녀석들을 곰이라고 생각하는 거야. 덩치만 컸지 미련한 곰. 이런 녀석들이라면 굴복시킬 수 있어.

리디는 큰 공장 저 구석의 높은 의자에서 자신을 주목하는 감독의 시선을 느낄 수 있었다. 마스든 씨는 의자에서 일어나 방을 어슬렁거리다가도 리디의 방직기 앞에서는 꼭 발을 멈추었다. 그녀는 그의 두툼한 하얀 손이 자신의 소매에 닿으면 깜짝 놀랐다. 돌아보면, 미소를 지을 때 나타나는 눈가의 주름을 통해 그가 그 작은 입으로 칭찬하고 싶어 한다는 사실을 눈치챌 수 있었다. 그녀는 고개를 까닥하여 감사를 표한 후, 지켜보지 않으면 손을 내밀지도 않고 가볍게 두드려주지도 않는 기계에 집중했다.

감독은 이상한 사람이었다. 리디는 그가 아침에 일어나 옷 입는 모습을 상상해본 적이 있었다. 그의 완벽한 부인이 완벽한 넥타이를 매주고, 아침 6시만 되면 거대한 공장 안을 날아다니는 천 먼지로 하얗게 변할 검정색 코트에 빗질을 할 것이다. 혹시 머리에 광택을 내는 것은 아닐까? 그렇다면 무엇으로? 설마 구두닦이 솔은 아니겠지? 머리에 발라 문지르면 찬란한 광택이 나는 머릿기름이 있나? 리디는 감독의 완벽한 부인이 수건의 양 끝을 잡고 귀 부분부터 위로 광택이 나도록 머리를 문지른 다음, 한쪽 귀에서부터 다른 귀에까지 몇 가닥 남지 않은 회색 머리카락을 조심스럽게 빗질하는 모습을 본 적이 있었다. 감독의 부인을 똑바로 쳐다보기 민망했다. 그녀는 온순하고 순종적인 부인일까? 아니면 남편이 공장에서 여직공을 감시하듯이, 남편을 꼼짝 못하게 하는 커틀러 부인 같은 사람일까? 마스든 씨가 행복을 창조할 인물은 아닐 성싶은 것이 그 부인은 행복한 여자는 아닐 것이다.

그로부터 얼마 지나지 않아 리디에게는 공상에 잠길 시간이 더 줄어들었다. 한 대, 두 대, 세 대의 기계를 가지고도 일을 몹시 잘하다 보니 마스든 씨가 네 번째 기계를 맡긴 것이었다. 다른 사람들에게 한눈팔 여유가 전혀 없게 되었다. 식사 시간에 들려오는 여자들의 소음, 불평, 농담은 저 멀리 지나가는 행진의 소동쯤으로 느껴질 뿐이었다. 식사가 예전만큼 풍족하지 않다는 것 따위에는 관심이 없었다. 여전히 충분히 먹고도 조금 남길 수 있었으니까. 그녀는 쇠고기의 맛이 떨어지고 곰팡이가 슨 감자가 나온다는 사실도 알지 못했다. 주어진 짧은 시간에 식사를 마치기 위해 사력을 다해 달리지도 않고 그저 자신 앞에 놓은 식사를 절도 있게 먹을 뿐이었다. 벨이 울리면 아직 손도 대지 않은 음식의 맛이 어떨까 하는 궁금증도 없이 식탁에서 일어나 자신의 곰들에게 돌아갔다.

밤이 되면 너무 피곤해서, 기계에 붙여놓을 《올리버 트위스트》의 한 페이지를 베끼지도 못할 정도였다. 하지만 그건 그리 문제가 되지 않는다. 언제쯤이면 공부할 시간을 가질까? 저녁 식사를 마치면 비틀거리며 계단을 타고 올라가 씻을 여유도 없이, 잠옷으로 갈아입고 침대에 몸을 던졌다.

아멜리아가 부추기고 식사 시간에 베들로 부인이 알렸는데도 리디는 교회에 가고 싶지 않았다. 설령 가고 싶은 마음이 있다 해도 몸이 따라주지 않았다. 일요일에는 오전이 다 가도록 자고, 점심때에는 식사를 하기 위해 억지로 일어나 먹었다. 기계적으로, 한마디의 대화도 없이 세 끼를 다 챙겨 먹었다. 그런 다음 오후 내내 낮잠 같지 않은 낮잠을 잤다.

"이건 경마나 마찬가지야."

베시가 말했다.

"열심히 일하면 일할수록, 그만큼 큰 상을 받게 되는 거거든."

아멜리아는 뭐라고 중얼중얼 대꾸했지만 리디는 잠에 취해 알아듣지 못했다.

"나, 다음 청원서에 서명하기로 했어."

"하지 마!"

"나만 하지 말라고?"

베시가 웃었다.

"이번 봄에 오빠가 하버드를 졸업하거든. 월급을 많이 받을 테니까 내가 필요한 돈을 대줄 거야. 라틴어 과목을 이미 끝냈고, 앞으로 식물학 코스만 끝내면 난 이 정신 병원을 떠날 거야."

리디는 잠에 취해 있으면서도 가슴이 아팠다. 베시가 가지 말았으면.

"불명예스런 해고 딱지를 붙이고 쫓겨나는 것은 영광이야."

"어디로 갈 건데? 메인에는 가지 않겠다고 했잖아?"

"당연히 메인은 아니지. 난 오하이오로 갈 거야. 거기 대학에 갈 거야."

"대학?"

"놀랐어, 아멜리아? 노골적으로 소설을 파는 베시가 엄청난 야망을 가진 신비한 여인이라는 생각이 들지?"

"대학이라. 난 상상도 할 수 없어."

"공장에서 해고되면, 찾아가서 쓸데없는 사정을 늘어놓지 않을 거야. 오벌린 대학에 가서 새 삶을 시작하는 거지."

팔꿈치로 상체를 일으킨 리디는 베시가 부러우면서도 그녀의 행동이 불러일으킬 결과에 대해 두려움이 들었다.

"마침내 깨어나셨군, 잠꾸러기 예쁜이."

"리디, 제발 바보 같은 짓 하지 말라고 충고해."

"제발 가지 말았으면 좋겠어."

리디가 차분하게 말했다. 베시는 콧방귀를 뀌었다.

"네가 눈치채기 한 달 반 전에 도망칠 거야."

근무 시간에 여직공이 최고의 생산성을 기록하면, 그 감독에게 상이 주어졌다. 이로 인해 기계의 속도가 빨라지고, 또 여직공은 녹초가 되어도 좀처럼 휴식 시간을 가질 수 없었다.

리디는 식탁에서 마스든 씨가 직공들에게 하는 말을 들었다.

"생산량을 채울 수 없다면 그만둬. 하겠다는 여자들은 얼마든지 있어. 비실비실한 여자에게 줄 자리는 없어."

돈을 버는 가족이 있거나, 결혼할 남자가 있는 여자들의 상당수는 고향으로 돌아갔다. 그리고 새로운 여자들이 와서 빈자리를 채웠다. 그들의 언어는 이상했다. 옷은 더더욱 이해하기 어려웠다. 그들은 공장 기숙사가 아닌 '에이커'라 불리는 도시의 한 귀퉁이에 거주했다.

에이커는 신세계의 공장 모델 도시라는 찬사를 듣는 화려한 로웰을 방문하는 외국 사절도 찾지 않는 곳이었다. 노던 커넬이라는 운하 근처에는 조잡한 판자에 뗏장을 입히고 작은 창문과 몇 개의 구멍만 내서 겨우 빛이 들어오도록 지어진 판잣집들이 독버섯처럼 들어차 있었다. 그곳에 가톨릭을 믿는 아일랜드인들이 시궁쥐처럼 양

147

육되고 있다는 말이 돌았다. 소문에 의하면 이 가톨릭 신자들은 낮은 임금에도 기꺼이 일하고 싶어 하며, 공장에서 숙식비를 지원하지 않기 때문에 훨씬 싼 임금으로 고용할 수 있다는 것이었다.

다이애나는 봄에 리디를 가르치듯, 이들을 가르쳐 자리 잡을 수 있도록 도와주었다. 리디는 너무 바빠 그럴 여유가 없었다. 생산량을 채우지 못하면 임금이 떨어지게 되는데, 미처 그런 사실을 깨닫기도 전에 고집불통 가톨릭 신자가 그녀를 밀쳐내고 대신 자리를 차지하게 되는 것이었다.

다시금 반갑지 않은 음악이 머릿속에 울렸다.

오, 나는 노예가 될 수 없다오.
난 노예가 될 수 없어.

리디가 기대하던 눈이 별로 내리지 않은, 쓸쓸한 12월이었다. 떨어진 눈은 사람들의 발에 밟혀, 그리고 수많은 굴뚝에서 떨어진 검댕과 재 때문에 지저분한 진창으로 변했다. 리디는 지금까지의 겨울보다 훨씬 더 몸이 가려웠다. 베들로 부인의 집에 온 첫날 밤에 뜨거운 욕조에 들어간 이후로는 단 한 번도 제대로 된 목욕을 한 적이 없었다. 대부분의 공장이 그러하듯 콩코드 기업 역시 직원들을 위한 목욕 시설을 제공하지 않기 때문이었다. 팀이 하루에 찬물 한 주전자씩 각방에 나르면 여직공들은 그걸 가지고 몸을 씻었다.

겨울의 매서운 추위에도 불구하고, 공장은 기계가 뿜는 열로 뜨거웠다. 수백 개의 고래기름 램프가 겨울의 짧고 어두운 날을 밝혔다. 실이 지나치게 많이 끊어져 귀중한 시간과 물자가 낭비되는 것을 막기 위해 증기가 파이프를 타고 실내로 들어가서 습도를 유지토록 했다.

리디는 얼음이 어는 새벽에 일하러 가서 밤에 숙소로 돌아왔다. 해는 결코 보지 못했다. 짧은 점심시간은 도움이 되지 않았다. 하늘은 항상 내려앉아 숨이 막힐 정도로 짙은 회색이었다. 수천 개의 굴뚝에서 빠져나오는 연기는 낮게 걸려 위협적이었다.

콩코드와 강둑을 사이로 위치해 있는 로렌스 사에선, 한 소녀가 빨리 식당으로 내려가려다가 얼음이 서린 계단에서 추락해 목이 부러졌다. 그리고 바로 그날, 로렌스 공장 마당에서 완성된 천 뭉치를 기차 화물칸에 싣던 한 남자가 기차에 치여 죽었다. 콩코드에서는 사망 사고가 한 번도 일어난 적이 없었다. 방적실에서 일하는 한 어린 아일랜드 소녀가 기계에 머리카락이 끼어 큰 부상을 입은 사고는 있었다.

다이애나는 그 소녀의 병원비에 기부했지만 리디는 자기 가족에게 줄 돈도 없었다. 불쌍한 어린 여동생을 생각하면 어찌 외국인을 위해 돈을 기부할 수 있단 말인가? 리디는 다음번 봉급날에는 엄마에게 돈을 보내겠노라 약속했었다. 그녀는 은행 계좌를 트고 저축액을 늘려나갔다. 그녀는 어린 암소에게서 우유가 나오나 초조하게 기다리는 사람처럼 통장을 지켜보았다. 그녀는 은행에서 엄마에게 보낼 돈을 찾을 때 전혀 아쉽지 않았다. 잔고는 나날이 불어났다. 엄마를 못 본 지 2년이 되었다. 엄마에게 정말로 필요한 것이 무엇인지 알 도리가 없었다. 주다 이모부와 클라리사 이모가 아무리 인색한 사람들이라고 해도 설마 그들의 여동생이나 그 여동생의 자식을 굶기지는 않으리라.

크리스마스는 휴일이 아니었다. 크리스마스는 그냥 왔다가 알아채지도 못한 사이 지나가버렸다. 아멜리아는 어머니에게서 신년 선물로 양털 장갑을 받았는데, 포장지에 다시 싸서 트렁크에 숨겼다. 로웰에서는 농장에서 막 올라온 신참이나 한 아일랜드 소녀만이 집에서 만든 장갑을 꼈다. 베시의 오빠는 그녀에게 《정신력을 향상시키는 방법》이란 에세이책을 보내왔다. 자신이 오빠의 학비로 매달 보낸 돈을 쪼개 그 책을 샀다는 것을 아는 그녀는 선물을 보고 폭소를 터뜨렸다.

"오, 희소식이야. 앞날이 창창한 오빠는 몇 달만 있으면 자립할 수 있을 거야. 내가 남자고, 오빠가 여자라면! 오빠가 여자가 되어 오빠인 나를 대학 공부 시키는 것을 상상해보라지."

리디는 선물을 받지 못했고, 또 기대한 바도 없었다. 하지만 트리피나에게서 돈을 갚아줘서 고맙다는 편지를 받았다. 커틀러 여관에 대한 새 소식은 별로 없었다. 그녀는 리디에게 건강이 어떠냐고 묻고는 여주인의 못돼먹은 성격은 여전하다고 흉을 보았다. 윌리는 결국 도망을 갔고, 새로운 남자아이와 여자아이가 왔는데, 한 푼의 가치도 없는 아이들이라는 것이었다. 리디는 미소를 지었다. 가련한 트리피나.

그 일이 일어났을 때 리디는 트리피나에 대해 생각했었나? 아니라면 너무 피곤해서였을까? 금요일 저녁, 일주일 중 가장 힘든 시간이었다. 오른쪽 상자 안의 북(shuttle)을 갈아 끼울 때 조심하지 않았기 때문이었을까? 아니면 씨실에 매듭이 있었기 때문이었을까? 도무지 감을 잡을 수 없었다. 북에 실을 껴서 제자리에 돌려놓은 다음, 손잡이를 슬롯에 건 기억은 났다. 그런데 자신이 공장에 서 있다는 사실을 의식하기도 전에 관자놀이 부근이 찢어져 머리카락을 타고 피가 흘러내렸다……. 북, 북이 튕겨져 나간 것이었다. 리디는 일어나려 애를 썼다. 기계를 멈춰야 했다. 다이애나가 순식간에 달려왔다. 두 손으로 자신의 기계의 손잡이를 쳐서 꺼버리고는, 달려오면서 리디의 기계 네 대를 끈 것이었다. 그녀는 리디 옆에 무릎을 꿇고 앉았다.

"맙소사."

다이애나는 리디의 머리를 들어 자신의 무릎 위에 올렸다. 주머니에서 손수건을 꺼내 리디의 관자놀이에 댔다. 손수건은 금방 피로 물들었다. 다이애나는 리디의 머리를 들어 올려 자신의 앞치마 끈을 푼 다음 피로 흠뻑 젖은 손수건 위에 덧붙였다.

소녀들이 모여들기 시작했다.

"델리아, 찬물 좀 가져와!"

그녀는 소리를 질렀다.

"손수건 좀 줘. 너희들 것 전부."

그녀는 자신을 둘러싼 소녀들에게 소리쳤다. 마스든 씨가 소녀들을 헤집고 들어오려 하자 소녀들이 비켜주었다.

"무슨 일이야?"

두 소녀를 내려다보는 그의 목소리는 엄격했지만, 얼굴은 창백해져 있었다.

"튕겨져 나온 북에 맞았어요."

다이애나가 말했다.

"뭐라고?"

그는 소음보다 다 크게 소리 질렀다.

"북 북 북."

북이란 단어가 움직이고 있는 북처럼 사방으로 날아다녔다.

"자……, 자……, 리디를 데리고 나가."

그는 큼지막한 파란색 손수건으로 자신의 코와 입을 틀어막은 다음, 서둘러 자신의 자리로 돌아갔다.

"피 흘리는데 우리가 힘을 모아야지, 안 그래?"

델리아가 다이애나 옆에 무릎을 꿇고는 여직공들에게서 모은 고운 손수건들을 내밀었다.

마침내 찬물이 왔다. 다이애나는 리디의 관자놀이에서 손수건을 뗐다. 처음에는 쿨쿨 솟아나오던 피가 이제는 똑똑 떨어지는 정도였다. 다이애나는 손수건을 찬물에 적신 다음, 암소가 막 태어난 새끼를 핥듯 조심스럽게 상처를 닦았다.

"눈은 보이지?"

그녀가 물었다.

"아마 그럴걸."

리디는 머리가 깨지는 것 같았다. 눈을 뜨자, 등불이 켜진 먼지투성이의 방을 볼 때처럼 눈앞이 잘 보이지 않았다. 하지만 그마저도 고통 때문에 곧 눈을 감고 말았다.

"배는 어때? 토할 것 같아?"

리디는 머리를 흔들었다가 멈추었다. 작은 움직임만으로도 고통이 더 심해지는 것 같았다. 리디의 귀에 헝겊이 피에 물드는 소리가 들렸다. 리디는 눈을 떴다.

"너의 앞치마잖아. 제발 그러지 마."

앞치마는 비싼 물건이었다. 다이애나는 못 들은 척, 자신의 앞치마를 여러 갈래로 찢었다. 피가 가장 적게 묻은 부분을 리디의 머리에 대고는 길고 가느다란 부분을 연결해 묶었다. 그러고는 물었다.

"일어설 수 있겠어?"

리디는 몸을 일으켰다. 다이애나와 델리아가 도왔다.

"잠시 그냥 서 있어."

다이애나가 말했다.

"아직 움직이지 말라고."

리디는 공장 안이 빙빙 도는 것 같았다. 그녀는 몸을 지탱하기 위해 방직기 틀에 손을 댔다. 다이애나가 리디를 부축했다.

"내게 몸을 기대. 기숙사에 데려다줄게."

"아직 벨이 울리지 않았잖아."

리디가 가볍게 사양했다.

"오, 리디, 리디. 우리가 너에게 뭘 못 해주겠니?"

그녀가 한숨을 쉬고는 리디를 꼭 붙들었다.

"델리아, 계단 내려갈 때 도와야 해. 그다음에는 나 혼자 집에 데려다 줄 수 있을 것 같아."

그들은 천천히 걸었다. 몇 발자국 걷다가 멈추어 쉬곤 하면서.

"상처에 맨 헝겊은 아직 풀지 마."

다이애나가 말했다.

"조심, 조심."

리디는 3층 자기 방으로 올라가고 싶다고 했지만, 베들로 부인은 다이애나를 도와 2층 양호실로 데려갔다. 리디는 두통이 너무 심해 한 층 더 올라가야 하는 그녀의 방에 데려다달라고 고집할 수 없었다.

베들로 부인이 말했다.

"팀에게 모리스 박사를 모시고 오라고 해야겠구나."

안 돼, 안 돼, 의사를 부르면 치료비가 비쌀 텐데⋯⋯. 리디는 이 렇게 말하고 싶었다.

다이애나가 말했다.

"모리스 박사는 말고요, 플레처 거리에 있는 크레븐 박사를 부르 세요."

의사가 왔을 때 리디는 자고 있었다. 사람들이 중얼거리는 소리를 듣고 눈을 떴다. 다이애나가 조용히 말했다.

"리디, 크레븐 박사님이 상처를 보실 거야."

두 사람이 리디를 내려다보고 있었다. 얼굴이 빨개진 다이애나가 걱정 어린 미소를 짓고 있었다. 잘생긴 데다가 수염을 기른 젊은 의 사는 길쭉하면서도 가는 손으로 다이애나가 붕대 대신 갖다 붙인 손 수건을 떼어낸 후 상처를 살피고 있었다.

"상처 좀 봅시다."

그는 배려와 확신이 찬 음성으로 말했다. 흠잡을 데 없는 의사였다.

리디는 숨을 헐떡거렸다.

그는 손을 거두면서 물었다.

"아파요?"

리디는 머리를 흔들었다. 그녀를 놀라게 한 것은 고통이 아니었다. 의사, 바로 그 사람 때문이었다. 리디는 그를 본 적이 있었다. 지난여름 다이애나와 함께 메리맥 거리를 걸었던 남자였다.

청원서

리디는 토요일 오후에 3층 자신의 방으로 돌아왔다. 일요일이 되자 두통은 많이 나아졌다. 크레븐 박사가 상처 부위의 머리카락을 잘라내고 의료용 붕대를 감아주었지만, 그녀는 그걸 떼어냈다. 그녀는 머리카락을 잘라낸 상처 부위를 그냥 드러낸 채 월요일에는 공장으로 돌아갈 예정이었다. 그녀는 시늉만으로 그치는 성격이 아니었고, 자신의 모습 때문에 안달하지도 않았다.

아멜리아와 베들로 부인은 그녀가 일터로 돌아가는 것을 말렸지만 금방 포기하고 말았다. 리디는 그 어떤 일이 있더라도 공장에 갈 것이기 때문이었다. 마스든 씨의 "생산량을 채우지 못하면……"이란 말이 귓전을 때렸다. 일요일 밤, 다이애나가 찾아와서 리디에게 좋아 보인다고 말했다. 다이애나는 리디의 속내를 알고 있으리라.

리디는 일찍 잠자리에 들었지만 잠이 오지 않았다. 침대에 누우니 머리가 더 울렁거리는 것 같았다. 튕겨진 북에 맞아 죽었거나 실명이라도 했다면 나의 가족은 어떻게 되는 걸까? 무엇으로 살아나갈까? 그리고 다이애나에 대해서도 생각했다. 크레븐 박사에 대해 물어볼 용기가 나지 않았다. 다이애나는 제5공장의 여직공을 전담으로

치료하는 모리스 박사 대신 크레븐 박사를 부른 이유에 대해 말한
바 없었다. 크레븐 박사는 그 어떤 의사들보다 나은 것 같았다. 그는
치료비도 신청하지 않았다.

소등 벨이 울렸다. 아멜리아가 잠자러 올라왔다. 베시도 잠자리에
들어, 평소처럼 촛불을 켜놓고 공부하다가 마침내 불을 끄고는 이불
속으로 들어갔다. 그러자 리디를 공포에 빠뜨렸던 기계 소리가 그녀
의 모든 신경 조직에 파고들어 온몸을 소름 끼치게 했다. 얼마 뒤 소
리가 멈췄다.

"베시, 너 기침 하는 거 모리스 박사에게 진단받아 봐."

옆 침대에 누운 아멜리아가 말했다.

"난 다 큰 여자야. 잔소리하지 말아줘."

"잔소리하는 게 아니야. 어디 아프기라도 하면……."

"아멜리아, 박사가 나에게 뭐라고 하겠어? 쉬라고? 어떻게 쉬어?
몇 달만 있으면 갈 텐데 뭘. 지금 그만둔다면……."

"난 공장을 떠날 거야."

"뭐라고?"

어둠 속에서 한숨이 들려왔다.

"나 집에 가려고."

"집에?"

"공장이 지긋지긋해. 베시, 난 나의 현실이 증오스러워. 내가 누구
인지도 모르겠어. 공장 때문에 난 한물간 노처녀가 되었단 말이야."

"지금은 겨울이야."

베시의 목소리는 평소보다 다정했다.

157

"암울한 계절에는 기분도 좋지 않아. 봄이 오면 다시 우리들에게 성자처럼 고상하게 굴 거면서 뭘."

아멜리아는 그녀의 조롱을 무시했다.

"난 여기에서 겨울을 보내왔어. 그건 보통 계절이 아니야."

그녀는 한숨을 더 깊게 내쉬었다.

"난 지쳤어, 베시. 이젠 평상심을 유지할 수 없어."

"누구는 그렇고? 아마존 여전사 리디 빼놓고 그 누가?"

베시의 웃음은 침대가 흔들릴 정도의 기침으로 변했다.

리디는 벌떡 일어나 녹슨 톱으로 가슴을 자르는 듯한 소리를 막기 위해 그녀를 단단히 붙들었다. 베시가 오래전부터 이런 기침을 해온 것은 아니었을까? 왜 나는 그동안 이런 소리를 듣지 못했던 거지? 시럽이나, 강장제나, 아니면 아편이 있을 텐데…….

"의사에게 가야 해."

아멜리아가 말했다.

"간다고 약속해."

"나랑 협약을 맺지 그래? 아멜리아가 여름까지 여기 있겠다고 한 다면 나도 의사에게 갈게. 아멜리아 없는 제5공장은 상상이 안 돼."

베시는 기침을 멈추고 목을 가다듬은 다음, 여전히 허스키한 목소리로 말했다.

"나 혼자 어떻게 버틸 수 있겠어? 너는 내 삶의 간섭쟁이에다가 내 수호천사란 말이야."

그날 밤 이후, 룸메이트들 사이에 이상한 친밀감이 생겼다. 그럼에도 불구하고 아멜리아는 지난주에 집에 갔고, 그리고 다시는 돌아오지 않았다. 그녀가 보내온 편지에는 아버지가 옆 마을에 선생 자리를 주선해줬다는 내용이 적혀 있었다.

"용서해, 베시. 제발이지 의사에게 가봐."

침대 하나를 독차지할 수 있게 되면서, 리디는 베시의 기침으로 인한 괴로움을 덜 느끼게 되었다. 베시는 의사를 찾아가지 않았지만 조금 나아진 것 같았다. 리디는 전보다는 베시의 기침이 덜 신경 쓰였다. 리디는 아멜리아가 보고 싶었다. 그녀가 고향으로 돌아가면 편할 줄 알았는데, 그렇지 않은 걸 보니 베시의 말이 맞는 것이었다. 참으로 이해할 수 없는 노릇이지만 두 사람 모두 짜증스럽게 참견하던 그 수호천사를 필요로 했다.

리디의 부상은 완전 회복되었다. 머리카락도 상처를 완전히 가릴 정도로 자랐다. 그녀는 전과 다름없이 일을 잘했고, 또 열심히 했다. 1월에 받은 임금은 기숙사비를 빼고도 11달러 20센트나 되었다. 문제가 조금도 없을 성싶었던 어느 날 저녁, 마스든 씨는 퇴근하려던 그녀를 불렀다. 기계 소리가 들리지 않았던 터라, 귀 먹은 척할 수 없었다.

"기분 어때? 머리는 아프지 않고?"

그녀는 고개를 끄덕이면서 퇴근하겠다는 행동을 취했다.

"몸조심해. 너는 최고의 직공이야."

그는 손을 그녀의 팔에 올리며 말했다. 리디가 그 손을 내려다보자, 그가 슬그머니 손을 치웠다. 얼굴이 조금 발개진 그는 작고 동그란 입으로 말을 이었다.

"내일 새 직공들이 들어올 거야. 너처럼 영리하지는 않지만 가능성 있는 애들이지. 한 명을 너에게 붙여줄 테니까 기계 한 대를 맡기고 넌 좀 여유 있게 일하도록 해."

빌어먹을. 무슨 수로 '안 돼요'라고 대꾸할 수 있단 말인가? 내가 일감을 줄여서는 안 되는 이유를 어떻게 설명해야 한단 말인가? 방직기를 가지고 설렁설렁 농땡이를 필 수 없었던 그녀였다.

"제가 생산 목표치가 있거든요."

그녀는 중얼거렸다. 그가 대답했다.

"물론, 그렇지. 며칠만 한 대를 신참에게 맡기도록 하자고. 그 후에는 방해가 되지 않도록 할 거야."

그의 입은 미소를 지었지만 눈은 그렇지 않았다.

"너는 내 여자들 중 최고야."

난 당신의 여자가 아니야. 난 나일뿐이라고.

"자, 그럼 그렇게 결정된 거야."

그가 다시 가볍게 두드릴 것처럼 팔을 뻗자, 리디는 재빨리 팔을 움츠렸다.

새로운 여직공은 에이커에 사는 브리짓이었다. 철두철미한 아일랜드 가톨릭 신자인 그녀는 이상한 외투를 겹겹이 껴입었고, 악취를 풍겼다. 가난에 찌들고, 겨울에 씻지 못해서 나는 악취보다 더 심한 것이었다. 악취는 재앙 수준이었다. 브리짓이 공장 안의 다른 소녀들보다 나은 것이 있다면 정통 영국식 영어를 구사한다는 것뿐이었다. 그런데 그녀는 말도 잘하지 않을 뿐만 아니라 기계 소리 때문에 알아든지도 못했다. 그러면서도 소심해 모르는 것이 있는데도 물어보려하지 않았다.

게다가 방직공의 가장 기본적인 기술인 매듭 연결조차 하지 못했다. 리디는 손가락에 파우더를 발라, 실을 손가락으로 집어 고리를 만든 다음 끼워 넣고 잡아당기는 동작을 물 흐르는 듯이 시범을 보였다. 그러자 마술을 부린 듯 끊어졌던 흔적이 전혀 없이 연결되었다.

"보지도 않고 하네!"

브리짓이 깜짝 놀라 소리쳤다. 물론 리디는 볼 필요도 없었다. 사실 리디의 손가락은 한밤중의 암흑 속에서도 해낼 수 있을 것이다. 보이지 않을 속도로 능숙하게 해낼 수 있을 것이다.

인내심이 한계에 도달한 리디가 네 대의 기계를 손으로 끄면서 말했다.

"천천히 해볼 테니까 잘 보라고."

그녀는 얼레에서 실 두 줄기를 잡아당겨 가위로 자른 다음, 햇볕이 잘 들어오는 창가로 소녀를 데리고 갔다. 그러고는 무려 5분에 걸쳐 쓸모없게 된 실로 매듭을 짓는 방법을 보여주었다. 마침내 소녀는 서툴게나마 매듭을 지을 수 있게 되었다.

리디는 크게 고개를 끄덕였다.

"연습하면 더 잘하게 될 거야."

멈춰 있는 기계를 다시 작동하는 데 안달이 난 상태라 퉁명스러운 말투였다.

어떤 경우든 북에 실을 다시 끼워 넣는 것은 고통스럽다. 리디는 얼레를 북에 집어넣은 다음, 평소와 다름없이 구멍에 입을 갖다 대고 실을 길게 뽑아내어 재빨리 실패에 감아서 레이스에 끼어 넣고는 기계를 다시 가동했다. 그 후에 똑같은 일을 할 때였는데, 이번에는 브리짓에게 해보라고 시켰다. 소녀는 자신의 입을 구멍에 대어 실을 뽑아냈다. 리디는 죽음의 키스 같다는 생각이 들었다. 평소라면 다른 소녀들을 웃게 할 농담거리를 찾았을 리디는 구멍에 악취를 풍기는 소녀의 침이 묻는 게 신경 쓰였다. 리디는 앞치마로 그 침을 닦은 후 북을 레이스 가장자리에 찔러 넣었다.

"북이 튕겨 나오게 하면 안 돼!"

그 아일랜드 소녀처럼 얼굴이 붉어진 리디가 소리 질렀다.

그날 하루가 다 끝나가는데도, 소녀가 기계를 혼자서 가동하는 것은 멀고도 먼 이야기였다. 리디의 인내심은 한계에 도달해 있었다. 리디는 마스든 씨에게 소녀를 자신 옆에 배치해달라고 요청했다.

"내 일을 하면서 브리짓을 지켜볼게요."

그다음 날 오전 작업이 끝나기 직전이었다. 북 하나가 씨실을 끊고 튕겨져 나와 브리짓의 어깨를 스치며 옷 몇 인치를 찢어놓았다. 실이 끊어지자, 그녀는 즉시 손잡이를 쳐서 기계를 끌 생각을 하지 않고 앞치마에 얼굴을 묻고 울음을 터뜨렸다.

"기계 꺼!"

리디는 소리치고 나서 그녀에게 다가갔다.

"이번에는 실을 연결할 수 있을 거야. 어떻게 하는지 알지, 어?"

소녀는 다시 울기 시작했다. 리디가 어떤 행동을 취하기 전에 다이애나가 달려와 기계를 껐다. 수치심으로 얼굴이 벌게진 리디는 소녀가 끊어진 실을 연결하도록 차분하게 도와주는 다이애나를 쳐다보았다. 마침내 다이애나가 뒤로 물러서면서 소녀에게 손잡이를 제자리에 놓으라고 말할 때, 리디는 다이애나의 어깨에 손을 올렸다.

"미안해."

다이애나는 고개를 끄덕이고는 자기 자리로 돌아갔다. 마침내 벨이 울렸다. 리디는 다이애나와 어깨를 나란히 하고 계단을 내려갔다.

"너의 브리짓은 잘해낼 거야."

다이애나가 말했다.

"난 모르겠어."

리디는 다이애나가 그녀의 이름을 알고 있다는 사실이 의아했다. 외국인 소녀를 '너의'라고 표현한 그녀의 말이 싫었다. 리디는 정말로 그 소녀가 싫었다.

"그녀는 둔한 데다가 울보야. 아일랜드 출신은 다 그래."

다이애나는 쓴 미소를 지었다.

"처음 일이 주 동안에는 누구나 다 그렇지 않나?"

리디는 화가 나서 얼굴이 달아올랐다.

"전에 나를 돌봐준 것에 대해 고맙다는 말을 하지 않았네. 의사분에 대해서도…… 그분은 나에게 치료비도 청구하지 않았어. 뭐랄까, 난 불평하는 것이 아니거든. 단지……."

다이애나는 의사에 대해 말하지 않았다.

"네 상처는 완전히 나은 것 같구나. 기분은 어때? 아프지는 않고?"

리디가 대답했다.

"정상이야. 늙은 암퇘지처럼 심술쟁이로 돌아왔거든."

다이애나가 속삭였다.

"청원서에 네 이름을 적을 만큼 심술 맞았으면 좋겠는데?"

리디는 그녀가 자신을 놀리는 중이라 생각했다.

"그 정도로 심술 맞고 싶은 생각은 없어."

베시는 청원서에 서명했다. 여성노동개혁협회의 한 회원이 약국에 들른 그녀를 붙잡아 결국 서명토록 한 것이었다.

리디는 화난 감정이 북받쳐 올랐다.

"네가 기분이 좋지 않을 때를 노려 서명을 받아낸 거라고. 그들은 소녀들이 우울해하거나 녹초가 되었을 때, 시내를 슬금슬금 돌아다니지. 넌 이제 블랙리스트에 올랐을 거야. 난 너 없이 어떻게 버티지?"

"낑낑대며 뒤에서 투덜대기보다는 보란 듯이 떠나는 것이 좋지 않니?"

하지만 베시가 떠난 방식은 예상과는 다른 것이었다. 블랙리스트에 오르지도 않았고, 해고되지도 않았다.

그녀의 기침 증상은 더 나아지지 않았다. 그녀는 연조실로 옮겨 달라고 요청했다. 틀에서 통사 장치와 바디살을 통해 날실과 씨실을 손으로 합치는 것은 고통스러운 과정이었다. 연조실은 공기가 상대적으로 깨끗했고 또 소음도 훨씬 덜했다. 실을 만드는 데에는 기술을 요하면서도 방직 기계를 다룰 때의 육체적인 힘은 필요로 하지 않았다. 연조실에서 소녀들은 높은 의자에 앉아서 일했다. 베시가 연조실로 옮긴 것은 참으로 잘한 것이었지만, 너무 늦은 감이 있었다. 기침은 계속되었다. 며칠간 침대에만 누워 있다가 기숙사 양호실로 옮겼다. 가래에 피가 보이자, 베들로 부인은 병원에 갈 것을 요구했다.

일요일 아침, 리디는 베시의 식물학 교과서, 그리고 책 대여점에서 20센트를 주고 빌린 소설책을 들고 베시를 찾아갔다.

"제발 나 좀 여기서 꺼내줘."

베시는 기침을 하다가 말했다.

"여기 사람들은 내가 저축한 돈이 한 푼도 남지 않도록 갉아먹으려 혈안이 되어 있다고."

그렇다면 어디로 가겠다는 말인가? 베들로 부인은 책임을 지지 않기 위해 베시를 집 안에 들이지 않을 것이다. 설상가상으로 모리스 박사는 그녀가 너무 허약해 친척 아저씨가 살고 있는 메인 주까지는 도저히 여행이 불가능하다는 것이었다.

리디는 베시의 오빠에게 편지를 썼다. 마차나 기차를 타면 하루면 올 수 있는 케임브리지에 있는 그가 답신을 보내온 것은 3주나 지나서였다. 지금 학기 말 시험을 앞두고 있기 때문에 아마도 학기가 끝난 뒤에야 올 수 있다는 것이었다.

베시는 그저 웃을 뿐이었다.

"오빠는 아직 철없는 소년이야."

그러고 나서 까무러치듯 기침했다. 손수건에 피가 보였다.

"네가 오빠에게 대학 공부까지 시켜줬는데 어쩌면."

"너도 찰리에게 그렇게 해주고 싶잖아?"

"하지만 찰리는…….."

리디는 자신의 동생이 너의 오빠와는 다르다고 말하려다가 다행스럽게도 그만두었다.

"우리 부모님은 돌아가셨고 오빠는 유일한 아들이자 상속자야."

베시는 자신이 오빠에게 헌신하는 이유를 설명하고 싶어 하는 듯했다.

날이 풀리면서 베시의 건강은 조금 나아졌다. 4월, 아저씨가 그녀를 메인으로 데려가기 위해 로웰에 왔다. 하지만 그녀의 아름다움도, 돈도 모조리 사라진 뒤였다.

"내 침대는 그대로 둬, 리디. 내년에 돌아와서 다시 일할 테니까. 언젠가는 나도 대학에 가야 하고, 그러려면 아무리 임금이 떨어져도 돈을 벌어야 하거든. 그만한 돈을 모으면 난 아마 공장에서 가장 나이가 많은 여자가 되어 있을 거야. 오벌린 대학에서 여학생을 받아들이게 되면, 머리칼이 희고 주름살이 있는 여자라고 시비는 걸지 않을 거라고 믿어."

베시를 태운 마차가 북쪽 방향으로 향하는 기차 정거장으로 가기 위해 모퉁이를 돌아 보이지 않게 되었을 때 리디는 그녀는 다시 돌아오지 않을 것이라는 슬픈 생각에 사로잡혔다. 공장에서 하루에 열세, 열네 시간 일할 정도로는 건강해질 수 없을 것 같았다. 내가 이 공장을 떠나게 된다면 그건 아마도 그 빌어먹을 청원서에 서명했기 때문일 것이다. 서명은 나를 위해서가 아닌, 베시와 다른 여직공들을 위해서일 것이다. 공장은 여직공들의 청춘을 빨아먹고, 그들이 필요 없어지면 말라비틀어진 옥수수 껍데기를 바람에 날려버리듯 내동댕이칠 것이다.

리디가 점심 식사를 하러 동료들과 몰려나올 때, 그는 제5공장 정문 옆에 서 있었다.

"리디 워든……."

그의 목소리는 리디가 그냥 지나칠 정도로 작았다.

"리디 양……."

익숙하지 않은 목소리 쪽으로 고개를 돌리자, 알지 못하는 키가 큰 남자가 보였다. 조금 지나서 그가 퀘이커 교인의 챙이 넓은 검정색 모자를 쓰지 않았다는 사실을 알았다. 모자를 쓰고 있었다면 단박에 그를 알아봤을 것이다. 햇빛을 받은 그의 머리칼은 울새의 가슴처럼 녹색이었다. 소녀들은 리디를 팔꿈치로 찌르고는, 그녀를 남겨두고 킥킥 웃으며 기숙사로 향했다.

그가 말했다.

"네가 집에 들르기를 기다렸었어."

그는 몸을 구부린 자세로 그녀를 내려다보았다.

"나, 루크 스티븐스야."

그의 진갈색 눈동자가 리디의 얼굴을 훑었다.

"나를 잊은 건 아니겠지?"

그녀가 대답했다.

"아니. 결코 잊을 수 없지. 단지 너무 의외라서."

"내가 다른 옷을 입고 있어서 알아보지 못할까 봐 걱정했어."

그는 로웰에서라면 얼마든지 내버렸을 법한 조악한 광목으로 만든 셔츠와 바지를 입고 있었다. 퀘이커 모자를 쓰고, 그의 어머니가 지은 갈색 홈스펀 옷을 입고 있었다면, 그를 보자마자 알아봤을텐데.

“보스턴에서 뭘 좀 갖고 왔어.”

그는 자신의 어깨 쪽에 시선을 두면서 거의 속삭이듯 조용하게 말했다.

“다른 사람이 들으면 안 되거든.”

“오.”

리디는 알 수 없다는 표정이었다.

“나의 아버지가 너에게 이걸 보냈어.”

그는 작은 책만 한 크기의 두꺼운 갈색 상자를 내밀었다.

“우편으로 보내면 잃어버릴 위험도 있고, 또 마침 보스턴에 볼일이 있었거든.”

그녀는 그의 거칠고 큰 손에서 상자를 건네받았다.

“고생시켜서 미안해.”

“고생 안 했어.”

그의 얼굴이 발갛게 보이는 것은 뒤에서 햇빛이 비쳐서일까, 아니면 줄곧 바람에 얼굴을 드러내고 있었기 때문일까? 그는 예전과는 달리 어색해하는 것 같았다.

리디는 그에게 예를 차리고 싶었다.

“기숙사의 베들로 부인이 식사를 대접할 거야. 안으로 들어가서 함께 먹자.”

그가 대답했다.

“가봐야 해. 보스턴에서 친구가 기다려. 가야 해.”

“그렇다면…….”

“서둘러야 하거든.”

"정 그렇다면······."

정문이 닫혀 있음에도 식사 중임을 알려주는 대화 소리와 그릇 부딪히는 소리가 들렸다. 당장 식당으로 들어가지 않는다면 식사를 할 수 없을 것이다.

"너를 다시 봐서 정말 좋았어, 리디 워든."

그가 말했다.

"우리는 네가 그 언덕으로 돌아오길 고대하고 있어."

리디는 미소를 지으려 노력했다.

"고마워, 이거."

이 이상한 상자 안에 무엇이 들어있는지 모르지만 하여튼 그렇게 말해야 하는 것이었다. "이걸 들고 그 먼 거리를 와주다니, 신경 써 줘서 정말 고마워."

그런데 이 사람은 언제 간단 말인가?

그가 말을 이었다.

"찰리는 잘 있어. 지난주에 공장으로 찾아갔었거든."

아, 찰리.

"잘 있어? 건강하고, 또 행복해보여?"

"전과 다름없이 잘 있어. 좋은 녀석이야, 리디."

"당연하지. 찰리를 보면 나의 안부를 전해줄 거지, 어?"

그는 고개를 끄덕였다.

"너희 집은 겨울에도 끄떡없었어."

그는 기숙사 정문을 흘끗 쳐다보았다.

"내가 더 붙들면 식사를 못 하겠구나. 건강 조심하고."

"너도."

그녀가 대답했다. 그는 씩 웃으며 안녕을 고한 후 가버렸다.

리디가 그 상자를 열어본 것은 저녁 식사를 끝낸 후였다. 몇 겹의 갈색 포장지를 풀어보니 무엇인지 도저히 알 수 없는, 공식 문서 같은 종이가 들어 있었다. 낯선 필체로 쓰인 편지였다.

리디 양에게

아마 아가씨는 나에게 실망하고 있을 거야. 약속을 지키지 않는 사람이라고 말이야. 이렇게 늦어서 미안해. 우리의 친구인 스티븐스 가족(이분들은 정말로 진실한 친구야)의 친절과 네가 빌려준 돈 덕분에 난 무사히 몬트리올에 도착할 수 있었어. 다행스럽게도 나의 가족도 모두 이곳으로 올 수 있었지. 아가씨가 베풀어준 도움은 결코 다 갚을 수 없겠지만 우선 빌려준 돈이라도 돌려주고 싶어서 수표를 동봉해.

평생 보은을 마음에 간직하며 친구인 에스겔 프리먼

리디는 믿을 수 없었다. 50달러라니. 다음 날, 그녀는 점심시간에 은행으로 달려갔다. 수표는 지불 능력을 갖춘 몬트리올 은행에서 발급한 진짜였다. 그 수표 한 장 덕분에 그녀의 저축액은 새끼를 밴 암소의 젖처럼 부풀어졌다. 이제는 아버지가 진 빚이 얼마나 되는지 알아야 한다. 아마 다 갚을 수도 있을 것이다. 그런데 엄마는 왜 아직 답장을 보내지 않는 것인가? 엄마는 빚이 얼마나 되는지 알고 있는 것인가? 관심이나 있을까? 아니, 맙소사. 혹시 엄마는 농장 생활을 지겨워한 것은 아니었을까? 농장에서 손을 떼게 되었다고 좋아하는 것은 아닐까?

리디는 바로 그날 밤 다시 편지를 썼다.

엄마,

엄마에게 편지를 보낸 지 한 달이나 지났어. 우리 빚이 얼마나 되는지 알고 싶어. 빨리 답장 줘.

엄마의 사랑하는 딸 리디 워든

맞춤법을 확인할 마음의 여유가 없었다. 봉투에 넣고 봉했다가, 마지못해 다시 열고는 1달러 지폐 한 장을 집어넣었다.

리디는 한밤중에 깨어나 자신의 행동을 이해할 수 없다는 생각에 사로잡혔다. 전혀 알지 못하는 사람에게는 가진 것을 다 기꺼이 내주면서도 엄마에게는 1달러조차 아까워하는 자신에 대해서 말이다.

레이철

리디는 누구에게도 그 돈에 대해 입도 뻥긋하지 않았다. 다이애나라면 기뻐할 것이다. 하지만 기다려보기로 했다. 조금만 있으면 목표액을 채울 수 있을 것인데, 그렇게 되면 청원서에 서명해서 그녀를 놀라게 하고 싶었다. 그런데 루크가 왔다 간 지 채 일주일도 되지 않아서 그녀의 인생을 뒤바꿔놓을 또 다른 사람이 찾아왔다.

세숫대야에 물을 받아 양말과 속옷을 빠는 동안 가벼운 산들바람이 들어와 실내의 탁한 공기를 밀어내도록 창문을 열어놓았다. 그러다가 갑자기 문간에 서 있는 팀이 눈에 들어왔다. 그녀는 옷을 빨다가 그를 올려다보았다.

"엄마가 거실에 손님이 와 있다고 전하랬어. 신사분이래."

찰리! 틀림없다. 지금쯤이면 신사가 돼 있을 것이다. 아니라면 그누가 나를 찾아올 것인가? 루크 스티븐스가 또 왔을 리는 없다. 그녀는 옷을 비틀어 물을 짜낸 다음, 손을 앞치마에 닦으며 계단을 내려갔다.

하지만 베들로 부인이 거실이라 부르는 식당 한구석에 있는 사람은 찰리가 아니었다. 물론 루크도 아니었다. 팀이 그 사람을 '신사'라

172

고 부른 것이 납득되지 않았다. 틀림없이 전혀 모르는 사람이었다. 공장 소녀들이 깔끔한 차림새로 재잘거리는 장소에 전혀 어울리지 않는 그 남자는, 짤막한 키에다, 거친 기후에 시달린 깡마른 얼굴에 고향 언덕의 농부들처럼 홈스펀 옷을 입고 있었다.

"넌 이모부도 몰라보냐, 어?"

거실의 남자가 클라리사의 남편인 주다라는 사실을 리디가 알아챈 순간, 그가 말했다. 아주 어릴 적 보고는 처음 보는 것이었다.

"여기 오는 데 이틀밖에 안 걸렸지."

그는 자랑스럽게 말했다.

"잠은 마차에서 자고."

리디는 미소를 짓고 있었지만 심장은 분쇄기의 칼날이 가슴을 치듯 뛰고 있었다. 도대체 여긴 무슨 일로? 클라리사와 관련되면 뭐든지 문제가 생기는 법이다.

"여긴 무슨 일로 오셨어요?"

리디는 거실에 있는 사람들의 시선이 자신에게 모이고 있음을 의식하면서 가능한 차분하게 물었다.

"왜 이모부가 오셨냐고요?"

그는 숭고한 의무가 생각나기라도 한 것처럼 대번에 진지한 표정이 되었다.

"클라리사 이모가 너에게 말을 전하라고 해서."

"무슨 말요?"

순간적으로 리디의 몸에 냉기가 흘렀다.

"너도 알다시피, 너의 엄마가 건강하지 못하셔."

"열병? 엄마가 열병에 걸렸어요?"

그는 자신의 말을 듣지 않는 척하면서도, 야생 동물을 경계하는 목초지의 가축처럼 귀를 쫑긋 세우고 있는 방 안의 소녀들을 훑어보았다. 그는 자신의 머리를 가볍게 치면서 목소리를 낮춰 말했다.

"여기에 계셨다면 건강하셨을까, 어?"

리디는 그를 빤히 쳐다보았다. 도대체 엄마에게 무슨 짓을 저질렀단 말인가? 주다는 그녀의 시선이 부담스러운지 눈을 밑으로 깔았다.

"그래서 우리도 할 만큼……."

"엄마에게 어떻게 했냐고요?"

리디는 낮으면서도 사납게 물었다.

"너의 엄마를 브래틀버러 수용소에 보낼 수밖에 없었어."

"거긴 정신 병원이잖아요!"

주다는 슬픈 표정을 지으면서 깊은 한숨을 내쉬었다.

"불쌍한 클라리사만으로도 너무 벅차서 엄마에게 관심을 기울일 수 없었어."

"왜 나에게 도와달라고 하지 않았어요? 나에게도 책임이 있는걸요. 나는 그만한 능력이 있어요."

그는 머리를 들었다.

"너 거기 와보지 않았지, 어?"

"레이철은 어디 있어요? 그 어린 것을 어떻게 했냐고요?"

그는 대화 내용이 엄마에게서 떠난 것에 안도하는 표정이었다.

"레이철은 잘 있어. 지금 마차에 있어. 여기로 데려왔거든."

리디는 그를 지나쳐 문을 열고 밖으로 나갔다. 농장용 마차가 거

174

기 서 있었다. 인내심 많은 황소는 자신이 도시에는 웃길 정도로 어울리지 않는다는 사실을 의식하지 못한 채 행복하게 되새김질을 하고 있었다. 갑갑한 위층의 방들과는 달리, 거리는 습하고 싸늘했다. 레이철은 단번에 엄마의 것임을 알 수 있는 숄을 뒤집어쓴 채 마차 의자에 앉아 떨고 있었다.

리디는 계단에 발을 올리고 그녀를 안아 내렸다. 레이철은 너무 가벼웠다. 헝겊 인형처럼 뼈가 없는 것 같았다. 리디는 현관 계단을 오르면서 숄을 통해 전해지는 동생의 떨림을 느꼈다.

"괜찮아, 레이철. 나야, 리디."

그녀는 동생이 자신을 기억해주길 바랐다.

리디는 레이철을 안으로 데리고 들어왔다. 주다는 땀에 절은 모자의 가장자리를 초조하게 누르고 있었다.

"너의 언니야, 레이철."

주다는 억지로 좋아하는 척, 활기차게 말했다. 방 안에 있던 소녀들이 충격을 받은 듯 헉, 하는 신음을 토했다.

"클라리사 이모가 말했잖아, 어? 리디에게 데려다줄 거라고."

"레이철이 쓸 물건은 갖고 왔어요?"

주다는 대답 대신 밖으로 나가 밑바닥에 작은 덩어리가 든 배낭을 하나 갖고 들어왔다.

"엄마의 물건은요?"

리디는 자신이 하는 얘기를 다른 소녀들이 듣든 말든 신경 쓰지 않고 냉랭하게 물었다.

"남아 있는 건 거의 없어."

그가 말했다. 리디는 그 문제에 대해서는 그냥 넘어가기로 했다. 그의 말은 틀리지 않는 것이었다. 그가 리디와 레이철을 번갈아 쳐다보면서 말했다.

"저기 말이야, 나 이제 가볼게, 어?"

"가급적 빨리 엄마를 데리러 갈 거예요. 빚을 다 갚으면 엄마를 데리고 집으로 돌아가서 내가 보살필 거예요."

그는 큰 손으로 모자챙을 둥글게 말아 쥐곤 문 쪽으로 몸을 돌렸다. "어디로 돌아간다고?"

"집으로요."

리디는 반복해서 말했다.

"농장으로 돌아간다고요."

"그거 팔기로 했어. 브래틀버러 입원비에 쓰려면 어쩔 수 없어."

"안 돼!"

방 안의 소녀들이 하던 일을 멈추고 쳐다볼 정도로 리디는 날카롭게 소리쳤다. 리디의 품 안에 있는 어린 레이철까지도 몸을 비틀면서 그녀를 올려다봤다. 리디는 다시 주다에게 다가가 성난 목소리로 속삭였다.

"아버지 외에는 그 누구도 거길 팔 수 없어요."

"너의 아버지가 허락하셨어."

"어떻게요?"

그녀는 희망으로 가슴이 터질 것 같았다. 아버지라니? 그렇다면 이모부는 아버지와 연락을 하고 있었단 말인가?

"언제요?"

"집을 떠나기 전에. 편지에 그렇게 하라고 했었어. 만약에……."

리디는 비명을 지르고 싶었지만 이모부에게 그럴 수는 없었다. 자신의 공격적인 말투 때문에 레이철은 이미 겁을 먹은 상태였다.

"이모부는 그럴 권리 없어요."

그녀는 이를 악물고 말했다.

"그 외는 다른 방법이 없어."

그는 단호하게 말했다.

"나에게 책임이 있거든."

그는 그렇게 말하고 가버렸다.

그제야 리디는 방 안의 다른 소녀들을 의식하게 되었다. 소녀들은 험한 소릴 늘어놓는 리디의 모습, 그녀의 품 안에 안겨 있는 꾀죄죄한 소녀를 쳐다보곤 기가 막히다는 듯 입을 쩍 벌렸다. 레이철은 숄에 얼굴을 파묻고 있었다.

"레이철, 올라가자."

그녀는 다른 소녀들이 다 들을 수 있을 만큼 크게 말했다.

"먼저 베들로 부인을 만나보자."

그녀는 몸을 곧추세우고, 다른 소녀들이 앉아 있는 의자들 사이를 지나 부엌으로 갔다.

"베들로 부인?"

부인은 부엌의 흔들의자에 앉아서 내일 요리에 쓸 감자 껍질을 벗기고 있었다.

"귀하신 아가씨의 이름은?"

부인의 예리한 질문에 레이철은 거북이처럼 작은 머리를 숄에서

쏙 내밀었다.

"레이철이라고 해요, 베들로 부인."

레이철은 가급적 공손하게 대답하려고 노력했다.

"제 동생이에요."

리디는 부인의 눈빛에서 그녀가 못마땅해 한다는 것을 감지했다. 기숙사에는 관리인의 가족을 제외하고 남자와 어린아이는 일절 데려올 수 없다는 규정이 있었다. 하지만 부인도 내심으로는…….

"동생을 목욕시킬 수 있도록 허락해주세요. 소달구지를 타고 길고도 험한 길을 왔거든요. 추워서 이렇게 떨고 있어요. 그렇지, 레이철?"

레이철은 동생을 꼭 끌어안았다. 베들로 부인은 껍질 벗긴 감자 그릇에 칼을 떨구더니 손을 앞치마에 문지른 다음, 솥을 화로에 올렸다.

레이철이 리디의 침대에서 곤히 잠든 것을 보고 나서, 베들로 부인은 리디가 짐작하는 바를 조용히 말했다.

"규정 위반이야, 너도 알다시피. 동생을 데리고 있을 수 없어."

"동생에게 일자리를 마련해줄 거예요. 할 수 있어요."

"너도 알다시피, 동생이 직공이 되기에는 너무 어리고 또 몸도 튼튼하지 않아."

리디는 사정했다.

"제가 해결책을 마련할 때까지 동생을 여기에 있게 해주세요. 수일 안으로 할 수 있거든요, 네?"

베들로 부인은 한숨을 내쉬고는 고개를 흔들었다.

"돈은 낼게요. 한 사람 몫 전부요. 보세요, 이 작은 것이 먹으면 얼마나 먹겠어요?"

베들로 부인은 의자에 앉더니 다시 칼을 집어 들고 감자를 깎기 시작했다. 리디는 숨이 넘어갈 듯 말했다.

"일주일만. 그다음에는……."

"2주일 이상은 안 된다. 다시 말하지만 그 이상은 안 된다. 그랬다간 내 오빠에게 연락해서 애를 데려가라고 할 거다."

베들로 부인은 미심쩍어하는 표정을 지으면서도 결국 허락해주었다. 부인은 한숨을 쉬고는 다시 감자 껍질을 벗기기 시작했다. 껍질은 투명할 정도로 얇고 또 길었다.

"이 은혜 잊지 않겠어요, 베들로 부인. 다른 곳에는 가지 못하게 하겠어요."

"밖에 내보내지 마라. 공장 사람들에게 동생을 보여서는 안 돼."

"물론이지요. 맹세하건대 방 안에서 절대 나가지 않도록 할게요. 다른 소녀들이 알지도 못할 거예요."

베들로 부인이 미간을 찌푸리며 말했다.

"이미 다 안다. 다른 애들이 비밀을 지켜줄지 모르겠다."

"그럼 일일이 찾아가서 부탁할 거예요."

"동생을 필요 이상으로 방 안에만 붙들어두지 마. 낮에는 나를 따라서 아래위층으로 돌아다닐 수 있어. 팀에게 오후에 시간이 되면 산수와 영어를 가르쳐주라고 할게. 학교에 갈 나이인데……."

"그렇게 할 거예요. 학교는 보낼 거예요. 문제가 정리되면 반드시…… 맹세코……."

179

"그리고 동생 앞에서 말조심하도록 해라. 언니로서 모범을 보여야 하는 거야."

"고마워요, 부인. 절대 후회하실 만한 일은 하지 않을 거예요. 약속해요."

리디는 그날 밤 소등한 후, 몰래 촛불을 켜놓고 찰리에게 편지를 썼다.

사랑하는 동생 찰리,

잘 지내고 있으리라 믿는다. 우선 좋지 않은 소식을 전하게 되어 유감이구나. 주다 이모부가 오늘밤 조웰에 와서 레이첼을 나에게 데려다주고 갔단다. 엄마를 브래틀버러 수용소에 보냈다는구나. 그리고 우리 농장도 팔 작정이란다. 네가 가서 막아다오. 우리 집에서 남자라야 너밖에 없지 않니. 주다 이모부는 내 말은 귓등으로도 듣지 않는단다. 네 말은 들을 거야. 난 지금까지 100달러 이상을 벌어서 빚을 갚을 수 있게 되었어. 이모부가 우리 농장을 팔지 못하도록 네가 막아야 해. 부탁한다. 레이첼은 어떻게 해야 할지 모르겠다. 어린아이는 공장 시설에 둘 수 없어서 문제다. 가능하면 집으로 데려가고 싶은데, 나에게는 우리가 돌아갈 수 있는 집을 지켜야 할 의무가 있단다. 찰리야, 너에게 모든 것이 달렸다. 제발 주다 이모부의 행동을 막아줘.

너의 사랑하는 누나 리디 워든

리디는 일에 집중하기가 어려웠다. 농장이 사라지면 이 모든 수

고가 무슨 소용이란 말인가? 그렇게 되도록 내버려둘 수 없다! 땀을 흘리며 돈을 벌었는데 그렇게 되도록 내버려둘 수 없지. 그렇다면 레이철은? 여기에 도착한 뒤로 단 한 마디의 말도 꺼내지 않았다. 울지도 않았다. 살아 있기보다는 죽은 아이처럼 보였다. 레이철이 머무를 곳을 찾기 위해서는 소중한 시간을 써야 했고, 레이철의 생활비를 내놓기 위해서는 소중한 돈을 써야 했다. 레이철을 학교까지 보내려면 더 많은 돈이 들었다. 어린애라고 해서 방적실에서 일하지 못할 이유라도 있단 말인가? 아일랜드 아이들은 채 일곱 살이나 여덟 살도 되어 보이지 않는데도 열심히 일하고 있었다. 자진해서 돈벌이에 뛰어든 아이들이었다. 리디 역시 갓난아이 티를 벗어나면서부터 힘들게 일해오고 있지 않은가? 게다가 도핑은 농장일만큼 힘들지도 않다. 아이들은 한 시간을 일한다고 해도 실제로는 15분도 일하지 않는 셈이었다. 실을 감아둔 실패가 꽉 차면 빈 것으로 갈아 끼우는 단순 작업이 고작이었다. 아이들은 남는 시간에는 기껏해야 구석에 앉아서 놀거나 잡담을 나누었다. 맑은 날 창가에서 보면 아이들이 공장 마당을 뛰어다녔고, 또 술래잡기나 구슬치기를 하며 놀았다. 농장과는 비교할 수 없을 정도로 편안한 삶이었다. 따라서 이제 레이철도 불행에서 벗어나 스스로 살아나가야 했다.

브리짓은 그렇게 문제를 일으키고도 부족했던지 여전히 울어대곤했다. 리디는 그녀의 방직기를 쳐다보았다. 모든 것이 제대로 작동하는데도 그녀는 뒤틀어대는 기계의 몸을 쳐다보며 눈물만 짰다. 리디는 자신의 기계들을 확인하고 나서 그녀에게 다가가 입을 귀에 대고 물었다.

"무슨 문제 있어, 어?"

브리짓은 깜짝 놀라며 몸을 돌렸다. 그녀는 입술을 깨물면서 머리를 흔들었다.

리디는 어깨를 으쓱했다. 소녀가 자신의 문제를 스스로 해결한다면 더 이상 바랄 것이 없었다.

아침 식사를 하러 계단을 내려가는데 마스든 씨가 리디의 앞을 막았다. 심장이 조여드는 느낌이었다. 벌써 레이철에 대한 소식을 들은 걸까? 누가 이렇게 빨리 고자질했지? 리디는 다른 소녀들이 자신을 질투한다는 사실을 알고 있었다. 리디는 가장 뛰어난 직공이었다. 하지만 마스든 씨는 레이철에 대해서가 아닌, 가여운 아일랜드 소녀에 대해 말했다.

"속도를 올리라고 말해. 적절한 수준으로 올리지 못하면 더 이상 내 곁에 둘 수 없어. 대기 인력으로도 안 돼."

그는 왜 직접 말하지 못할까? 감독은 바로 그 자신이었다. 브리짓은 리디가 책임질 대상이 아니었다. 리디는 대기 인력을 요청한 적도 없었고, 또 필요치도 않았다. 이제 그녀에게서 아주 손을 뗄 참이었다.

리디는 휴식이 끝난 후 그녀에게 말했다.

"감독이 그러는데 속도를 높이지 못하면 너를 더 이상 데리고 있을 수 없대."

소녀는 두려움으로 눈이 왕방울만 하게 커졌다. 순간, 레이철이 잔뜩 겁에 질려 베들로 부인의 부엌 한구석에 웅크려 앉던 장면이 떠올랐다.

"젠장, 빌어먹을. 내가 도와줄게."

리디는 투덜거렸다.

"우리 둘이서 다섯 대의 기계를 작동해보는 거야. 단 네가 좋아질 때까지만, 어?"

소녀는 희미하게 미소를 지으면서도 여전히 겁먹은 얼굴이었다.

"일단은 일에 집중해야 해. 내 말 듣고 있어? 바보처럼 굴거나 정신이 딴 데 가 있으면 기계에 머리칼이 말려들거나 북에 머리를 맞을 수 있어."

소녀는 다시 눈물을 보이면서도 입술을 깨물고 고개를 끄덕였다. 리디는 다이애나의 입가에 슬며시 칭찬의 미소가 걸린 모습을 보았다. 그녀가 자신의 말을 듣지 못해 다행이라는 뒤틀린 생각을 했다. 그녀는 내가 친절하다고는 생각하지 않을 것이다.

7시 벨이 울렸을 때, 브리짓의 불안감은 조금 줄어든 듯 보였다. 마스든 씨는 지나가며 두 소녀의 어깨를 자랑스럽게 두드려주었다. 리디는 한숨을 내쉬면서도, 억지로 그의 손길을 피하지는 않았다. 기계 네 대를 맡은 이후로 가장 적은 생산량을 기록한 날이었다. 이제 기숙사로 돌아가 말이 없는 어린 레이철을 돌봐야 한다.

"이대로는 안 되겠어."

베들로 부인이 말했다.

"팀이나 나에게 일절 말을 하지 않아. 구석에 쭈그려 앉아서 얼어죽은 생쥐처럼 떨고 있다니까."

"밥은 먹어요?"

"밥을 먹느냐고? 몇 달 굶은 것처럼 먹어대. 팀과 같이 먹게 하면

한창 성장기인 팀보다 더 먹어. 먹으면서 절대 말을 안 해. 두 번 다시 먹을 기회가 없을 것처럼 접시만 파헤쳐."

리디는 화를 억누르면서 부인의 얼굴을 바라보고는 레이철의 정수리를 내려다보았다. 동생은 떨고 있었다. 동생이 올리버 같다는 생각이 들었다.

여기서 더 나간다면? 소년은 공중에 매달리게 되지. 그래 난 알고 있어. 올리버는 매달려.

오, 레이철, 레이철. 난 네가 허기진 모습을 상상할 수 없어.

"돈을 더 내겠어요."

리디가 베들로 부인에게 약속했다.

"돈이 문제가 아냐……."

리디는 들킬까 봐 문제라는 사실을 알았지만 돈도 문제라는 것을 알고 있었다. 리디는 다음 날 은행에서 돈을 찾아 주겠다고 약속했다. 최소한 시간을 벌어야 한다. 찰리에게서 연락이 올 때까지만이라도.

저녁 식사를 마친 후, 리디는 동생을 부엌에서 데리고 나와 화장실을 들르게 한 다음 손을 잡고 방으로 올라갔다. 이 모든 과정은 단한 마디의 말도 없이 이뤄졌다. 리디의 머릿속에서만 긴 대화가 울려 퍼질 뿐이었다. 리디는 동생에게 이불을 덮어주면서 묻고 싶었던 것을 큰 소리로 물었다.

"레이철, 오늘 뭐 하며 지냈어?"

"팀이 공부를 가르쳐줬니?"

"베들로 부인과는 재밌었어?"

"규칙을 어기면 무섭게 보이려는 척하지만 사실 좋은 사람이야.

너도 짐작하겠지만 회사에서 원하는 것은 지켜야 해. 그러지 않았다 가 쫓겨나면 무슨 일을 할 수 있겠니, 응?"

레이철은 대답하지 않았다. 그녀로서는 전혀 예상하지 못한 말들 이었을 것이다.

"넌 걱정할 필요가 없어. 주다 이모부는 절대 농장을 팔 수 없거 든. 나와 찰리가 그렇게 못 하게 할 거야. 아버지를 위해 반드시 농 장을 지킬 거야."

눈에 생기가 살아난 것일까?

"엄마, 찰리 그리고 너와 나를 위해서도 농장을 지킬 거야."

동생이 베개를 벤 모습에서 약간 긴장을 푼 듯한 느낌이 들었다. 아니라면 촛불이 주는 착각이리라.

베시가 그녀에게 그렇게 해주었듯이 리디는 큰 소리로 책을 읽어 주고 싶었다. 그녀는 《올리버 트위스트》를 펼치고 낭독하기 시작했 다. 레이철이 잠든 줄도 몰랐다. 익숙한 단어가 주는 안온감에 빠져 들었다. 벨 소리가 울리자, 리디는 촛불을 끄고 작은 몸의 존재를 곁 에 느끼며 어둠 속에 누웠다. 어떻게 해야 하나? 어디로 가서 도움을 요청해야 할까? 레이철을 기숙사에 계속 데리고 있을 수는 없고, 리 디는 직장을 지키기 위해 계속해서 여기 머물러야 한다. 직장을 잃 어버린다면, 가족을 위해 무슨 일을 할 수 있을까? 그렇다고 이 어린 아이를 낯선 사람들과 지내도록 내버려둘 수도 없다. 이모와 이모부 가 미웠다. 어쩌자고 이 어린 것을 여기로 데려올 생각을 한 것인가? 하지만 레이철의 입장에서는 언니와 같이 있는 것이 최선의 길이리 라. 음식도 충분히 줬을 리 없는 이모와 이모부보다는 내가 이 아이를 더 사랑하지 않는가? 가여운 레이철, 불쌍한 레이철. 리디는 침대에 몸을 뉘었다. 이제 자야 한다. 찰리에게 연락이 올 때까지는 뾰족한 수가 없다. 아무리 생각해도 찰리 말고는 주다 이모부가 농장을 파는 걸 막을 사람이 없다. 그런 다음 빚을 청산하든 조금 남기든, 레이철을 집으로 데려갈 것이다. 농장을 가족에게 맡기고 난 떠나와야지. 가족이 농사를 짓도록 해야지.

비몽사몽 간에 또다시 그 곰이 보였다. 곰은 뒤뚱거리며 몸부림치다가 느닷없이 끓는 냄비를 내동댕이치더니 가족이 숨어 있는 다락으로 뛰어오르려 했다. 리디는 그 곰을 내려다볼 수 없었다.

열병

　은행에서 돈을 인출하는 것은 턱에 뿌리를 박은 이를 뽑아내는 것과 마찬가지였다. 그다음으로 고통스러운 것은 베들로 부인의 손에 2달러를 쥐어준 것이었다. 그리고 나서 도시로 나가 레이철의 신발과 숄을 사고, 또 옷을 주문했다. 그만큼 쓰고 나서도 50페니를 더 들여 어린이를 위한 초급용 읽기책, 그리고 서점 주인이 추천한 작은 시집을 구입했다. 리디는 모두 합해서 2주치 임금 이상의 돈을 써버린 셈이었다. 은행에서 찾은 피 같은 돈 가운데 이제 주머니에 남은 것이라고는 1달러도 되지 않았다. 이 점에 대해 생각하지 않기로 했다. 문제는 레이철이 아니던가? 동생에게 어찌 인색하게 굴 수 있단 말인가?

　바로 그다음 날, 브리짓이 일하는 속도는 평소보다 더 느렸다. 리디는 고함을 지르지 않기 위해 무던히도 애를 썼다. 기계가 단 몇 초라도 멈추면 화를 내면서, 자주 그 소녀의 둔한 손에서 북을 빼앗아 얼레를 통해 실을 입으로 빨아들인 다음 레이스에 끼워 넣었다. 브리짓은 온종일 눈물을 글썽였다. 그러다가 소녀의 부주의로 실이 엉켜 옷감 한 부분을 망치게 되자, 결국 리디는 화를 터뜨리고 말았다.

"정신 차려, 이 계집애야!"

리디는 고함을 질렀다.

"모든 것을 잊고 기계에만 정신을 집중하라고."

브리짓이 소리 내어 울었다.

"그래도 잊을 수가 없어. 엄마가 죽을 것처럼 아픈데, 병원에 갈 돈이 없어."

"자, 여기 있어."

리디는 자신의 앞치마 주머니에 남아 있던 돈을 모두 끄집어내어 소녀의 주머니에 쑤셔 넣었다.

"자, 이 돈으로 의사를 찾아가도록 해. 지금은 기계만 생각해, 어?"

며칠 지나자 레이철의 상태가 나아졌다. 시집을 큰 소리로 읽을 때, 레이철은 말을 몇 마디 꺼내면서 미소의 흔적을 보였다.

포스터 박사는 글로스터로 갔다네

소나기를 맞으며

그는 진흙탕에 빠졌다네

그것도 허리까지 차는 곳에

그러고는 두 번 다시 그곳에 가지 않았다네

리디가 말했다.

"버몬트가 진흙탕으로 변하는 계절에 관한 거야, 어?"

레이철이 미소를 지었다. 용기를 얻은 리디는 레이철에 관한 시를 만들어보았다.

주다 이모부는 버뮤다에 갔다네

비 내리는 4월 어느 날

그는 습지에 빠졌고

곧바로 잠들었다네

그러고는 두 번 다시 연락이 없었다네

이번에는 레이철이 보다 명확하게 미소를 지었다.

공장 생활도 원만했다. 브리짓은 연민을 자아낼 정도로 리디의 호의에 보답했다. 브리짓은 리디가 방직실에 들어서기 전에 일찌감치 출근해 두 대의 기계에 기름을 치고 빛이 나도록 닦았다.

마스든 씨는 매우 좋아했다. 그의 입에서는 미소가 떠나지 않았다. 리디는 그에게 시선을 주지 않았지만 잔소리만 해대는 작고 빨간 입술의 변화를 느낄 수 있었다.

방직실은 덥다는 느낌이 들었다. 물론 항상 뜨겁고, 습기가 많은 곳이지만……. 완전 녹초가 되지 않는 한 고개를 꼿꼿이 들던 그녀였지만 이번에는 너무 더운 나머지, 5월의 목요일밖에 되지 않았는데도 전혀 예상치 않은 가운데 탈진하고 말았다. 마스든 씨는 다른 사람들이 모두 퇴근할 때까지 리디에게 기다리라고 말했다. 리디가 쓰러지거나 기절한다는 느낌이 들었을 때, 그는 자신의 희고 두꺼운 두 손에 체중을 실어 그녀의 소매를 잡아당겼다. 그가 뭐라고 말했지만 리디는 머리가 깨질 듯 아파서 알아듣지 못했다. 이 남자가 뭐하자는 것인가? 난 그저 기숙사로 돌아가고 싶을 뿐이다. 레이철에게 가야 한다. 온몸이 불구덩이에 들어간 듯 뜨거웠다. 차가운 물수건을 머리에 대고 싶었다. 하지만 마스든 씨는 여전히 그녀의 몸을 붙들고 있었다. 그녀는 그를 쳐다보려 했지만 눈이 아파 여의치 않았다. 나 좀 가게 내버려두세요! 리디는 울고 싶었다. 그를 밀쳐내려 하는데도 그는 더욱 힘을 가해오는 것이었다. 그는 그 이상하고 작은 입을 그녀의 뜨거운 얼굴에 점점 밀착시켜왔다.

리디는 자신의 불편한 감정을 중얼거렸지만 그의 눈동자는 더욱 다정스러워졌고, 그의 팔은 그녀의 어깨를 완전히 감싼 상태였다.

왜 이처럼 가만히 있는 것인가? 병들어 힘이 없기 때문일까? 좌절해 있기 때문일까? 리디는 그 원인을 알 수 없었다. 하지만 그녀는 부츠 신은 발을 추켜올려 온 힘을 다해 뒤꿈치로 그를 찍어 내렸다. 그는 비명을 지르며 리디의 어깨에 두른 팔을 풀고 고꾸라졌다. 리디로서는 벼르고 벼르던 순간이었다. 리디는 넘어질 듯 계단을 뛰어 내려가, 마당을 가로질러, 거의 쓰러지기 직전에 제5공장 정문 앞에 도달했다. 그는 쫓아오지 않았다.

리디는 그다음 날도 그 후에도 출근하지 않았다. 고열이 심해 정신을 차릴 수 없었다. 누군가 찬 물수건을 이마에 대주자, 손을 뻗어 열이 펄펄 끓는 눈썹에 갖다 댔다. 작고 차가운 손이 그녀의 눈 부위를 조심스럽게 매만졌다. 저 멀리 어딘가에서 희미한 음성이 들려왔다.

"거기야, 거기."

리디는 무거운 팔을 들어 올렸다가 이불 속으로 집어넣었다.

모리스 박사가 왕진을 왔다. 리디는 진찰을 받지 않겠다며 버텼다. 의료비로 돈을 낭비하고 싶지 않았기 때문이었다. 하지만 말이 튀어나왔더라도 너무 목이 쉬어 알아듣지 못했을 것이다.

벨 소리가 들렸지만 이젠 리디와 그리 관련 있을 성싶지 않은 소리였다. 리디를 위한 벨이 아니었다. 사람들이 그 어두운 공장 건물에 들어갔다가 나왔다. 베들로 부인이 묽은 수프를 입에 넣어주었다. 친구들이 대신해주기도 했다. 누가 연락을 했는지 다이애나와 브리짓도 찾아왔다.

베들로 부인은 못마땅해했지만, 브리짓은 아일랜드에서 만든 이상한 약을 가져와서 결국 리디의 입에 집어넣고서야 돌아갔다. 간신히 눈을 뜨자 침대 곁에 앉아 있는 레이철이 눈에 들어왔다.

리디는 레이철에게 병을 옮길까 봐 멀리 밀어내려 했다. 동생을 멀리 떼어놓든지, 그렇지 않으면 양호실로 내려가야 한다고 생각했다. 하지만 몸에 힘이 조금도 없었다. 말할 기운이 없었고, 말해봐야 아무도 그 말을 알아듣지 못할 것이었다. 정신이 들 때마다 레이철이 시야에 들어왔다.

그러던 어느 날 아침, 리디는 갑자기 눈을 떴다. 벨 소리가 그녀의 욱신거리는 머리를 두들겼다. 그녀는 느닷없이 일어나 앉았다. 방이 그녀의 몸을 옥죄는 느낌이었다. 그녀는 침대 가장자리에 앉은 채 두 다리를 천천히 흔들어보았다. 그러다가 두 발로 일어서려 했지만 막 태어난 송아지처럼 비틀거렸다. 그녀는 소리를 질렀다.

"레이철, 나 좀 도와줘. 일하러 가야 해."

반대편 침대에 있던 레이철이 몸을 일으켰다.

"언니, 깨어났네! 죽지 않았구나!"

191

레이철은 울었다.

리디는 다시 베개에 머리를 누이면서 힘없이 말했다.

"아니. 아직은 아냐. 우리에게는 아직 희망이 있어."

직공

리디가 병으로 쓰러진 지 2주가 흘렀다. 모리스 박사는 그녀의 출근을 허락하지 않았다. 머리로는 얼마든지 일할 수 있는데, 다리는 마음대로 움직여주지 않았다. 몸이 생각을 따라주지 않는 경험은 이번이 처음이었다. 허약해진 몸이 미웠다. 출근 벨이 울릴 때마다 몸을 일으켜 옷을 입어보지만 안간힘을 써대는 바람에 온몸이 땀으로 범벅되어, 세수하러 가지도 못한 채 레이철의 부축을 받아 침대로 돌아갈 뿐이었다.

침대에 누워 보낸 시간이 너무 길었다. 잠을 자고 또 잤지만, 소음으로 가득 찬 방직실의 실타래가 제자리에서 잘 돌아갈 때처럼 간혹 정신이 말짱해지기도 했다. 그때마다 걱정이 들었다. 찰리에게서는 왜 아직 답장이 없는 것일까? 이미 오래전에 연락이 왔어야 하는데. 어쩌면 내 편지가 배달되지 않은 것은 아닐까? 틀림없이 그랬을 거야. 그녀는 상체를 일으켜 똑바로 앉았다.

"누워 있어, 언니."

언제나처럼 레이철이 붙어서 감시 중이었다.

"의사가 말했잖아."

"저기 있는 상자에서 종이, 펜 그리고 잉크병 좀 꺼내 오렴. 맨 꼭대기에 있는 판지 상자 말이야. 찰리에게 다시 편지를 써야겠다."

레이철은 그것들을 리디에게 갖다 주면서 투덜댔다.

"걱정하지 말라고 의사가 말했잖아."

리디는 손으로 레이철의 머리를 쓰다듬었다. 머리칼이 거위 털을 쓸어내릴 때처럼 매끈했다. "이제 좋아졌어, 레이철. 훨씬 좋아졌다고, 어? 거의 다 나은 것 같아."

레이철은 미간을 찌푸렸지만, 그녀의 눈동자는 처음 도착했을 때처럼 힘이 없거나 초점이 잡히지 않는 그런 눈이 아니었다. 오히려 또렷했다. 리디는 동생의 머리를 다독거렸다.

"나에게 이렇게 좋은 간병인이 있다니. 믿을 수 없어."

레이철은 필기도구 옆에서 미소 지으며 끄덕였다.

"찰리 오빠에게 말해줘."

"당연히 그럴 거야. 아마 찰리는 엄청나게 자랑스러워할 거야."

다시 한 주가 흘러 리디는 이제 정말 출근해도 될 것 같은 기분이었다. 공장에서의 일 처리 방법이 처음부터 끝까지 머릿속에 생생했다. 자비로우신 하나님. 하지만 어쩌면 다시 직장에 나갈 수 없을지도 모른다. 내가 정말로 마스든 씨의 발등을 발뒤꿈치로 찍었단 말인가? 웃어야 할지 울어야 할지 감을 잡을 수 없었다. 리디는 브리짓에게 쪽지를 보냈다(아직도 소녀들 대부분은 마스든 씨 앞에서는 브리짓에게 말하는 것을 조심스러워했다). 다이애나와 함께 저녁에 들러달라는 내용이었다.

그날 밤, 리디의 바람대로 다이애나와 브리짓이 찾아왔다. 브리짓은 이제 병이 깨끗하게 나은 그녀의 엄마가 끓여준 스프와, 반이나 남은 '러시 박사의 만병통치 치료약'을 들고 왔다. 그녀는 얼굴을 붉히면서 말했다.

"우리 엄마가 그러는데, 이 약 먹으면 낫는대."

다이애나는 찰스 디킨스의 《미국 여행기(American Notes for General Circulation)》를 내밀었다.

"네가 그렇게 존경해 마지않는 그 작가께서 로웰의 공장에 대해 어떻게 썼는지 보여주고 싶어서. 사람들이 약간은 로맨틱하게 여기는 영국의 악랄한 공장들과 여기 공장을 비교한 것 같아."

디킨스의 책.

"그걸 어떻게 알아?"

"여보세요, 아가씨, 이 책 한 페이지 한 페이지를 손으로 베껴 써서 그걸 기계 근처에 붙여놓고 본 사람의 말씀이랍니다."

리디는 레이첼과 브리짓에게 식당으로 내려가 베들로 부인으로부터 차 한 잔을 얻어다달라고 부탁했다.

"다이애나, 궁금한 것이 있어. 마스든 씨가 나보고 뭐라 안 해?"

"당연하지. 널 목이 빠져라 기다리고 있어. 너야말로 최고의 직공이니까."

리디는 얼굴이 붉어지는 것을 느꼈다.

"네가 얼마나 아픈지 말해줬더니 그 사람이 그렇게 말하더라. 열병 때문에 공장에 나오지 않는 애들이 얼마나 많은지 몰라. 아일랜드 애들은 더 그래. 에이커에서는 많이 죽었대."

리디는 침대 옆에 붙은 작고 더러운 창문으로 밖을 내다보았다. 고마우신 하나님. 내가 어떻게 어린 레이철을 남겨놓고 갈 수 있을까?

침대 끝에 걸터앉은 다이애나가 손을 뻗어 리디의 팔에 올려놓았다.

"살아줘서 얼마나 고마운지 몰라, 리디."

그녀가 속삭였다. 리디는 입술을 오므리며 고개를 끄덕였다.

"죽기에는 내가 너무 지독스럽거든."

"이의를 달 생각은 없어."

"마스든 씨가 나에 대해 뭐라고 했는지 구체적으로 생각나는 것 없어?"

"나한테 직접 말한 것은 없어. 내가 너와 친구라는 사실을 모르는 것 같아. 하지만 널 잃을까 봐 걱정하는 것은 분명해."

"내 자리가 남아 있을까?"

다이애나는 미친 여자를 보듯 리디를 쳐다보았다.

"무슨 황당한 소리를 하는 거야?"

"내가 그 사람 발을 짓이겼거든."

"뭐를 어쨌다고?"

"그때 몸이 뜨거워서 기억이 잘 안 나기는 한데, 어, 모든 사람이 퇴근을 하자 그 사람이 내 몸을 껴안는 게 아니겠어? 나를 붙들고 안 놓아주기에 발뒤꿈치로 발등을 찍어 내렸지."

다이애나가 몸을 뒤틀면서 박장대소를 했다.

"농담이 아냐. 그래서 나를 쫓아낼 거야."

다이애나는 진정하려고 애를 썼다.

"아니야, 아냐."

그녀는 손수건을 꺼내 눈을 닦으면서 말했다.

"난 그렇게 생각 안 해. 아마 너보다는 그 사람이 더 겁을 먹었을 걸? 너, 마스든 씨를 빈틈없이 감시하는 그의 부인을 본 적 있지? 그 소문이 무서운 부인의 귀에 들어가기라도 하면……."

다이애나는 웃음을 멈추고는 열린 문 쪽을 신경 쓰면서 속삭였다.

"나라면 그 인간에게 반격을 가하지 않아. 공장에 남고 싶으면 미래를 위해 신중하게 행동하라고. 네가 무슨 짓을 해도 마스든 씨가 꼼짝하지 못할 날이 올 거야."

그녀는 쓴 미소를 지었다.

"그러고 보니 내가 청원서에 서명하지 말라거나 불평불만 분자들 편에 서지 말라고 조언하는 것 같네."

리디가 말했다.

"하지만 마스든 씨가 악의로 그런 행동을 한 것이 아닐 수도 있어. 그때 내가 열이 높아서 완전히 정신이 나갔었거든. 그래서 그의 친절을 오해했을 수도 있어."

그녀가 얼굴을 찌푸렸다.

"너도 알다시피 난 남자들이 좋아할 스타일이 아니잖아. 촌뜨기 인걸."

다이애나는 눈을 치켜뜨면서 대답하려다가 레이철과 브리짓이 방 안으로 들어오는 것을 보고 입을 닫았다.

리디는 김이 모락모락 올라오는 찻잔을 들고서는 기억을 회복하려고 애쓰는 척을 하자고 생각했다. 열병으로 미친 척해야지. 내 업무가 무엇인지도 모르고, 과거에 무슨 일이 있었는지 전혀 모르는 것처럼 행동해야지.

　"나도 직공이 되고 싶어."

　레이철이 말했다. 리디는 레이철의 곱슬머리를 빗질해 땋아주었다. 레이철은 나이가 많은 다른 언니들처럼 머리를 위로 올려 핀으로 고정하길 원했지만, 리디는 레이철이 머리를 땋아 내려야 한다는 주장에서 조금도 물러서지 않았다. 리디는 성숙한 여인을 흉내 내는 걸 용납할 수 없었다.

　"브리짓 여동생은 나보다 더 크지 않은데도 지금 직공을 한대."

　"레이철, 넌 학교에 가야 해."

　리디는 레이철의 머리를 땋아주는 것이 좋았지만, 머리를 묶을 게 끈밖에 없다는 사실이 부끄러웠다. 멋진 리본을 달아줘야 했다. 레이철은 가냘프지만 예쁜 아이다. 두 갈래로 땋아 내린 매끄러운 머리카락을 돋보이게 해줄 나비 리본이 필요했다. 그 리본을 달면 작고 칙칙한 옷을 입은 레이철이 훤하게 보일 것이다. 하지만 리본은 비싼 물건이라서 당장에는 끈으로 묶는 것만으로 족하다. 리디는 그녀의 집게손가락 근처 머리를 돌돌 돌린 다음 마지막 빗질로 쓸어내렸다.

　"넌 학교에 가야 해. 나처럼 어른이 되어서도 무식하면 안 되는 거야."

　"언니는 무식하지 않아. 언니가 책 보는 것 알고 있다고."

　"언니가 책 읽어줄까, 레이철?"

　"아니. 난 직공이 되고 싶어."

　"기다려야 한단 걸 알고 있잖아, 어? 찰리에게 소식이 올 때까지……."

하지만 찰리에게서는 연락이 없었다. 그러나 퀘이커 교도인 스티브스에게서 편지가 왔다.

친애하는 워든 자매에게
너의 남동생이 누구에게 농장이 팔리는지 지켜봐달라고 했어.
와서 보는 사람들은 있는데 성과는 없었어. 다음 주 수요일에 너의 이모부가 사는 이웃 마을에 갈 예정이라서 그때 그를 만나 직접 얘기해볼 작정이다. 난 네 생각이 옳다고 믿는단다. 네 동생도 건강해 보이더군. 내 아들 루크가 너에게 안부 전해달란다.
너의 친구이자 이웃 예레미아 스티븐스

리디는 찰리가 자신에게 직접 편지를 보내지 않은 점에 대해 화내지 않으려고 노력했다. 어찌 됐든 의미 있는 행동을 한 것은 분명하니까. 법적으로 보았을 때 이모부에게 리디나 찰리 모두 미성년자일 뿐이었다. 그는 스티븐스의 말까지 무시하지는 못할 것이다. 스티븐스는 철두철미한 사람이니까. 리디는 루크가 무사하게 집으로 돌아간 사실을 알게 되어 기뻤다. 그녀는 그가 자신에게 가져다준 것은 물건이 아닌, 바로 사람이라는 사실을 깨달았다.

편지를 받아보니 더 기다리고 있을 상황이 아니었다. 레이철에 대한 결정을 빨리 내려야 할 것 같았다. 레이철을 데리고 있어도 좋다는 2주라는 기한이 지나고, 내일이면 홀로 출근해야 했다. 그녀는 레

199

이철을 침실로 들여보낸 다음, 그 편지를 앞치마 주머니에 쑤셔 넣고 부엌으로 내려갔다.

리디는 부인에게서 도와달라는 부탁을 받기 전에 먼저 식탁 차리는 일을 도와줬다. 스무 명이 넘는 소녀들이 북적되는 집안이지만, 베들로 부인은 그렇게 부엌일을 도와주는 손길이 고마웠다.

"아줌마, 저에게 2주가 넘는 시간을 주셨어요. 정말 고마웠어요."

리디는 양배추를 썰고 식빵을 자르고 나서 말했다.

"리디, 넌 죽다 살아났지 않니. 나도 동정심이란 것이 있는 사람이야."

"그렇고말고요."

리디는 환하게 미소를 지었다.

"저와 동생에게 정말 잘해주셨어요. 제가 감히 말씀드리고 싶은 것이 있는데……."

"안 된다. 너도 알다시피 무작정 동생을 여기 데리고 있을 순 없단다."

"직공이 가능한 된다면……."

"아직 어려서 안 된다."

"동생은 어리지만 일을 잘해요. 저를 간호해줬잖아요, 네?"

"그렇긴 했지. 그렇다고 해서 직공으로 인정해줄 순 없다."

"대리인에게 말해주실 수는 없어요? 남동생이 일을 처리할 때까지만요. 그런 다음에는 동생을 집으로 데려갈 거예요. 맹세할게요. 저도 동생을 밖으로 내보내 모르는 사람들과 어울리도록 내버려둘 만한 용기는 없거든요."

베들로 부인은 흔들리고 있었다. 리디는 그녀의 얼굴빛을 통해 그 사실을 눈치챘다. 리디는 조심스럽게 압박의 강도를 높였다.

"더 있어봤자 몇 주 안 될 거예요. 추가 요금을 낼게요. 스무 명이나 되는 여자들을 보살펴야 하는 아줌마에게 부담을 드리게 된다는 것 잘 알고 있어요."

"대리인에게 말해보마. 하지만 된다고 약속할 수는 없다."

"알아요, 알아요. 하지만 저를 위해 말씀만 해주시면 돼요. 제 동생은 어리지만 일을 아주 잘해요. 노력형이거든요."

"약속 못 하지만……."

"지금 가셔서 말씀해주실 수는 없나요?"

"지금? 나 지금 너희 저녁 식사 준비 중이잖아."

"제가 할게요. 제발요. 내일 일하러 가면서 동생을 데려가게요."

베들로 부인은 결국 그렇게 해주었다. 리디는 베들로 부인이 대리인에게 동생의 나이와 체중을 부풀려 얘기했는지 궁금했다. 다음 날 아침, 레이철을 데리고 방적실로 들어서니 감독이 의심의 눈으로 쳐다보는 것이었다. 하지만 레이철의 밝은 표정, 진지함 그리고 귀여운 미소는 그런 의심을 녹여버리고도 남았다. 마침내 레이철은 방적공인 중년 여성을 따라 복도를 깡충거리며 뛰어 내려가 다른 직공들을 만나 인사를 했다.

리디는 천천히 계단을 올라 방직실로 들어갔다. 마스든 씨를 다시 봐야 한다는 두려움 때문에 레이철에 대한 걱정은 사라졌다. 그녀는 그를 똑바로 쳐다보기보다는, 벌써 근무지에 도착한 브리짓이 자신을 대신해 기계들을 닦고 기름칠하는 모습을 쳐다보았다.

"오늘 안색이 좋아."

브리짓이 말했다. 그녀의 밝은 갈색 머리칼은 아름다웠고, 그녀의 눈동자는 눈 온 후 2월의 하늘처럼 투명하고 푸르렀다. 하지만 그녀의 진짜 아름다움은 미소였다. 리디는 그녀에게 미소로 답해주었다. 리디는 아름다운 여자들을 질투하지 않았다. 설사 그런 마음이 든다 할지라도 모든 면에서 가난한 그녀의 아름다움을 시기하지 않을 작정이었다.

"네가 자리를 비우는 사이 나와 다이애나가 최선을 다해 이 기계들을 작동해왔어."

그녀는 미안해하는 표정으로 미소를 지었다.

"임금을 보면 알겠지만 리디가 여기 있을 때와는 비교가 안 될 정도의 생산량이었어."

그들의 대화는 이것으로 끝이었다. 곧 마스든 씨가 자신의 의자에 걸터앉더니 코드를 잡아당겼다. 방직기들이 요란한 소리를 내면서 건물을 흔들어댔다. 리디는 팔짝 뛰면서 좋아했다. 이 소음을 어떻게 잊을 수 있단 말인가? 몇 분 안 되어 예전의 모습으로 돌아간 그녀는 모든 것을 잊었다. 마스든 씨도, 자신의 약점도, 농장도, 찰리도 그리고 레이철도. 야수 같은 심장으로 되돌아간 것은 참으로 바람직했다. 어쨌든 지금은 직공 중 한 사람인 것이었다.

아침 식사 벨이 울렸을 때는 식사를 할 수 없을 정도로 녹초가 되었다. 선택의 여지가 있다면 창가 후미진 공간에서 휴식을 취하고 싶었지만 그렇게 되면 방 안에 자신만 홀로 남게 된다는 것이 문제였다. 리디는 마스든 씨를 흘깃 쳐다보고는 계단 쪽으로 내달았다.

그는 그녀에게 말을 걸지 않았다. 둘 사이에 아무 일도 없었던 것처럼. 그는 그녀의 어깨를 다독거리며 격려하기 위해 기계 쪽으로 다가오던 그런 행동도 하지 않았다. 단 한 번도.

그녀는 먹는 둥 마는 둥 식사를 마쳤다. 레이철은 정식 직공처럼 흥겹게 떠들면서 음식을 입에 쑤셔 넣고 있었다. 그녀는 리디를 쳐다보고는 입에 음식을 가득 문 채로 말했다.

"언니, 먹어. 그래야 건강해지지."

아침, 점심 그리고 저녁 식사를 하면서 리디가 무거운 발을 끌고 침실로 올라가기 전에 먹은 음식이라고는 묽은 수프 몇 숟가락뿐이었다. 피곤해서 사지에 치통 같은 아픔이 몰려들었다. 지금 건강했다면 그런 나약함을 저주했을 그녀였다.

그녀는 나날이 건강해졌다. 처음에는 느끼지 못했지만 몸이 자라는 것처럼 느껴지더니 주말쯤 되니까 저녁 식사로 나온 음식을 다 비우고 나서 레이철과 거실에 죽치고 앉아 시간을 보낼 수 있게 되었다. 레이철은 여직공들에게 관상을 봐주고 돈을 받는 남자를 신기한 눈으로 바라보았다.

레이철이 말했다.

"언니, 우리도 관상 보자."

"레이철, 난 내 관상을 잘 알아. 뗏장처럼 평범하고 노새처럼 고집불통이란 걸 이미 알고 있는데 뭣 하러 돈을 내버리니?"

관상쟁이가 쏘아붙였다.

"구두쇠 아가씨야, 1페니짜리 동전을 써보기도 전에 손바닥에서 녹아 없어지겠어. 공짜로 관상 봐줄게. 돈 받을 생각 없어."

여직공들이 낄낄거렸다. 리디도 웃음이 나왔지만 레이철은 분노의 말을 토해냈다.

"언니는 구두쇠가 아니에요. 내 리본을 사주려고 그런 거란 말이에요."

그러고 나서 리디에게 손을 뻗으면서 말했다.

"언니, 방으로 올라가서 언니가 사다준 책을 읽자."

소녀들은 다시 웃었지만 이번에는 점잖게 웃었다. 리디의 돈에 대한 집착과 인간관계에 대해 잘 아는 소녀들은 사실 리디에 대해서는 관심이 없었다. 하지만 레이철은 빠르게 그들의 귀염둥이가 되어가고 있었다.

레이철이 오기 전까지 리디의 삶은 참으로 건조했다. 하지만 그녀가 오고 나선 사막에서 오아시스를 만난 듯한 삶이 이어졌다. 리디는 레이철이 이불 속으로 몸을 집어넣기 전에 그녀의 이마에 키스를 하면서 말했다.

"이제 언니를 노처녀라고 생각하지 않겠지, 어?"

레이철은 온몸으로 버럭 화를 냈다.

"언니는 세상에서 제일 좋은 언니야!"

리디는 입으로 후 불어서 촛불을 껐다. 누운 채로 레이철의 고른 숨소리를 듣다 보면 봄의 숲 속에서 지저귀는 새소리가 들리는 듯했다. 찰리에게서 소식을 듣는다면 더 이상의 행복은 없을 것이다. 돈은 점점 불어났다. 병 때문에 벌어들이지 못한 손실액은 금방 만회했다. 레이철이 벌어들이는 돈은 얼마 되지 않았지만 그것으로 하숙비가 충당되었다. 더 무엇을 바랄 것인가.

한밤중에 그녀는 혼란스러웠다. 그녀는 흉곽에서 곧장 심장으로 톱질을 하는 듯한, 가련한 밭은 기침 소리를 듣고 베시가 다시 돌아왔다고 생각했다. 잠시 후 그녀가 완전히 깼을 때 그 소리가 레이철이 낸 것임을 알았다.

이번에는 감기인데, 별것 아니다. 일주일이면 떨어질 것이다. 보라, 레이철은 전과 다름없이 눈을 반짝거리며 활기차게 행동하고 있지 않은가. 레이철이 정말, 정말 아프다면······. 리디는 밤에 기침하는 것이 무엇을 의미하는지 잘 알고 있었다. 두려움이 암 덩어리처럼 커졌다. 그 불쾌한 소리를 들으며 밤을 보내다가 마침내 동생을 멀리 보내야 한다는 결론에 도달했다. 독극물이 섞인 공기를 더는 마시게 해선 안 된다.

동생을 멀리 보내는 것은 가슴 찢어지는 일이다. 그런 상상을 할 때면 리디는 견딜 수 없었다. 레이철의 마음이 아플 것이다. 레이철은 어린 나이에 너무 자주 멀리 보내졌다. 나에게 무조건적으로 의지하는 내 동생. 거칠고 천박한 나에게 의지하는 내 동생. 엄마보다 내게 더 의존한다. 동생은 나를 필요로 한다.

리디는 어떻게 해야 할지 갈피를 잡지 못했다. 두려워서 다른 사람들에게 물어볼 수도 없었다. 다른 사람들이 알아선 안 되는 비밀이었다. 그녀는 브리짓이 가져다준 그 알약을 레이철에게 먹였다. 그약에 대한 믿음은 없었지만 그래도 먹일 수밖에 없었다. 리디는 자신의 공포를 숨기기 위해, 놀이인 것처럼 하면서 필사적으로 레이철의 가슴에 반창고를 붙였다. 이걸 성공이라고 해야 하나? 레이철은 전과 다름없이 새끼 고양이처럼 태평하고 행복해 보였다. 발작적으로 기침을 하면서도 레이철은 그런 증상이 대수롭지 않다는 표정이었다.

"바보 같은 기침이야. 모두 기침을 하는걸."

그렇다면 리디가 걱정할 필요는 없는 것이었다. 이제 여름이다. 날씨가 더워지면 레이철의 일도 끝날 것이다. 7월에 공장이 멈추면 자매는 농장으로 가는 것이다. 하지만 리디는 그것이 헛된 꿈이란 사실을 알고 있었다. 거기 가봐야 먹을 것조차 없지 않은가. 소는 몽땅 다른 사람에게 넘어가버렸고 작물도 심지 않았다.

트리피나. 그녀에게 레이철을 보낼까. 하지만 외롭고 숨이 콱콱 막히는 골방이 떠올랐다. 또 트리피나라고 해서 엄한 커틀러 부인에게서 레이철을 보호할 수 있는 것도 아니지 않은가. 엄마가 열세 살된 나에게 했던 행동을 내가 여덟 살짜리 어린 것에게 어떻게 할 수 있단 말인가. 그때는 참으로 힘들었다. 그리고 외로웠다. 리디는 그동안 자신이 얼마나 외롭게 살아왔는지, 그리고 이제는 더 이상 외로움을 타지 않는다는 사실을 제대로 인식하지 못하고 있었다.

6월 말의 어느 날 저녁, 레이철이 잠들 때까지 책을 읽어주기 시작할 참이었다. 팀이 방문을 두드렸다.

"손님이 왔어. 리디. 거실로 내려가 봐."

마침내 찰리

리디는 처음에 그를 알아보지 못했다. 그는 키가 그리 크지 않았지만, 하여튼 체격이 큰 외국인처럼 보였다. 그는 홈스펀 옷감으로 지은, 몸에 잘 맞는 옷을 입고 있었다. 갈색 머리칼을 단정하게 빗질한 그의 오른손에는 헝겊으로 만든 가방이 들려 있었다.

"누나."

그가 차분하게 말했다. 리디는 생전 들어본 적 없는 그 목소리만으로는 그가 누구인지 감을 잡을 수 없었다.

"누나."

그는 쉰 목소리로 다시 말했다.

"나야, 찰리."

"그래, 찰리. 이렇게…… 와주었구나."

그제야 찰리는 미소를 지었다. 장난을 잘 치고, 지나치게 진지했던 꼬마 동생을 상상하던 그녀의 얼굴에 허망한 표정이 흘렀다. 그는 열세 살의 찰리가 아니었다. 그 어릴 때의 모습을 그렇게 빨리 버릴 수 있단 말인가.

동생은 사람들로 북적거리는 실내를 둘러보았다. 그를 주시하던 사람들이 일시에 재봉, 뜨개질 혹은 대화로 되돌아갔다.

"기차를 타고 왔어."

그는 차분하면서도 자랑스럽게 말했다.

"마차로 뉴햄프셔 콩코드까지 가서, 거기서 기차로 갈아타고 왔어."

찰리는 어린아이처럼 이를 드러내며 웃었지만 그녀가 기억하던 그런 모습은 아니었다. 어릴 적 모습은 전혀 보이지 않았다.

리디는 입이 떨어지지 않았다. 기차에 대해서 위험하고 더럽다는 소리를 들었을 뿐, 그 이상 아는 것이 없었다. 그녀가 진짜 알고 싶은 것은 농장에 관해서였다. 그녀의 입에서 마침내 말이 튀어나왔다.

"피곤하지?"

리디가 두 사람이 앉을 자리를 찾으러 거실을 돌아다니자 식탁 너머, 한쪽 구석에 앉아 있던 세 명의 소녀들이 일어나는 모습이 보였다. 리디는 그들에게 고맙다고 말하곤 찰리를 그곳으로 인도했다. 하지만 정작 자리에 앉기를 바란 쪽은 그녀였다.

리디는 앞치마를 자신의 무릎 위에 펼쳐놓으며 말했다.

"자, 무슨 얘기부터 할까?"

그녀가 묻고 싶었던 모든 것을 품은 질문이었다.

"좋은 소식이 있어, 누나."

어릴 적 꼬맹이 동생의 말투였다. 리디는 가슴이 벅차올랐다.

"나 정식 직공이 되었어."

"어?"

"그것보다 더 중요한 것이 있는데, 주인이 나를 친자식으로 여기고 있다는 거야. 그 집에서는 내가 유일한 어린애거든."

"너에게 가족이 생겼구나."

리디는 힘없이 말했다.

"누나가 나의 누나라는 사실은 변하지 않을 거야. 결코 잊을 수 없지. 그저 다만……."

그는 가방을 마루에 내려놓은 후 모자를 조심스럽게 그 위에 올려놓았다. 그의 손은 체구에 비해서 유난히 커 보였다. 그가 마침내 리디를 올려다보았다.

"그저…… 아침에 일어날 때부터 잠자리에 들 때까지 걱정할 필요가 없는 생활이야. 그저 일만 하고 하루 세끼를 꼬박꼬박 잘 챙겨 먹는 삶이야. 일거리가 뜸할 때는 학교에 가. 주인집에서 그런 친절을 베풀어줬어, 누나."

리디는 소리를 지르고 싶었다. 자신이 그를 위해 얼마나 치열하게 일해왔는지, 힘들게 살아왔는지를 일깨워주고 싶었지만 정작 입에서는 부드러운 말이 흘러나왔다.

"찰리, 난 너를 위해 일하고 싶었단다. 그저 노력……."

찰리는 몸을 리디 쪽으로 기울였다.

"나도 알고 있어, 누나. 알고말고. 누나는 그렇게 할 필요가 없었어. 어린 소녀의 몸으로 누난 우리에게 아버지와 어머니 그리고 누나의 역할까지 해주었어. 지나친 희생이었어. 내가 주인집의 양아들로 들어가는 것이 누나를 위해서도 최선의 길이야. 그렇게 생각하지?"

리디는 '아니야!'라고 울부짖고 싶었다. 안 돼! 너를 잃는다면 내 고생이 무슨 의미가 있단 말이니? 리디는 울지 않으려고 어금니를 깨물었다. 그러다가 말을 토해냈다.

"여기에 레이철……."

그가 다시 미소를 지었다. 성숙한 미소가 그를 낯설어 보이게 했다.

"좋은 소식이 하나 더 있어. 주인집에서 레이철을 데리고 오라는 거야. 양딸도 들이고 싶어 하거든. 레이철이 가면 귀여움을 받을 거야. 주인아줌마가 기차를 타고 올 레이철을 위해 옷을 손수 지어서 보내줬어. 보닛 모자도 같이."

그는 의자 밑의 가방에 눈길을 주었다.

"레이철은 엄마의 사랑을 받지 못하고 있잖아."

하지만 레이철에겐 내가 있단다. 오, 찰리, 난 완벽할 수는 없지만 나름대로 최선을 다해왔단다. 그걸 모른단 말이니? 너를 위해서도 최선을 다해왔지만, 이제는 나에게 레이철뿐이란다. 어떻게 그 아이를 보낼 수 있단 말이니? 속으로는 분노가 치밀었지만 리디는 대안이 없다는 사실을 알고 있었다. 녹슨 면도칼이 심장을 가르는 것 같았다. 나하고 같이 있다가는 레이철이 결국 죽게 될 것이다. 동생을 붙잡다가는 동생을 죽게 할 것이다.

리디는 폭풍 후의 새벽처럼 차분하게, 아니 죽음처럼 무겁게 울리는 내면의 목소리를 들었다.

"언제 갈 거니?"

"아침 7시 5분에 로웰을 떠나는 기차가 있어. 6시 반에 레이철을 데리러 올게."

"출근하기 전에 준비시켜놓을게."

리디는 일어섰다. 더는 하고 싶은 말이 없었다.

찰리도 모자를 집어 들고는 일어섰다. 그는 리디가 궁금해하는 것을 말할 참이었다. 리디는 그가 말하길 기다렸다.

"저, 농장 말이야."

그래, 농장 말이다. 생각만 해도 두려운 생각이 들게 한 농장이었다. 이제 끝내야 한다.

"주다 이모부가 팔기로 결정했어."

리디는 고개를 끄덕였다.

"그래야 한다면 할 수 없는 거지."

찰리가 입술을 찌그러뜨리며 미소를 지었다.

"주님이 언제고 모든 피조물을 멸망케 하신다고 주장하는 그분께선 지상의 헛된 것에 대해서도 지나치게 관심이 많아."

리디는 찰리가 웃기려고 한 소리라는 것을 알고 억지 미소를 지었다.

"참, 잊을 뻔했네……."

그는 윗옷 안주머니에서 편지 한 통을 꺼냈다. 리디의 시선이 그것에 쏠렸다.

"그가 나에게 돈을 보낼 리 없을 텐데?"

"누구라고?"

"이모부?"

"이모부 아니야. 그는 농장 판 돈을 엄마와 어린 동생들을 돌본 대가로 가져가겠다는 사람이야. 이건 돈이 아니고 그냥 편지야."

찰리는 리디의 얼굴을 조심스럽게 살피면서 편지를 내밀었다.

"루크 편지야."

"루크가 누구야?"

"누나, 우리 친구, 루크. 이웃집의 루크 스티븐스 말이야."

찰리는 충격을 받은 표정이었다. 자신의 누나가 루크의 마차를 타고 마을에 도달한 날로부터 무려 두 번의 인생을 살 만큼, 그리고 루크가 요상한 차림으로 제5공장 현관에 나타난 날로부터 한 번의 인생을 살 만큼의 고통스러운 세월을 보냈다는 사실을 어찌 알 수 있단 말인가.

리디는 그 편지를 앞치마 주머니에 찔러 넣고는 말했다.

"고마워. 그리고 생각해보니 지금 작별 인사를 해야겠다. 내일 아침 네가 왔을 땐 난 여기 없을 거야."

"그래도 상관없어, 누나. 우리 모두를 위해서잖아, 어?"

그의 목소리에는 우려가 배어 있었다.

"이렇게 하는 것이 누나에게도 최선의 선택이야."

"가방 갖고 가는 것 잊지 마."

"아니야, 이건 레이철 것이야."

그는 가방을 들어 리디에게 내밀고는 악수를 청하듯 한 손을 뻗었지만, 리디의 두 손은 가방 손잡이에서 떨어지지 않았다. 리디는 대신 고개를 끄덕였다. 다음에 만나면 동생은 키가 더 커져 있으리라…… 만약에 다음이란 것이 정말로 온다면.

리디는 동생을 문으로 인도했다. 그러고는 중얼거렸다.

"잘 가."

무슨 용기가 있어 그보다 큰 목소리로 작별 인사를 할 수 있단 말인가.

리디는 늙어 기력이 쇠한 여인처럼 난간을 잡고 한 발 한 발에 체중을 실어 간신히 계단을 올라갔다. 레이철은 잠에 곯아떨어져 있었다. 깨우고 싶지 않았다. 리디는 촛불이 비춰주는 사랑스러운 레이철의 얼굴을 찬찬히 뜯어보았다. 너무나 야위고, 창백하고, 그리고 투명한 얼굴이었다. 리디는 삐죽 일어난 머리칼 한 올을 조심스럽게 레이철의 뺨에 붙였다. 언제라도 기침을 하기 시작하면 이 작은 몸은 부서질 듯 뒤틀릴 테고, 침대는 사정없이 몸부림칠 테다. 레이철의 양어머니가 될 피니 부인이라면 이 어린 것을 잘 돌봐주겠지. 학교 공부도 시켜줄지 모른다. 그렇게 되면 진짜 엄마 같은 엄마 밑에서 참으로 행복하게 살게 될 것이다. 그렇게 되면 창피스러울 정도로 보잘것없는 리본 외에는 줄 게 없는, 무뚝뚝하고, 거칠고, 가난한 이 언니를 잊어버리겠지. 레이철은 내가 자신을 얼마나 사랑하는지 알까? 내 삶을 포기하고 이 아이를 위해 죽을 방법은 없을까? 오, 주님, 이 아이의 행복을 위해 지금 당장 제가 죽을 방법은 없을까요?

리디는 가방에서 드레스를 꺼냈다. 잔가지 모양의 무늬들이 총총히 박힌 옥양목 드레스였다. 체구가 작은 레이철에게는 지나치게 커보였지만, 금방 자라게 될 것이니 결국 몸에 잘 맞게 되겠지. 그러는 사이 나는 나이가 들고 뚱뚱해지면서 낯선 이방인처럼 변하겠지. 눈물이 드레스에 떨어졌다. 리디는 앞치마 끝자락을 집어 들어 눈물을 닦고, 리본과 레이스가 달린 주름 잡힌 보닛 모자를 꺼냈다. 모자 위에 핑크색 리본이 빙 둘러 박혀 있었다. 아무도 보지 않을 부분에까지 리본을 두른 것은 낭비다. 레이철은 그 부분까지 다 살펴보겠지만.

리디는 가방을 꾸렸다. 1분도 걸리지 않았다. 레이철은 가진 것이 그렇게 없는 아이다. 초급 문법책이 생각났지만 그건 리디가 보관하기로 했다. 양부모에게 가면 새 책, 보다 좋은 책들을 원 없이 갖게 될 것이다. 리디는 침실용 탁자 옆에 놓인 시집을 집어 가방에 넣었다가 다시 꺼냈다. 그러고는 문구 용품 상자를 내린 후, 펜에 잉크를 묻혀 상자 표면 여백에 고통스럽고도 진지하게 글을 썼다.

"리디 워든이 동생 레이철 워든에게. 1846년 6월 24일."

리디는 잉크로 쓴 글자 위에 눈물이 떨어지지 않게끔 앞치마로 얼굴을 닦았다.

리디는 레이철의, 끽끽거리며 몸을 톱으로 켜는 것 같은 기침 소리를 들으며 뜬눈으로 밤을 지새웠다. 하지만 레이철은 그 고통 때문에 멀리 보내져 결국 구제될 것이다. 건강이 이렇게 나빠지리란 사실을 진즉에 알았다면 동생을 강제로 로웰에서 멀리 떨어진 곳에 보냈을 것이었다.

첫 번째 벨이 울렸을 때, 리디는 평소와는 달리 레이철을 깨우지 않았다. 스스로 일어나 옷을 입고 여행 준비를 끝낼 때까지 기다릴 참이었다. 하지만 리디는 마음을 바꾸어 조심스럽게 레이철을 흔들었다.

레이철은 눈을 뜨더니 깜짝 놀란 표정을 지었다.

"나 늦었어. 왜 깨우지 않았어!"

"레이철, 오늘 일 안 가도 돼. 찰리가 널 보러 올 거야."

"찰리? 찰리 오빠?"

레이철은 찰리를 생생하게 기억하기라도 한 것처럼 들떴다. 리디는 질투의 감정을 떨쳐버리며 말했다.

"너를 데려갈 거야."

"날 데려간다고?"

레이철은 흥분해 있다가 리디의 얼굴에 뭔가 스치는 것을 감지했다.

"언니도 같이 가는 거지? 그렇지?"

"아니야, 난. 난 일해야 하지 않니, 어?"

그 순간 리디가 시무룩해진 레이철에게 손을 내밀었다.

"일어나서 갈 준비를 해야지."

레이철은 리디의 손을 잡고 몸을 일으키고선 이불을 내던져버렸다. 찌는 듯한 여름이었음에도 항상 이불을 덮고 자던 그녀였다.

"얼마나 따로 떨어져야 하는 거지, 언니?"

"그건 나도 몰라. 나와 찰리가 같은 생각인데, 넌 잠시 떨어져 있어야 해. 그동안 기침을 떨쳐버리는 거야, 어? 여름에는 공장이 말도 못하게 더워. 그래서 다른 아이들도 7월이 되면 휴가를 내서 공장을 떠나."

"언니는 휴가 안 얻어?"

잠옷 차림의 레이철은 선 자세 그대로, 한쪽 발을 들어 발톱으로 다른 발을 긁고 있었다.

"글쎄. 마음대로 되는 것이 아니잖아, 어?"

리디는 수건을 세숫대야에 담가 물을 적셔 짠 후 레이철에게 씻으라고 건네주었다.

"지금 우리와 같이 가자, 언니."

"침대 위에 새 드레스가 있으니 그걸 입고 가렴. 기차를 타려면 잘 입어야 하는 거야."

"기차라고?"

"넌 세상에서 가장 행복한 아이야. 새 드레스에 보닛을 쓰고, 잘생긴 남자와 휴가를 떠나는 거야……."

리디는 레이철의 손에서 물수건을 빼앗아 그녀의 턱과 수건이 닿지 않는 부분을 닦아주었다. "이젠 글도 웬만큼 아니 기차 여행을 하고 나서 어땠는지 나에게 편지로 알려줘야 한다."

벨이 울리기 시작했다. 리디는 지체 없이 몸을 돌려 수건을 비틀어서 대야에 물을 짠 후 자신의 속내를 들키지 않도록 얼굴을 벽으로 향하면서 가급적 밝은 목소리로 말했다.

"한 시간쯤 되면 오빠가 널 데리러 올 거야. 옷을 입고 부엌으로 내려가 베들로 부인에게 푸짐한 식사를 차려달라고 부탁하렴."

리디는 그렇게 말하고 순간적으로 몸을 돌려 레이철에 뺨에 키스한 후 서둘러 문으로 걸어갔다.

"빨리 와야 해, 언니."

레이철의 말이 아래층으로 내려가는 리디를 따라갔다.

"언니, 보고 싶을 거야."

"오빠 말 잘 듣고."

리디는 그렇게 대답하고는 발을 크게 구르면서 계단을 내려갔다. 더는 동생의 말을 듣고 싶지 않다는 듯이, 걱정을 날려 보낸다는 듯이.

레이철이 떠난 지 거의 일주일이 다 되었을 때 리디는 그 편지를 발견했다. 작고 정갈한 필체로 그녀의 이름이 적혀 있었다. 며칠 전에 트렁크에 처박아놨던 것인데, 처음에는 이게 무슨 편지인가 하는 의문이 들었다. 그녀는 호기심을 갖고 그 편지를 펼쳤다.

친애하는 리디 워든에게

너의 동생 찰리가 농장에 대해 말했으리라 믿어.

나의 아버지가 그렇게 설득했건만, 너의 이모부는 그 농장을 팔겠다는 고집을 꺾지 않았어. 그래서 나의 아버지가 결국 그 농장을 사겠다고 하셨어. 어차피 우리 집은 아들이 네 명이나 되는데 각자가 농사지을 땅은 부족했거든.

찰리와 상의했는데, 겁먹지 말고 마음이 끌리는 대로 하라는 거야. 본론부터 말하자면 아버지에게 그 농장을 내가 치고 싶다고 말할 작정이야. 하지만 네가 없다면 그 농장은 부모의 땅과 다를 바 없어.

감히 부탁하는데, 농장으로 돌아와줄 수는 없는 거야? 여동생이 아닌, 나의 아내로 말이야. 무례한 표현이었다면 용서하길 바라. 보다 세련된 표현은 하려 해도 능력이 되지 않는걸.

그대를 흠모하는 친구 루크 스티븐스

찰리가 도대체 뭐라 했기에 루크가 이런 무례한 편지를 쓸 생각을 했단 말인가? 나를 돈으로 사겠다는 것인가? 땅을 사면 나 역시 산다고 생각한단 말인가? 그들 외에는 아무도 그 농장에 관심이 없는 것인가? 리디 워든, 이제 너에게는 몸뚱아리 말고 아무것도 없는 거야. 그래서 그 사람들이 땅을 사면 너도 껴서 사는 것이라고 생각하는 것 아니겠니? 하지만 난 노예가 아냐. 물건도 아냐. 루크 스티븐 스가 고결한 퀘이커 교리에 따라 구해준 집 없는 도망자도 아니야.

리디는 그 편지를 갈기갈기 찢어서 화로 속에 던져버렸다. 그러고 나서 스스로 의아해할 정도로, 울고 말았다.

다이애나

레이철이 오기 전에도 혼자였지만 단 한 번도 고독이란 걸 느끼지 못했다. 가슴 한복판의 뼈를 칼로 찌르는 듯한 고통이 일더니 둔탁하면서도 지속적인 뻐근함이 번졌다. 가슴이 답답했다. 말로만 그런 것이 아니라, 가슴에 무거운 돌이 올려지기라도 한 것처럼 온몸이 정말로 무겁게 짓눌렸다. 이런 몸으로 어떻게 땅에 똑바로 발을 디디고 서서 세상을 둘러볼 것인가? 몸은 무겁게 땅으로 꺼져들었지만 공허만이 감돌 뿐이었다.

아무런 희망도 없이 저녁 벨이 울릴 때까지 일하는 날이 계속되었다. 낮이 긴 여름철에 작업 시간을 단 몇 분이라도 늘리기 위해서 회사 측이 시계를 조작했다는 소문이 돌았다. 농장은 이미 팔렸고, 레이철과 찰리가 남의 식구가 된 마당에 열심히 일해봐야 무슨 소용이 있나, 하는 회의가 들곤 했다. 그럴 때마다 그런 의심을 떨쳐버리려 노력했다. 그녀가 알고 있는 것, 할 수 있는 것은 일뿐이기에 그저 열심히 일할 수밖에 없었다. 리디 워든에 관한 그 밖의 것들은 모두 사라져버렸다는 생각이 들었다. 이제 열심히 일하는 것밖에 없다. 마음이 손처럼 무뎌지도록 일하는 것이다. 나에게는 일만 있을 뿐이다.

녹초가 되어 침대에 쓰러지면 꿈속에서 통제할 수 없는 슬픔이 밀려들었다.

매사추세츠사의 대리인이, 한 사람이 방직기 네 대를 담당하고 성과별 임금도 깎는 것이 어떠냐고 제안했지만 여직공들은 그 요구를 거절했다. 그녀들은 항의서에 서명했다. 단 한 사람도 물러서지 않았다. 콩코드 방직실에 "단 한 명의 여직공도 회사 측의 요구에 찬성하지 않았다. 단 한 명도"라는 말이 번졌다.

다이애나는 당연히 의기양양해 있어야 했다. 노동자를 위한 승리인가? 그러나 리디가 마침내 고통에서 벗어나 마음을 추스르게 되었을 때 마주친 다이애나의 얼굴은 핼쑥하고 암울해져 있었다. 레이철을 보내고 나서 브리짓과 다이애나가 위로하고자 접근해올 때마다 몸을 움츠리던 리디였다. 리디는 그 누구도 자신의 상실감을 이해할 수 없다고 확신했다. 그녀에게는 친구들의 헛된 위로를 받을 기력조차 남아 있지 않았다.

그러다가 7월 중순의 그날, 리디는 다이애나가 하루가 멀다 하고 더 병약해져가는 모습으로 여전히 일하고 있는 모습이 눈에 들어왔다. 기온은 방직실에서 뿜어져 나오는 열기보다 더 뜨거웠다. 그녀가 그렇게 힘들어하는데, 리디는 자신의 고민 때문에 그녀에게 신경 쓰지 않았다는 사실이 양심에 걸렸다.

리디는 계단에서 다이애나에게 말을 걸었지만 그녀는 잘 알아듣지 못했다. 혹시 회사 측에서 해고하겠다고 협박한 것은 아닐까? 블랙리스트 명단에 올라 모른 척하는 것은 아닐까? 리디의 몸에 한기가 뚫고 지나갔다. 나는 잃을 것이 조금도 남지 않은 신세지만, 막상 다이애나가 이곳을 떠난다면? 다이애나는 내가 이곳에 온 첫날부터 나를 인간답게 대우해준 유일한 사람이었다. 나의 산골 지방 사투리를 놀리지도 않았고, 이곳에 맞게 매너와 정신을 갖추도록 압박하지도 않은 유일한 사람이었다. 소녀들은 걱정거리만 있으면 다이애나에게 달려갔다. 그럴 때마다 그녀는 그들에게 도움을 주는 유일한 사람이었다. 그런 다이애나에게 도움이 필요하다고 생각하는 사람은 아무도 없었다.

그런 그녀가 아프다. 베시, 레이철, 프루던스를 비롯한 다른 소녀들처럼 아프다는 생각이 들었다. 그녀는 너무나 오랫동안, 너무나 열심히 일해왔다. 그런 그녀가 얼마나 더 버틸 수 있을까? 여기 있는 사람들은 또 얼마나 견딜 수 있을까?

난 그녀를 위해서 뭔가를 해야 한다. 선물을 해줘야 한다. 단 한 번이지만 충분하고도 좋은 선물.

"다이애나?"

리디는 마당을 가로지르는 직공들의 무리를 헤치며 그녀에게 다가갔다.

"나 생각해봤는데."

리디는 주변 사람들이 자신의 말을 엿듣는가 싶어 사방을 둘러보았다. 하지만 소녀들은 저녁 식사를 하고 싶은 마음에 하숙집으로 몰려갈 뿐이었다.

"할 말이 있어."

아무리 결심이 선 상태라지만 공장 어느 구석에서든 금지된 말을 할 수는 없었다. 리디는 심호흡을 하고 말했다.

"서명할 생각이야."

언니뻘인 다이애나가 몸을 돌리더니 리디의 소맷자락을 붙들었다. "좋아……"라고 다이애나가 답했다. 마당에 쏟아져 나온 소녀들의 소음으로 리디는 나머지 부분을 알아들을 수 없었다. 다이애나는 인파에 떠밀리며 "좋아, 다시 보자고"라고 건성으로 대답하는 것 같았다. 하지만 리디는 진심이었다.

초봄이 되었을 때, 리디는 하숙집에서 일부 소녀들이 몰래 청원서를 돌리고 있다는 사실을 눈치챘다. 하지만 리디는 다이애나를 위해 서명하기로 결심하지 않았던가. 그 외에 무슨 선물을 할 수 있단 말인가? 저녁 식사를 마치고 나서, 리디는 보닛을 머리에 쓰고 다이애나의 하숙집으로 향했다. 제3공장 하숙집 현관에 나와 있는 소녀들 중 한 명에게 다이애나가 안에 있는지를 물었다.

"다이애나 고스?"

그녀는 빈정대는 말투로 되물었다.

"오늘 화요일이라서, 회의에 참석 중이야."

"오."

소녀는 리디의 인상착의를 기억해두려는 듯 위아래를 훑어보았다. 리디는 눈을 밑으로 깔고 그녀가 어쩌면 회사 측의 스파이일지도 모른다고 생각했다. 그녀는 리디보다 키가 작았다. 리디가 계단을 올라 같은 위치에서 그녀의 눈을 내려다보자, 그녀가 시선을 돌렸다.

"센트럴 스트리트에 그들이 만나는 장소가 있어."

그녀의 시선이 리디에게로 돌아왔다. 그녀의 빈정거림이 되살아났다.

"76번지. 아무나 가도 환영한다고 들었어."

리디는 시작했으면 끝을 봐야 한다고 생각하면서 그곳으로 향했다.

회의는 이미 시작된 상태였다. 한 사람이 회의록을 낭독하고 있었다. 작은 방에 빼곡히 들어앉은 소녀들은 대부분 바느질이나 뜨개질을 하고 있었다.

"안녕?"

책임자처럼 보이는 젊은 여자가 낭독을 중단시키며 말했다.

"들어와요."

리디는 안으로 들어가 빈자리를 찾았다. 순간, 자리에서 일어나 자신 쪽으로 다가오는 다이애나의 모습에 안도감이 들었다.

"왔구나."

그녀의 피곤한 얼굴에 미소가 흘렀다. 처음 다이애나를 찾아갔던 그날 밤이 기억났다. 그때 다이애나는 아름답고 생동감 넘치는 모습이었다. 그녀는 리디를 빈 의자가 두 개 놓인 곳으로 데리고 갔다. 그러고는 회의가 진행되는 동안 리디 옆에 앉아 있었다.

리디에게 회의 내용은 받아들이기가 만만치 않았다. 그들은 월말에 집회를 계획하고 있었다. 리디는 누군가 청원서에 대해 언급하면 자신도 서명하리라 선포할 작정이었지만 아무도 나서지 않았다. 통행금지를 예고하는 첫 번째 벨이 울리자, 책임자 여성이 회의를 다음 주 화요일에 계속한다고 발표했다. 소녀들은 웅성거리며 바느질이나 뜨개질하던 것들을 거두고는, 머리에 보닛을 올리며 떠날 준비를 했다.

책임자가 다이애나와 같이 서 있는 리디에게 다가와 손을 내밀었다.

"난 메리 에머슨이에요. 환영합니다. 내 기억으로는 처음 오신 것 같은데요."

리디는 그녀의 손을 잡아 흔들면서 고개를 끄덕였다. 다이애나가 말했다.

"내 친구, 리디 워든이에요. 우리와 행동을 같이하기로 했어요."

에머슨이 기대감에 찬 얼굴로 리디를 쳐다보았다. 리디가 말했다.

"청원서에 서명하러 왔어요."

그녀가 영문을 모르겠다는 듯, 고개를 뒤로 젖혔다. 이게 무슨 의미란 말인가?

"하루 근무 시간을 열 시간으로 정하자는 거요."

왜 내가 책임자에게 청원서 내용까지 설명해야 한단 말인가? 말도 안 되는 상황이었다.

"내년에 시도해야 할 것 같아."

다이애나가 조용히 말했다.

"안 돼. 난 결심했거든. 지금 당장, 오늘 밤에 서명하기로."

"청원서는 이미 제출되었답니다."

에머슨이 말했다.

"그렇게 할 수밖에 없었어요. 회기가 끝나기 전에 제출해야 하거든요."

오랫동안 생각한 끝에 서명하기로 했는데 너무 늦었다니?

다이애나가 말을 받았다.

"내년이 있잖아. 원한다면 그때 첫 번째 줄에 이름을 올려줄게."

에머슨이 밝은 목소리로 말했다.

"그렇게 해요. 우리의 모토가 '다시 해보는 거야'거든요. 4,000명이 서명했어도 의회가 움직이지 않았으니 내년에는 8,000명으로 늘리는 거예요."

그녀는 선생님이 공부를 못하는 학생에게 용기를 주기 위해 짓는 듯한 미소를 보였다.

"내년에는 할 수만 있으면 모든 도움을 다 받을 거예요."

리디는 그 자리에 서서 입을 벌린 채로 다이애나의 갸름한 턱과 에머슨의 강인한 턱을 번갈아 쳐다보았다. 너무 늦었다지 않은가. 너무 늦게 온 것이다. 나는 왜 항상 이렇게 늦을까. 너무 늦어서 농장을 지키지 못했다. 너무 늦어서 가족의 재결합도 이루지 못했다. 이젠, 다이애나를 위해 해줄 수 있었던 유일한 것마저 너무 늦어서 해줄 수 없게 된 것이다.

"내가 널 하숙집에 데려다주는 것이 좋을 것 같다."

다이애나는 보호가 필요한 집 없는 아이에게 하듯 말했다.

"늦으면 안 좋아."

그들은 말 한마디 없이 희미한 불빛의 거리를 서둘러 지나 콩코드 하숙집으로 향했다. 리디는 다이애나에게 자신의 미안한 감정을 표현하고 싶었지만 어떻게 말을 꺼내야 할지 갈피를 잡을 수 없었다.

제5공장 지역에 들어서자 다이애나가 침묵을 깼다.

"오늘 밤 와줘서 고마워."

"다이애나, 내가 너무 늦게 간 것 미안해."

"너로선 가장 빨리 온 거야."

"무슨 일을 하든 난 항상 너무 늦어."

"리디……."

다이애나는 망설이는 얼굴이었다.

"네가 보고 싶을 거야."

이게 무슨 소리인가.

"나 어디 안 가. 내년에도 그다음 해에도 난 여기 있을 거야."

"아니, 그게 아니고. 내가 여길 떠난다고."

"어디 가는데?"

다이애나는 평소 집에서 방앗간을 한다고 말해왔었다.

"보스턴에 갈까 해."

"무슨 소리를 하는지 모르겠네. 지금 제정신이야?"

"리디. 지금 떠나지 않으면 난 곧바로 해고당해."

"그 빌어먹을 청원서 때문이구나. 그래서 회사에서……."

"차라리 그랬으면 좋겠어."

그들은 제5공장 입구로부터 조금 떨어진 곳에서 걸음을 멈추었다. 두 소녀가 마지막 벨이 울리기 전에 도착해서는 황급히 육중한 문을 열고 안으로 들어가는 순간, 실내의 불빛이 밖으로 새는 모습이 보였다.

"그건……, 리디……, 나를 경멸하지 말아줘."

"경멸하다니? 말도 안 돼."

다이애나의 입에서 어떻게 자신을 경멸하지 말아달라는 말이 나올 수 있단 말인가.

"리디, 난 어리석었을까? 아니면 사악했을까?"

226

"지금 무슨 소리를 하는 거야? 다이애나는 그런 사람이 아니잖아?"

"나, 그런 사람이야."

그녀는 생각의 파편에서 적절한 말을 찾으려는 듯, 잠시 침묵에 잠겼다.

"나, 임신했어, 리디."

"뭐라고?"

리디의 목소리는 가라앉았다. 다이애나의 얼굴을 쳐다보았지만 너무 어두워 표정을 읽을 수 없었다.

"누가 그렇게 했는데?"

리디가 물었다.

"오, 리디. 누가 나에게 그렇게 한 것이 아니야."

"그럼 그 남자가 결혼하재? 어?"

"그, 그는 결혼할 수 없어. 부인이 있거든……, 콩코드에. 공장 지역에 살고 있지 않지만……, 부인의 아버지가 공장을 가지고 있어."

다이애나의 웃음은 짧으면서도 거칠었다. 그렇다면 그 의사가 틀림없었다. 리디는 그렇게 확신했다. 그는 항상 친절하고 점잖은 사람이었는데…….

"이제 어떻게 할 건데?"

리디는 자신의 목소리가 날카로워졌다는 사실을 깨닫고는 소리를 낮추어 물었다.

"어디로 갈 건데?"

"저축해놓은 돈도 있고, 또 그 사람이 최대한 날 돕고 싶어 해. 다른 일자리를 알아봐야지. 아기도 보면서 할 수 있는 일."

227

"그건 옳지 않아."

"난 곧 여길 떠날 거야. 협회에 불명예를 안겨줄 수 없거든. 내 소식이 알려지면 적들은 좋아서 미친 듯이 날뛸 거야."

그녀의 목소리에는 굴하지 않는 장난기가 배어 있었다.

"난, 우릴 죽일 무기를 그들의 손에 쥐어주고 싶지 않아. 그들에게 도움이 되는 짓은 해서는 안 되지."

"오, 다이애나. 내가 도울 방법은? 그동안 내가 너무 눈이 어두웠어."

그녀는 가볍게 리디의 뺨을 건드렸다.

"우리 기도하자. 모든 사람의 눈이 어두워지도록 해달라고 말이야. 편지할게. 내가 어떻게 사는지 알려줄게."

"나에게 정말 잘해줬어."

"보고 싶을 거야, 꼬마 아가씨 리디."

마지막 벨이 울리기 시작했다.

"어서 들어가. 문빗장이 걸리기 전에."

"다이애나."

다이애나는 리디를 문 쪽으로 밀고는 제3공장 지역으로 서둘러 걸어갔다.

그다음 날 아침, 다이애나가 명예롭게 해고당했다는 소식이 공장 전체에 번졌다. 그녀는 누릴 수 있는 마지막 명예를 간직하고 떠난 것이었다. 과격한 행동으로 블랙리스트에 올라 있었기 때문인지 그 소문은 진실로 포장되어 번졌다.

브리짓

　현재 방직기 두 대를 담당하고 있는 브리짓에게 곧 추가로 한 대가 배당될 예정이었다. 그녀는 일에 집중한 탓인지 이마에 송골송골 땀이 밴 얼굴로 자랑스럽게 방직기들 사이에 서 있었다. 옷을 적게 껴입으면 좋으련만 그녀가 그럴 가능성은 없었다. 에이커에 거주하는 아일랜드 소녀들은 여름이건 겨울이건 겹겹이 옷을 껴입었다. 하지만 그녀는 심리적인 불안을 잘 극복하고 직공다운 모습으로 변하고 있었다.

　마스든 씨는 리디의 방직기 주변에는 얼씬도 하지 않았다. 간혹 시선이 마주치는 일이 있더라도 두 사람은 아는 체를 하지 않았다. 처음에는 그의 차가운 태도가 걱정되었다. 그가 자신을 해고할 핑계를 찾지 않을까 해서 규정을 세밀하게 훑어보았다. 하지만 시간이 지나면서 그런 걱정이 줄어들었다. 음흉한 미소, 리디가 아팠을 때 그녀의 몸을 더듬던 그 더러운 손짓보다는 차라리 지금과 같은 차가운 무관심이 나았다.

　리디는 더욱 독서에 빠졌다. 에스겔 프리먼-그에게 어울리는 멋진 이름이다-에게 경의를 표현하면서 《미국 노예 프레더릭 더글러스의 인생 이야기》와 《성경》을 구입했다. 이 두 권의 책은 일요일을 홀로 쓸쓸하게 보내는 그녀에게 적잖은 위로가 되어주었다. 이 책들을 읽으면 어두컴컴한 통나무집에서 들었던 낭랑하면서도 따뜻한 에스겔의 음성이 다시 들리는 것 같았다.

리디는 찰스 디킨스의 《미국 여행기》를 좋아했다. 로웰 부분만 빼놓고 미국의 모든 지역을 상세히 설명해놓은 것 같았다. 다이애나가 경고한 바 있지만 그의 책은 로맨틱했다. 그 장밋빛 문장에는 폐병을 앓거나 위협을 당하거나, 콩코드에서 아내를 데리고 사는 남자들에 관한 내용은 없었다.

7월은 힘겹게 8월로 넘어갔다. 《올리버 트위스트》를 읽고 또 읽으면서 고향을 그리워하던 작년 여름이 100년 전 일인 것 같았다. 그때는 어리석고, 무지한 어린아이에 불과했다. 매해 그렇지만, 뉴잉글랜드 지역에서 일하는 많은 여직공이 휴가를 얻어 집으로 갔다. 그래서 브리짓에게 세 대의 방직기가 주어진 것이었다. 아일랜드 소녀들이 빈 기계를 담당하기 위해 추가로 투입되었지만 그렇다고 모든 방직기가 가동된 것은 아니었다. 공장은 한결 조용해졌다. 리디는 더글러스의 책과 성경에서 일부 문장을 베껴 쓴 종이를 방직기들에 붙여놓았다.

그녀는 〈시편〉을 가장 좋아했다. "내가 산을 향하여 눈을 들리라……"와 "우리가 바벨론 여러 강변 거기에 앉아서 시온을 기억하며 울었도다"는 방직기의 강력한 리듬에 실려 흐르는 시, 아니 노래였다.

리디는 가사를 바꾸어 노래를 부르기도 했다.

"메리맥과 콩코드 강변 거기에 앉아서……."

잊어야 한다. 모든 것을 잊어야 한다. 추억은 감당할 수가 없다.

리디는 기력을 되찾았다. 몸은 하루 일과를 끝내도 녹초가 되지 않았고, 또 울음도 나오지 않았다. 더는 빛을 감당할 필요가 없게 되었고, 그보다 더 고통스러운, 누군가의 행복한 삶에 대한 책임을 지지 않게 되었으니 오히려 다행이라고 혼자서 중얼거렸다. 어깨를 짓누르던 엄청난 멍에가 떨어져 나간 것이 아닌가? 가슴에 박힌 돌덩이도 언젠가는 빠져나가리라.

리디는 브리짓과 함께 대체 인력으로 들어온 여공 몇 명을 지도했다. 그들은 숨이 막히는 더위에도 옷을 몇 겹씩 껴입고 있었다. 한 소녀가 "울 엄마가 망토를 걸쳐야 시원하다고 했어요"라고 고집을 부렸다. 리디는 내버려두었다. 브리짓의 어깨에서도 그 어처구니없는 망토를 벗기지 못하는데 새로 들어온 소녀들의 망토를 어떻게 벗긴단 말인가. 리디는 브리짓이 처음 들어왔을 때보다는 그들에게 관대한 선배가 되어 있었다. 그래야 하는 것이다. 브리짓은 친절함의 모범이었다. 짜증을 내거나 불만 섞인 목소리를 높이는 일 없이 리디와 다이애나에게서 배운 모든 것을 소녀들에게 가르쳐주었다.

리디는 브리짓이 얼레에서 실을 잘라낸 후, 손이 느린 소녀 한 명을 환하게 빛이 들어오는 창가로 데려가 방직공의 방식으로 실 매는 방법을 가르쳐주는 모습을 보았다. 그녀는 리디가 가르쳐주었던 방식 그대로 했다. 하지만 리디는 그때 부끄럽게도 짜증 섞인 표정을 지었는데, 브리짓은 새끼를 돌보는 어미 양처럼 자상했다.

리디는 자신의 방직기로 돌아가는 브리짓에게 후회가 담긴 미소를 보냈다. 그러자 브리짓도 환하게 미소를 지었다.

"저 아이 조금 느려."

리디는 다이애나의 목소리가 들리는 것 같았다.

"처음에 오면 한두 주는 다들 그래."

다이애나에게서 옷 수선집에 취직을 했으니 걱정 말라는 쪽지를 받았었다. 하지만 어찌 그녀가 걱정되지 않을까?

브리짓이 처량하게 말했다.

"난 아직도 바본걸 뭐."

그녀는 리디의 방직기에 붙은, 〈시편〉 구절들을 적은 종이를 보며 고개를 끄덕였다.

"공부 많이 했나 봐."

리디는 손가락을 그 종이 밑에 넣어서 조심스럽게 떼어내 브리짓에게 내밀었다.

"가져. 난 공부 삼아 다시 베껴 쓸 거야."

브리짓은 고개를 저었다.

"나에겐 아무런 소용이 없어. 까막눈인걸."

"내가 전에 네게 한 번 쪽지를 보낸 적이 있을 텐데……."

"그걸 가지고 다이애나에게 달려가 읽어달라고 했었지."

"글공부 전혀 안 했어?"

소녀는 얼굴을 붉히며 고개를 흔들었다. 리디는 한숨을 내쉬었다. 붙들어놓고 가르쳐줄 순 없지만 그렇다고 시작할 기회마저 놓치게 하곤 싶지 않았다. 그래서 그녀가 방직기에 붙여놓고 공부할 수 있는 쪽지들을 만들어주었다.

"A는 대리인(agent)에서 쓰이는 A."

그 옆에는 비버 털모자를 쓴 남자를 조잡하게 그렸다. 회사를 창설하고도 모습을 드러내지 않지만 로웰의 직공들이 매일 희생을 바치는, 감히 접근할 수 없을 정도로 고귀하신 보스턴의 신 같은 모습이었다.

"B는 실톳(bobbin)이나 브리짓에 쓰이는 B."

그녀는 B를 그 자리에서 터득했다.

"C는 방적기의 하나인 소면기(carding)의 C."

"D는 인출(drawing in)의 D."

리디는 브리짓이 알 만한, 공장에 관한 단어들을 이용해 알파벳을 설명했다. 하루에 알파벳과 단어를 적은 종이 세 장씩을 주어 브리짓에게 기계에 붙여놓고 암기한 후, 집에 가지고 가서 익히도록 했다.

그렇게 시간이 지나다 보니 리디는 자신도 모르게 알파벳에서 단어, 그러다가 문장, 그러다가 페이지에까지 신경을 쓰게 되었고, 그러다가 이런 말을 할 정도가 되었다. "저녁 먹고 들러, 우리 같이 앉아서 책 읽자" 혹은 "일요일 오후에 강변으로 나와. 종이와 펜을 가지고 갈 테니 우리 연습하자".

리디는 브리짓의 집에는 가지 않았다. 에이커에 가는 것이 무서워서는 아니었다. 강도와 폭행 사건이 많이 일어난다는 소문에 겁이 나서가 아니었다. 브리짓의 체면을 생각하면 망설여졌다. 브리짓이 자신의 초라한 거처에 창피스러움을 느끼게 하고 싶지 않았다.

찰리에게서 편지가 왔다. 일부러 식구들을 생각하지 않으려 했는데, 막상 편지를 받고 보니 가족이 자신을 잊지 않았다는 사실뿐만 아니라, 자신이 가족의 소식을 얼마나 듣고 싶어 했는지 깨달았다.

누나,

(찰리는 편지도 참 잘 쓰는구나!)

누나,
우리는 잘 있어. 누나도 잘 있겠지. 레아철은 지난달부터 학교에 다니기 시작했어. 기침은 거의 그쳤고, 피니 아줌마가 해주는 음식을 먹고 살도 올랐어.
루크 스티븐스가 누나에게서 아직 답장이 없다고 하더군. 그에게 관심을 갖도록 해봐. 누나에게도 보호해줄 사람이 필요해.
누나의 사랑하는 동생 찰스 워든

리디는 편지를 갈기갈기 찢다가 찰리 이름 앞에서 눈물이 나 그만 두었다.

9월. 뉴잉글랜드 소녀들 중 일부가 방직실로 복귀했다. 그래도 아일랜드 출신들이 득실거렸다. 물론 다이애나는 모습을 드러내지 않았다. 하지만 리디는 그녀를 기다렸다. 천 먼지로 가득 찬 공장의 공기를 뚫고서 키가 크고 당당한 체격의 그녀가 다가올 것만 같았다.

그녀가 없으니 뭔가 빠져나간 것 같았다. 이제 조용한 사람은 없고 온통 시끄러운 사람들뿐이었다.

9월에 편지 한 통이 배달되었다. 봉투에 주소가 장식체로 쓰인, 고급 종이의 두꺼운 편지였다. "매기 M. 워든의 사망 소식을 전하게 되어 유감스럽게 생각합니다……." 사람 이름조차 제대로 적지 못한 편지였다. 불쌍한 엄마. 살아서도 죽어서도 인간다운 대접을 받지 못한 엄마였다. 리디는 엄마의 얼굴을 떠올리려 눈을 꼭 감았다. 벌써 흰 머리칼이 보이던 엄마가 그 가냘픈 몸으로 화로 앞을 시도 때도 없이 왔다 갔다 하는 장면이 그려졌다. 하지만 얼굴은 잘 생각나지 않았다. 헤어진 지 오랜 시간이 흐르지 않았던가. 엄마는 죽기 오래전에 이미 멀어진 사람이었다.

가을이다. 울긋불긋 단풍 든 산은 아니지만 매사추세츠의 차분한 도시의 가을이었다. 낮 시간이 줄어들기 시작했다. 리디는 어두운 새벽에 직장에 가서 어두운 저녁에 하숙집으로 돌아왔다. 고래기름을 사용하는 램프를 온종일 켜두었기 때문에 각 층에는 물 양동이들이 항상 비치되어 있었다. 램프가 뜨겁게 달아오르면 언제라도 불이 날 수 있기 때문이었다.

해가 짧아지면서, 아침 식사가 작업 시작 전에 나왔다. 음식이 예전만큼 풍족하게 나오지 않았고 그것마저 허겁지겁 입에 쑤셔 넣을 여유가 없었다. 작업이 끝나면 리디는 브리짓을 기다렸다가 같이 퇴근했다. 계단이나 마당에서 브리짓이 전날 읽은 내용에 관해 함께 대화를 나누고, 또 이해할 수 없는 단어나 문장에 대해 지도해주는 동안 다른 소녀들이 그 옆을 스쳐 지나가기도 했다.

어느 날 저녁, 리디는 복작거리는 계단에서 당연히 곁에 있어야 할 브리짓이 없다는 사실을 깨달았다. 그 자리에서 그녀를 기다릴 작정이었지만 쉴 새 없이 떠들며 내려오는 인파에 아래층까지 떠밀려 내려간 후 간신히 그들에게서 해방될 수 있었다. 수백 명, 아니 그 이상의 소녀들이 스쳐 지나갔다.

리디는 당황했다. 브리짓은 분명 옆에서 얘기하고 있었다. 그녀는 리디에게 '노예 신분'이 뭐냐고 물었다. 더글러스의 책을 억지로나마 읽겠다고 했었는데, 서문 첫 페이지도 다 읽지 못한 그녀였다.

하루 일과를 끝낸 젊은 여인들의 발자국 소리와 고음의 웃음소리가 더는 계단에서 들려오지 않았다. 그래도 브리짓은 보이지 않았다. 리디는 망설였다. 먼저 간 것이 아닐까? 뭔가를 잊어버려 방직실로 되돌아간 것은 아닐까? 리디는 텅 빈 마당을 내려다보았다. 저녁을 늦게 먹으면 베들로 부인이 화를 낼 것이다. 정문에 도착했을 때, 리디는 새끼와 함께 숲을 돌아다니는 암사슴처럼 갑자기 발을 멈추고 머리를 들었다.

리디는 마당을 가로질러, 4층 계단을 뛰어올라 방직실로 들어갔다. 작업이 끝나면 램프를 끄고 나오기 때문에 처음에는 거대한 방직기들의 윤곽 외에는 아무것도 보이지 않았다.

이때 겁에 질린 새된 목소리가 들렸다.

"제발, 제발, 마스든 씨, 제발……."

리디는 화재 진압용 물 양동이를 들었다. 물이 가득 차 있었지만 무겁다는 느낌이 들지 않았다.

"제발, 안 돼요."

리디가 방직기들 사이를 뛰어 소리가 나는 곳으로 가자 브리짓이 보였다. 공포에 질린 그녀의 흰 눈동자와 마스든 씨의 등이 보였다. 그는 브리짓의 팔을 단단히 쥐고 있었다.

"마스든 씨!"

리디가 거칠게 고함을 지르자 그가 몸을 돌렸다. 그때 리디가 그의 벗겨진 머리, 툭 튀어나온 눈, 정확하게 O자 모양인 빨간 입에 양동이 물을 쏟아부었다. 오래되어 썩은 물이 그의 어깨로 몽땅 쏟아져 바지로 흘러내렸다.

리디는 양동이를 내던지고 나서 브리짓의 손을 움켜잡았다. 그러고는 그녀를 끌다시피 하면서 달렸다. 뒤에서 성난 곰 한 마리가 오트밀 죽 그릇을 가구에 내던질 때와 같은 소리가 들리는 것 같았다.

리디는 웃음을 터뜨렸다. 그러나 1층에 내려왔을 때는 웃을 기력도 없었고, 옆구리가 아팠다. 그래도 까무러치기 직전의 브리짓을 끌어당겨, 텅 빈 마당을 건넜다. 의아스럽게 쳐다보는 경비원 앞을 지나간 후 다리를 건너, 하숙집들이 늘어선 길로 접어들었다.

도덕적으로 부적절한

새벽, 한바탕 웃음소리는 오래전에 지나갔다. 4시 30분 전에 일어나 옷을 입은 그녀는 침대 사이의 좁은 통로를 걸어갔다. 숨이 가빠오고 온몸의 핏줄이 터져나가는 것 같았다. 추운 11월임에도 불구하고 온몸의 뜨거운 불덩이가 핏줄 속으로 돌아다니는 건지, 아니면 산에서 흘러내리는 얼음장 같은 개울물에 몸을 담그고 있는 건지 구분이 되지 않았다.

그녀는 아침 식사에는 손도 대지 않았다. 기름에 튀긴 대구 요리의 냄새를 맡으니 위가 뒤틀리는 것 같았다. 하지만 그녀는 시끄러운 얘기 소리와 식기들이 부딪히는 소리를 들으며 그냥 식당에 앉아 있었다. 질식할 정도로 적막한 방보다는 소란한 곳에서 시간이 더 잘 흐르기 때문이었다.

그녀는 제일 먼저 공장 정문에 도착했다. 일에 대한 열정 때문이 아니라 이미 벌어진 일에 대한 생각을 떨쳐버리고 싶기 때문이었다. 그녀는 이미 벌어진 어떤 일로 인해 앞으로 무시무시한 일이 벌어지게 되리라는 것을 의심하지 않았다.

그녀는 브리짓에 대해 생각하지 않으려 노력했다. 자신의 앞가림도 하기 힘든데 브리짓의 운명에까지 끼어들 상황이 아니었다. 방직실에 올라가지 말까? 짐승 같은 놈! 그 가여운 어린애를 혼자 내버려둬야 한단 말인가. 차라리 레이철과 애그니스를 곰에게 주고 말지. 하지만 브리짓은 고아가 아니다. 그 인간의 손을 뿌리치고 발등이라도 밟을 수 있지 않았는가……. 젠장, 이미 지나간 일인걸. 리디는 퇴근하다 말고 급히 방직실로 돌아갔다. 위기에 몰린 브리짓에게 동정심이 생겨 더러운 양동이를 집어 들어 감독의 단정한 작은 머리에 쏟아부었다. 그때 리디가 할 수 있는 행동이라곤 그에게 소리치는 일뿐이었다. 그녀가 그의 이름을 부르자, 그가 고개를 돌리면서 브리짓을 놓아주었다. 하지만 리디는 그 정도로 만족하지 않았다. 리디는 양동이를 그의 머리에서부터 찍어 눌러 어깨에 밀어붙이다시피 세게 들이밀었다. 그 과정에서 리디의 이마에 상처가 생겼다.

왜 문이 열리지 않는 것일까? 그녀는 그때의 장면이 떠올라 진저리를 쳤다. 그녀는 한 손으로 브리짓을 잡아당기면서 다른 한 손으로는 그 무거운 양동이를 들고 수천 번 계단을 오르락내리락하고, 마당을 뛰어서 가로지르는 느낌이었다. 웃음이 나왔다. 물론 감독은 리디의 고함 소리를 들었을 것이었다. 미친 것처럼 날뛰었으니까. 그는 분명 소리를 들었다.

벨 소리를 기다리는 동안, 다른 직공들이 밀려들어 그녀를 밀었다. 벨이 울리자 그녀는 제자리에서 팔짝 뛰어보았다. 벨은 위험을 알리는 경보음처럼 요란스러웠다. 아직 시간적으로 여유가 있을 때 인파에서 벗어나려 몸을 돌려보았지만 하루의 일을 시작하기 위해 앞으로 밀고 들어가는 소녀들의 웃고 떠드는 소음에 갇혀 꼼짝할 수 없었다. 리디는 저항하길 포기하고 계단으로 이끌려 간 다음, 4층 방직실로 떠밀려 올라갔다.

브리짓은 보이지 않았다. 높은 의자에 앉아 있어야 할 마스든 씨도 없었다. 작업 개시가 늦어지고 있었다. 처음에는 안도감이 들었다가 곧바로 두려움이 엄습했다. 그 문제를 완벽하게 해결해야 했다.

에이커에 사는 소녀 하나가 다가왔다.

"오늘 아침에 브리짓이 몸이 좋지 않다고 전해달래. 걱정하지 말라면서."

비겁한 계집애. 나 혼자 해결하라는 거야 뭐야, 어? 난 자기를 돕기 위해 모든 위험을 무릅썼는데.

그 소녀는 자신의 어깨 너머로 실내를 휘 둘러보고는 리디의 귀에 입을 가까이 대고 속삭였다.

"사실 말이야, 오늘 아침에 그 일에 대해 입도 뻥긋하지 말라는 경고를 받았대. 이 말은 언니한테도 하지 말라더군."

리디는 분노가 치밀어 오르기보다는 두려운 생각이 들었다. 내가 아닌 브리짓을 징계하겠다는 것인가? 브리짓이 무슨 잘못을 저질렀단 말인가? 그녀가 어떤 규칙을 어겼단 말인가? 징계를 받게 되면 병든 어머니와 거의 열두 명이나 되는 식구들은 누가 먹여 살린다는 말인가?

마스든 씨가 들어왔다. 리디는 자신의 방직기들만 쳐다볼 뿐이었다. 공장 안이 요동을 치면서 하나의 생명체로 움직이기 시작했다. 리디와 그 아일랜드 소녀는 각자의 방직기들과 브리짓의 방직기를 번갈아 조종했다. 너무나 바빠 두려운 생각조차 들지 않았다. 그때 단정한 양복에 목도리를 두른 대리인 서기가 리디에게 다가와 대리인 사무실로 같이 가자는 것이었다. 리디는 자신의 방직기들과 브리짓 방직기 한 대를 끄고 나서, 그를 따라 계단을 내려간 다음, 마당을 가로질러 낮은 빌딩으로 들어갔다. 회계실을 비롯한 사무실들이 있는 건물이었다. 접이식 뚜껑이 달린 큼지막한 책상에 앉아 신문을 보고 있던 대리인 그레이브스는 그녀가 왔는데도 시선을 주지 않았다. 그녀는 비서가 문을 닫을 수 있도록 문에서 좀 떨어진 곳에 선 채로, 숨을 쉬려 노력했다.

코로 들이마신 공기가 목젖 밑으로 내려가지 않는 상태로 그의 말을 기다리다 보니 기절할 것 같았다. 이러다가 양탄자 위에서 졸도하는 것은 아닐까? 그녀는 양탄자의 문양과 그 양탄자가 띤 희미한 갈색을 훑어보았다. 가운데 부분은 거의 검정색이지만, 중심에서 멀어지면서 색이 옅어져 가장자리는 칙칙한 노란색이었다. 머리가 핑 돌아 쓰러지기 직전에 비틀거리며 한 발 앞으로 내디뎠다. 대리인은 짜증스럽다는 듯이 책상에서 리디 쪽으로 몸을 돌렸다. 반쪽 안경을 쓰고 있는 그는 큰 머리를 밑으로 숙이곤 리디를 안경 너머로 올려다보았다.

"저를 부르셨어요?"

리디의 목소리는 암탉이 우는 소리와 비슷했다.

"무슨 일로?"

"저를 부르신다고 해서 왔는데요?"

리디는 자신의 목소리에 점차 자신감이 배어들어 좋았다. 그는 음식 접시에 들어간 구더기를 바라보듯 그녀를 쳐다보았다.

"저는 리디 워든이라고 합니다. 저를 호출하셨는데요."

"아, 그래, 워든 양."

그는 자신이 일어서지도 않으면서 그녀에게 앉으라는 말도 하지 않았다.

"워든 양."

그는 자신이 작성한 문서들을 한데 모아 세워 밑바닥을 책상에 두드려 가지런히 정리한 다음, 그 뭉치를 책상 오른쪽에 내려놓았다. 그러고는 리디를 더 가까이 보기 위해 의자를 그녀 쪽으로 돌렸다.

"워든 양. 오늘 아침에 감독관과 심각한 대화를 나눴어."

리디는 마스든 씨가 어제 사건을 어떻게 말했는지 궁금해서 견딜 수 없었다.

"워든 양은 방직실에서 아주 문제가 많은 사람인 것 같아."

그는 서류를 검토하듯 리디를 세심하게 쳐다보았다.

"골칫덩어리."

"제가요?"

"그래. 마스든 씨는 워든 양이 다른 소녀들에게 나쁜 영향을 주지 않을까 걱정하고 있거든."

듣고 보니 어젯밤에 대해서는 보고가 없었다. 그 점은 확실하다. 리디는 용기를 내어 대답했다.

"최선을 다하고 있어요. 문제를 일으킬 의도는 없습니다."

"워든 양. 여기서 일한 지 얼마나 됐지?"

"작년 4월부터니까 1년입니다."

"지금은 방직기를 몇 대 가동하나?"

"네 대입니다."

"그렇구면. 임금을 얼마나 받아? 중간 정도?"

"많이 받고 있습니다. 최근에는 3달러가 넘습니다."

"그렇다면 임금에는 만족하겠구면?"

"그렇습니다."

"좋아요. 하루 몇 시간 일하나?"

"근무 시간이 길어도 전 일을 잘해왔습니다."

"그렇구면."

그는 큼지막한 손을 내저으며 말을 이었다.

"열 시간 규정에는 상관없다는 말인가요?"

"저는 청원서에 서명하지 않았어요."

이 말은 사실이지만 구태여 말하지 않아도 되는 것이었다. 침묵이 이어지는 사이, 대리인은 그녀를 보다 잘 보기 위해서라는 듯 안경을 벗었다. 그러고 나서 물었다.

"그렇다면 워든 양은 개혁을 요구하는 측이 아니구면?"

"그렇습니다."

"그렇구면."

그는 이제 더는 자세히 살필 필요가 없다는 듯이 안경을 다시 썼다.

"그렇구면."

리디는 조심스럽게 한 발 앞으로 내디뎠다.

"제가 왜 골칫덩어리로 낙인 찍혔는지 말씀해주실 수 있으세요?"

그녀는 자그만 목소리로 물었지만 그는 그 말을 들었다.

"그래요. 음…….

"어쩌면요…….

리디는 자신의 대담함에 자부심이 들었다.

"마스든 씨에게 들으신 거죠? 제가 어떻게 그분의 마음에 들지 않는지, 아시는지요?"

그녀는 목소리를 낮추어 자신의 요구를 질문처럼 던졌다. 그는 망설였다.

"문 좀 열어봐."

리디가 문을 열자, 그는 서기에게 마스든 씨를 호출하라고 지시하고는 다시 리디를 바라보았다.

"앉아요, 워든 양."

그는 그렇게 말하고 서류를 검토하기 시작했다. 그녀는 고맙게 생각하면서 폭이 좁고 딱딱한 의자에 앉았다. 갑자기 용기를 내었더니 두려움이 들 때만큼이나 몸이 쉽게 지치는 듯했다. 갖가지 복잡한 생각들을 정리한 시간을 갖게 된 것도 다행이었다. 하지만 기다리는 시간이 길어질수록 심경이 복잡해졌다. 서기가 문을 열자, 마스든 씨가 안으로 들어왔다. 벌떡 일어나 울고 싶은 것을 꾹 참았다. 그녀는 등을 의자 등받이에 바짝 붙였다. 등받이 나무의 느낌이 가슴에 전해졌다. 그녀는 양탄자의 어지러운 타원형 나선 문양을 쳐다보았다.

목을 가다듬는 소리가 들리더니 그의 목소리가 들렸다.

"저를 부르셨어요?"

리디는 터져 나오려는 폭소를 간신히 참았다. 조금 전 자신이 했던 말 그대로였다. 대리인은 의자 방향을 돌리더니 일어서지도, 그에게 의자를 권하지도 않은 채 입을 열었다.

"여기 와 있는 워든 양이 자신이 뭘 잘못했는지 알고 싶어 하는데."

마스든 씨가 기침을 했다. 리디는 본의 아니게 그를 올려다봤다. 그녀가 보는 앞에서 그는 입을 꼭 다물고는, 검고 작은 눈을 껌벅거리며 평정을 유지하려 노력했다. 그가 담담하게 말했다.

"이 아가씨는 문제아입니다."

리디는 벌떡 일어났다. 도무지 참을 수 없었다.

"문제아라고요? 그렇다면 마스든 씨, 당신은요? 당신은 어떤데요, 어?"

대리인이 고개를 추켜올렸다. 그는 곧 튀어 오를 것처럼 몸이 쭉 뻗어 있었고, 눈은 커다란 두꺼비처럼 불거져 있었다.

"앉아요, 워든 양."

리디는 털썩 주저앉았다. 그녀가 드러낸 분노는 마스든 씨에게 생각을 정리할 시간을 준 셈이었다. 그는 미소를 지으며 이렇게 말하는 것 같았다. 보셨죠? 이 여자가 어떤 인간인지를.

대리인은 자신이 리디를 진정시킨 것에 만족하며 시선을 리디에서 마스든 씨에게 돌렸다.

"골칫덩어리라고? 마스든 씨?"

바로 그때 리디의 가슴에 희망이 피어올랐다.

"어떤 점에서 골칫덩어리라는 거지? 장부를 보면 일을 잘하는데."

"아닙니다."

마스든 씨는 긴장감이 사라진 리디를 쳐다봤다.

"그건 이 여자가 일을 잘해서가 아닙니다."

그는 허탈하게 웃었다.

"저도 한때는 이 여자를 최고의 여직공이라 생각하기도 했었지만 말입니다."

그는 대리인에게 고개를 돌리고는 진지하면서도 차분하게 말했다.

"도덕적으로 부당한 행위를 한 이 여자를 해고시켜줄 것을 요청드리는 바입니다."

도덕적으로 어쨌다고? 지금 무슨 소리를 하는 거야? 나에게 무슨 잘못이 있다는 거야?

"알았어."

대리인은 아무 근거도 없는 그의 주장을 듣고 나서 모든 것이 납득되었다는 듯이 대답했다.

"이 여자는 안 됩니다."

마스든 씨는 안타까움이 묻어나는 목소리로 말을 받았다.

"제가 지도하는 순진한 소녀들을 위해서라도 안 됩니다. 부도덕한 행위를 한 사람을 제 밑에 둘 순 없습니다."

"당연하지, 마스든 씨. 우리 회사는 도덕적으로 부적절한 사람을 용인하지 않아."

리디는 불신의 눈으로 두 사람을 번갈아 쳐다보았지만, 그들은 그 시선을 무시했다. 그녀는 반박할 말을 궁리했지만 그렇다고 무슨 할 말이 있겠는가? 리디는 도덕적으로 부적절한 것이 무엇을 의미하는지 모른다. 알지도 못하는 것을 어떻게 부인할 수 있단 말인가? 리디는 도덕적인 것이 무엇인지는 알고 있었다. 그런다고 뭐가 달라질 것인가? 도덕적이라는 말은 깊은 신앙심으로 주일 예배 및 기도 모임 그리고 성경 공부에 꼬박꼬박 참석했던 아멜리아에게나 어울리는 것이었다. 리디는 자신의 잘못에 대해 다시 한 번 고려해달라는 말을 할 수 없었다. 그녀는 예배에 거의 참석하지 않았지만 주님은 그녀가 언제 책을 읽는지 알고 계셨다. 물론 성경만 본 것은 아니었지만.

그 순간, 리디는 '그래도 난 다른 소녀들보다는 형편이 낫지 않은 가'라는 생각이 들었다. 그녀는 가톨릭 신자(papist, 일부 신교도들이 경멸적으로 쓰는 말)는 아니지만, 그 누구도 가톨릭을 믿는 아일랜드 소녀들을 비난해선 안 된다는 생각도 들었다.

리디는 입을 열었다. 두 남자는 동정적이면서도 단호한 시선으로 그녀를 응시하고 있었다. 이제 싸움은 패전으로 조용히 끝맺게 될 것 같았다.

"서기에게 임금을 청구하도록, 워든 양."

대리인이 책상 쪽으로 몸을 돌리면서 말했다. 마스든 씨는 상급자의 입장에서 고개를 끄덕이며 어색한 미소를 지었다. 의기양양한 표정이겠지? 그는 더 이상 리디에게 시선을 주지 않고 밖으로 나갔다.

"그만 가봐요."

대리인은 리디를 바라보지 않고서 말했다.

무엇을 더 할 수 있단 말인가. 리디는 비틀거리며 일어나 밖으로 나왔다.

회사는 적절하게 임금을 계산해서 지불해주었다. 하지만 콩코드 회사에서 명예롭게 퇴직했다는 증명서는 받지 못했다. 그것 없이는 로웰에서 다시 취직할 수 없다. 리디는 얼이 빠진 채 높은 정문을 걸

247

어 나왔다. 마지막 날을 꿈꾸어왔지만 그건 성공해서 집으로 돌아가는 꿈이었다. 하지만 지금은 성공한 것도 아니고, 부끄럽지만 거처할 곳도 없는 신세이지 않은가.

작별

곰이 이겼다. 녀석은 그녀의 집, 가족, 직장 그리고 인격마저 강탈해갔다. 그녀는 자신이 강하고 억세다고 생각하면서도, 태어난 지 하루밖에 안 된 양이 자신을 삼켜버리도록 포기한 듯 서 있었다. 그녀는 한때 자신의 집이었던, 두 개의 더블 침대가 들어차 발 하나 제대로 옮기기 힘든 비좁은 방을 둘러보았다. 리디, 그녀가《올리버 트위스트》의 세계에 빠져 꼼짝하지 않고 누워 있으면 베시는 한쪽 침대에 두 다리를 포개고 앉아서 촛불 쪽으로 몸을 기울인 채 큰 소리로 책을 낭독했었다.

그리고 아멜리아. 아멜리아라면 도덕적으로 부적절한 것인지, 불온한 것인지, 하여튼 그 야비한 말의 의미를 알 것이다. 그녀는 반달처럼 생긴 눈썹을 움직이며 입술을 오므려 말할 것이다.

"그걸 왜 물어보는 건데?"

그녀는 정말로 그렇게 물을 것이다. 그녀가 대답해주면 나는 알게 될 것이다……. 그들이 나에게 어떤 죄목을 뒤집어씌웠는지, 내가 왜 직장을 잃게 되었는지, 퇴직 증명서도 없이 왜 쫓겨났는지를. 베시는 웃을 것이다.

"네가? 우리만의 리디가 아닌, 마스든 씨가 가장 아끼는 소녀인 리디를?"

그러는 동안 프루던스는 저주스러운 단어를 입에 침이 마르도록 설명하고 있을 것이다.

레이철이 잘 있다는 것만으로 하나님께 감사하다. 그녀는 이제 가족이 있고, 식사를 마음대로 할 수 있으며 학교도 다닌다. 그리고 찰리. 난 더 이상 울지 않으련다. 리디는 짐을 꾸리기 시작했다. 여기에 올 때 가지고 왔던 작은 마대 주머니에 아무렇게나 쑤셔 넣었다. 그러다가 허탈한 웃음이 터졌다. 책들은커녕 여기 와서 구한 옷들도 들어가지 않았다. 이만하면 부자가 아닌가. 갈 데는 없지만, 짐을 모조리 집어넣을 가방 하나는 구입할 능력은 되지 않은가.

"나 해고됐어요."

리디가 베들로 부인에게 말했다. 부인은 자신의 귀를 의심하는 눈치였다.

"왜? 넌 마스든 씨가 가장 아끼는 직공이잖아. 그걸 모르는 사람이 어디 있어?"

그녀는 말이 히잉 하고 소리를 지르는 것보다 더 크게 웃었다. 그 누구도 흉내 낼 수 없을 정도로.

"사람들이 날 잘못 본 거지요."

리디는 베들로 부인에게 방직실에 두 남녀가 같이 있었다는 사실을 밝힐 수 없었다. 사실 사건의 발단은 그녀 자신이 틀림없었다. 남녀 간의 문제에 대해서는 알 수 없는지라, 그에게 접근하면서 어떤 형식으로든 신호를 해주었어야 했다. 마스든 씨는 교회 집사였다. 하지만 그는 분명 호감이 가지 않는 남자였다. 어젯밤에는 특히 그러했다. 리디는 브리짓이 불쌍해서 미친 짐승처럼 날뛰었었다. 요양원에서 숨진 엄마는 왜 생전에 그렇게 미쳐 날뛰어보지 않았을까?

마스든 씨는 좋아하려야 좋아할 수 없는 사람이었다. 그를 좋아할 수는 없었지만 그의 마음에 들도록 노력은 했었다. 그에게서 최고의 여직공으로 인정받고 싶었다. 그가 그녀에게 무슨 죄명을 뒤집어씌웠는지 알 필요는 없다손 치더라도, 그가 대리인에게 그날 저녁 방직실에서 있었던 일에 대해서 말하지 않은 것은 확실했다. 그렇다면 어떤 구실을 갖다 붙였단 말인가. 베들로 부인에게 알아봐달라고 부탁해볼까 싶은 생각이 들다가도 '도덕적으로 부적절한'이란 말을 꺼내기 두려웠다. 그 말을 들으면 부인은 나를 비웃을 것이다. 그 비웃음에 견디지 못할 것이다. 지금도 물론 그러하지만.

"내일, 늦어도 모레까지 방을 비울게요."

"어디로 가는데? 난 걱정 말아. 규칙에 위반되더라도 조용히만 있어주면 상관없어."

"식모로 되돌아가야죠."

그래 그거다. 트리피나는 분명 환영해줄 것이다.

리디는 은행에 가서 저축해놓은 243달러 87센트 전부를 인출했다. 그러고 나서 책방으로 갔다. 아직은 읽을 수 없겠지만 브리짓에게 《올리버 트위스트》 한 권을 사주고 싶었다. 언젠가는 그 책을 읽게 되겠지.

"다른 것은 필요치 않아요, 워든 양?"

리디는 이제 서점 주인과 친구나 마찬가지다. 그녀는 망설였다.

다시는 이 집에 오지 못할 것이다.

"혹시 이런 책 없을까요? 단어의 의미를 설명해주는……."

그가 대답했다.

"당연히 알렉산더 사전이 있고, 최신판 웹스터와 우스터 사전도 있지요."

"최신판 사전도 한 권 필요해요."

그녀는 자신이 알고 싶은 단어를 수록하지 않은 사전은 사고 싶지 않았다.

주인은 두툼한 《웹스터 영어 사전》 1부와 2부를 꺼내놓고, 다른 책도 내려놓았다.

"우스터 사전을 좋아하는 사람이 더 많아요. 최신판이고 한 권짜리거든."

리디는 값을 치른 후 책을 펼쳐보지도 않고 서점에서 나왔다.

서점 쇼윈도가 보이지 않는 곳까지 걸어간 리디는 길거리에서 사전을 펼쳐보았다. 그 단어를 찾는 데 시간이 좀 걸렸다. 종이가 워낙 얇은 데다 그녀의 손가락이 무디고 서툴렀다. 게다가 스펠링도 몰랐다. 하지만 결국엔 그 단어를 찾았다.

뭐라고? 길에 사람이 없었더라면 그녀는 소리를 쳤을 것이다. 나는 그렇게 사악하거나 부끄러운 짓을 한 인간이 아니다! 그렇게 야비하거나 타락하지도 않았다. 무식한 것 빼놓고는 무슨 잘못이 있단 말인가. 그런 죄명을 나에게 갖다 붙인 그는 악마다. 나는 사악한 행동을 한 적이 없다. 그저 바보 같을 뿐이다.

리디는 자신의 방으로 돌아왔다. 그렇다고 무엇을 할 수 있단 말인가. 이미 늦었다. 대리인 사무실에 있었을 때 돌아가는 상황을 파악하고 있었다면 그 인간이 그런 거짓말을 할 수 있었을까? 젠장, 대리인이 그렇게 쉽게 그 인간의 말을 믿어버리다니. 그 인간에게 고함을 지른 것이 결국에는 나의 잘못을 시인한 꼴이었다! 나는 그 자리에서 품위 없는 여자로 전락하고 말았다. 그건 나의 실수다.

리디는 분노에 휩싸인 채 편지를 휘갈겨 쓴 다음, 떨리는 손으로 왁스에 불을 붙여 손이 데는 줄도 모르고 봉투를 붙였다. 그녀는 하숙집에서 황급히 빠져나왔다. 보닛에 달린 리본은 떨어지고, 숄은 날아갔다. 에이커에 도착하자 거의 숨이 넘어갈 정도여서 길에서 노는 아이들에게 브리짓의 집을 묻는 데 힘이 들었다.

첫 번째 아이는 겁에 질려 눈을 왕방울만 하게 뜨더니 말도 없이 냅다 줄행랑을 쳤다. 리디는 말을 할 수 있을 정도로 호흡이 되돌아오기를 기다리며 여유롭게 보닛의 끈을 고쳐 매고는 다른 사람에게 다시 물었다. 그가 가르쳐준 판잣집은 브리짓의 집이 아니었다. 하지만 그 집에 사는 부인이 브리짓의 집을 알고 있었다.

브리짓이 직접 문을 열어주었다.

"오, 리디, 여긴 무슨 일이야?"

"나 쫓겨났어."

"말도 안 돼."

"이미 끝난 일이야. 하지만 넌 해고되지 않을 거야. 마스든 씨에게 보낼 편지를 썼거든. 만약 널 해고하거나 어떤 식으로든 괴롭히면 어젯밤 방직실에서 벌어진 일을 그의 부인에게 말하겠다고 경고했지. 이건 그 부인에게 보내는 편지야. 혹시 문제가 생기면 이 편지를 지체 말고 보내도록 해."

브리짓은 입을 쩍 벌린 채 리디를 쳐다보았다.

"나에게 맹세해. 그렇게 할 거라고."

그녀가 고개를 끄덕였다.

"어디 좀 앉았으면 좋겠다."

"내 정신 좀 봐."

브리짓이 옆으로 비켜서며 리디를 안으로 안내했다. 음식 냄새와 땀 냄새가 범벅이 되어 코를 찔렀다. 깜깜했지만 리디는 자신을 쳐다보는 아이들의 큰 눈동자들을 알아볼 수 있었다.

"엄마는 남의 집 청소해주러 가셨어."

브리짓은 한때는 옷이었을 듯한 넝마 뭉치 위에 앉을 것을 권했다. 리디는 고마운 마음으로 그 위에 앉았다. 리디는 어젯밤 일로 여전히 피곤했다. 뼈마디가 쑤실 정도로 몸살을 심하게 앓은 것처럼 온 몸이 저려왔다.

"고마워."

"이제 어디로 갈 건데? 멀지 않은 곳이었으면 좋겠는데."

"회사에서 퇴직증도 주지 않았어. 그래서 이 도시를 떠날 수밖에 없어."

"모든 게 나 때문이야."

"아니야. 너 때문이 아니야."

침대 외에는 앉을 곳이 없기 때문인지 브리짓은 선 채로 리디를 바라보았다. 어둠 속에서 들리는 것이라곤 그녀를 빤히 쳐다보는 아이들이 꼼지락거리는 소리였다.

이제 호흡이 정상으로 돌아왔다. 떠나야 한다.

"나 갈게, 브리짓. 참, 잊을 뻔했구나."

리디는 브리짓이 볼 만한 독본과 《올리버 트위스트》를 포장한 꾸러미를 내밀었다.

"우리, 서로 잊지 않는 거야, 어?"

리디는 그렇게 말하고 브리짓이 훌쩍거리는 소리를 듣고 싶지 않다는 듯 황급히 그곳을 빠져나왔다.

그날 저녁, 하루 일을 마치는 벨 소리가 울릴 쯤에 리디는 하숙집들이 늘어선 길을 지나 콩코드사의 감독들이 사는, 보다 깔끔한 집들이 위치한 곳으로 걸어갔다. 마스든 씨가 어디 사는지 알지 못하지만, 문제가 될 것은 아니었다. 좀 있으면 이곳을 지나갈 것이다. 그녀는 첫 번째 집의 으슥한 곳에 숨어 기다렸다.

틀림없는 그의 걸음걸이였다. 그는 작은 싸움닭처럼 홀로 걸어 왔다. 친구도 없는 것일까? 그녀는 그따위 시답지 않은 생각은 떨쳐버렸다. 분노를 옅게 할 만한 생각을 해선 안 된다.

"마스든 씨?"

그녀는 으슥한 곳에서 길 한복판으로 걸어 나왔다.

그는 깜짝 놀라며 걸음을 멈추었다. 두 사람의 키는 비슷했다. 리디는 보닛의 긴 가장자리가 거의 뺨에 닿는 자신의 얼굴을 그의 얼굴에 바짝 붙이고 치명적으로 엄숙하게 말했다.

"그래요, 나예요. 리디 워든."

"아, 워든 양."

그의 입에서 반사적으로 리디의 이름이 튀어나왔다.

"난 천박하고 아무렇게나 구는 여자예요. 게다가 비열하고 얼마나 이기적인데요. 또 전혀 예쁘지도 않아요. 하지만 난 사악하지도 않고, 부끄러운 짓을 한 적도 없으며, 비천하지도 타락하지도 않았습니다!"

"뭐, 뭐라고?"

"마스든 씨, 당신은 나에게 도덕적으로 부적절한 인물이라는 낙인을 찍었어요. 난 그런 인물이 아니라는 것을 당신에게 말하기 위해 여기 왔습니다."

그는 헐떡이며 뒤로 물러섰다.

"여기 편지가 있는데요. 내용을 알려드릴까요? 만약 브리짓을 해고하면 당신 부인에게 방직실에서 무슨 일이 있었는지 알릴 거란 내용이에요."

"내 마누라!"

그가 주절거렸다.

"감독관 마스든 씨의 부인. 남편의 방직실에서 도덕적으로 부적절한 일이 벌어지면 당연히 부인도 알아야 한다고 생각해요."

리디는 그 편지를 감독의 손바닥 위에 올린 다음 그의 손가락을 오므려 편지를 쥐게끔 했다.

"안녕히 가세요, 마스든 씨. 편히 주무시길 바라요……. 죽기 전에."

리디는 마차를 타고 보스턴에 갔다. 요즘에는 기차가 훨씬 빠르기 때문에 마차를 타는 사람은 거의 없었다. 하지만 리디는 서둘러 갈 데도 없거니와 천천히 가면서 마음의 평정을 되찾고 싶었다. 보스턴은 로웰보다 더럽고 붐비는, 끔찍한 도시였다. 도로의 폭도 좁았다. 그녀는 각종 오물과 동물 배설물에 닿지 않도록 한 손으로 치맛자락을 들고, 또 한 손으로는 가방을 든 채 조심스럽게 걸었다. 짐을 맡아줄 곳을 찾아야 하는데, 낯선 도시에서 누가 그런 친절을 베풀어줄까?

마침내 주소지를 찾았다. 리디는 창 안쪽으로 창백한 피부에 키가 큰 다이애나를 찾았다. 그녀는 더 이상 날씬하지 않았다. 그녀는 공손하게 미소를 지으며, 키가 작은 한 여성 고객에게 머리를 조금 낮춘 자세로 말하고 있었다.

리디는 무거운 가방을 왼쪽 옆구리에 끼고 문을 밀었다. 벨 소리가 울리자 다이애나가 시선을 문 쪽으로 돌렸다. 처음에는 그저 고개를 끄덕하며 고객과 대화를 계속하더니 리디를 알아보고는 얼굴이 환해졌다.

"잠시 실례하겠어요."

그녀는 손님에게 양해를 구하고는 리디에게 다가와 가방을 빼앗아들었다.

"리디."

그녀의 목소리는 여전히 차분하고도 아름다운 저음이었다.

"이렇게 보게 되어 정말 좋구나."

손님의 주문을 다 처리할 때까지 대화는 잠시 끊어졌다. 손님이 나가는 벨 소리가 울렸다. "어떻게 지냈어, 리디?"

다이애나가 물었다.

"나 해고됐어. 도덕적으로 부적절하다고 해서."

"뭐라고?"

다이애나는 폭소를 터트리기 직전이었다.

"그게 무슨 의미냐면……."

"나도 알고 있어."

다이애나가 조용히 말을 받았다.

"그런 말은 나에게는 어울리겠지만 너에게는……."

"아냐. 다이애나는 사악하지도, 비천하지도, 타락하지도 않았어."

"고마워."

다이애나는 웃지 않으려 노력했지만 어쩔 수 없이 그녀의 입꼬리가 위로 올라갔다.

"너도 그런 사람 아냐. 상상할 수도 없어, 어떻게……."

"마스든 씨."

"오, 그래, 존경하는 마스든 씨."

리디가 분노를 이기지 못해 울음이 섞인 목소리로 전후 사정을 얘기하자, 다이애나는 몸을 뒤틀며 웃어젖혔다.

"그게 그렇게 웃겨?"

"아니, 아니야. 미안해. 하지만 어제 저녁 네가 그 인간 앞에 나났을 때, 그 인간의 표정이 상상되어서 말이야. 증거를 완전히 없앴다고 의기양양했을 때 그랬으니……."

리디는 그 인간의 빨간 입이 공포에 질려 O자 형으로 벌어지는 모습을 보았다. 그래서 복수라고 했단 말인가?

"그의 부인은 완벽한 공포야. 하지만……."

다이애나가 말했다.

"내가 그 인간이 자기 부인을 무서워한다고 말하면 아무도 믿지 않을 거야."

"오, 그녀야말로 그에게는 공포의 대상이지. 다들 그렇게 말했는 걸. 그녀는 정말 무서운 여자야."

다이애나는 일어서서 컵에 차를 따랐다.

"자, 우리 건배하자. 리디, 네가 여기 와서 얼마나 좋은지 몰라. 내가 어떻게 도와줄까?"

하지만 리디는 도움을 받기보다는 다이애나를 도와주고 싶었다.

"가능하다면 내가 도움이 되어주고 싶은데."

"고마워, 하지만 너도 보다시피 난 잘 지내고 있어. 처음엔 힘들었어. 남편 없이 출산을 앞둔 여자를 달가워할 사람은 없거든. 하지만 여기 여주인이 병든 몸이라서 도와줄 사람이 필요해. 서로 도움이 필요한 사람들이지. 지금까진 좋아. 아주 좋은 여자야. 그녀의 딸도 아기를 낳는다고 하더군."

다이애나는 행복한 미소를 지었다.

"날 가족처럼 대해줘."

그녀는 손을 뻗어 리디의 무릎을 토닥였다.

"이해해줘."

리디는 다이애나와 그날 밤을 보냈다. 모든 사람이 친절했다. 다이애나에게 마침내 가족이 생긴 것이었다. 그런데 나의 영혼에서 끊어진 실처럼 뭔가가 빠져나간 듯한 허전함이 느껴지는 것은 왜일까? 그래도 그녀가 행복해하는 모습을 보니 안심이 되었다.

"잘 있다고 브리짓에게 편지를 써야지, 어?"

리디는 헤어지면서 그녀에게 말했다.

"그 앤 이젠 글을 읽을 수 있어. 그리고 다이애나에 대해 걱정하더라고."

뉴햄프셔 전 지역에 싫증이 날 정도로 계속 가랑비가 내렸다. 리디는 마차 객실에 올랐다. 승객은 그녀 외에 노신사 한 명뿐이었지만, 그는 리디에게 아는 척도 하지 않았다. 여행 내내 울기만 했던 그녀에게 오히려 다행스러운 일이었다. 뼈처럼 강하기만 했던 리디는 손수건으로 가린 얼굴을 어두운 창가로 돌렸다. 하지만 속에서 치미는 분노는 말굽에 밟히는 진흙처럼 그녀의 가슴에 슬픔의 징을 깊게 박았다. 다리를 건너 버몬트 주로 접어들었을 때 태양이 얼굴을 드러냈고, 사철이 푸르른 산비탈을 등지고 있는 발가벗은 나무들이 은색으로 비쳤다. 공기는 깨끗하고 차가웠으며 하늘은 푸르렀다. 겨울 끝자락에 만난 하늘은 11월보다 더 찬란했다.

버몬트, 1846년 11월

길에서 하룻밤을 더 보낸 다음 날, 하늘이 두꺼운 조각보 이불 속처럼 변했다. 마부는 눈이 내리기 전에 다음 정거장에 도착할 생각으로 말들을 몰아붙였다. 마부가 커틀러 여관의 정문까지 연결되는 도로로 접어들기 위해 커브를 돌 때는 거의 저녁이었다.

그동안 변한 것은 그녀뿐, 그곳은 그대로였다. 트리피나는 처음에 그녀를 전혀 알아보지 못하는 척했다.

"방직기와 물레의 도시에서 오신 고결하신 숙녀분이시군요."

하지만 그 늙은 요리사는 그녀를 뜨겁게 포옹한 후 거대한 화로 옆자리에 앉혔다.

"지금쯤이면 스토브를 장만했어야 하는데."

리디는 눈에 익은 부엌을 둘러보며 장난삼아 말했다.

"내가 여기 있는 동안에는 그런 일 없어."

트리피나는 거칠게 대답하며 말을 이었다.

"도시 사람들은 스토브란 것 다 갖고 있다던데, 그래?"

"그거 편리해요. 내가 있던 하숙집에도 한 대 있었어요."

트리피나는 콧방귀를 뀌었다.

"요리 못하는 인간들이나 그런 걸 쓰는 거야."

그녀는 크림과 메이플 슈거가 듬뿍 들어간 뜨거운 커피잔을 리디에게 내밀었다.

"집에 가는 길이구나. 그렇지?"

리디의 현실은 과거와 다름없는 고통뿐이었다.

"공장을 나왔어요, 아주."

"그래서 농장으로 가는구나?"

"이모부가 팔아치웠어요."

"불쌍한 엄마와 동생들은 어떻게 하고?"

"엄마는 죽었어요. 꼬마 애그니스는 잘 있고요." 리디는 애그니스에 대해서는 자세히 설명할 필요가 없다고 생각했다.

"저런."

트리피나는 동정적으로 대답했다.

"레이철은 찰리가 방앗간으로 데려가서 거기서 잘 지내고 있어요. 그곳 주인집 부부가 동생들에게 얼마나 잘하는지 몰라요. 그래서……."

그녀는 오랜 시간에 걸쳐 커피를 마셨다. 너무 뜨거워 입속이 데었지만 뜨거움 따위는 신경 쓰이지 않았다.

"그래서, 난 이제…… 태어나서 처음으로 아무 걱정 없는 자유인이 된 거예요."

리디는 이 여관에서 다시 일하고 싶다는 말을 어떻게 해야 할지 몰라 잠시 말을 멈추었다.

"그래서 생각해봤는데……, 아무래도 난 트리피나 아줌마와 같이 일하는 것이 좋은 것 같아요."

요리사는 머리를 뒤로 젖히면서 웃었다. 나의 말을 농담으로 받아들이는 것일까. 내 본심을 어떻게 드러내야 할까. 갈 데가 없는 신세라고 고백해야 하는 것일까.

그때 한 소녀가 들어왔다. 열두 살에서 열세 살쯤 되어 보이는 그녀는 거친 옥양목 드레스를 입고, 잘 맞지 않는 부츠를 신고 있었다. 리디는 가슴이 철렁 내려앉았다. 식모 아이였다. 그렇다면 커틀러 여관에서는 더 이상 사람이 필요하지 않다는 것이다.

커틀러 부인은 겉으로나마 전에 일 잘하는 일꾼이었던 사람에게서 돈을 받을 수 없다는 듯이 말했지만, 리디는 정상적인 숙박료를 지불하고 그 여관에서 하룻밤을 보냈다. 잠들지 못한 리디는 창가에서 구름에 가린 달빛을 보며 생각에 잠겼다. 거리에서 들리는 리듬과 덜걱거리는 소리에 익숙해진 지금, 이 적막 속에서 어떻게 잠들 수 있단 말인가. 이제 무엇을 해야 하는 것인가. 나를 받아줄 거처도 없고, 나를 필요로 하는 곳도 없는 이 세상에서 난 어디로 가야 한단 말인가. 리디는 깊은 생각에 빠져들었다.

"오늘 동생들을 보러 갈 거야?"

트리피나가 리디를 위해 커다란 부엌 테이블에 아침 식사를 차리면서 물었다. 리디는 하루 만이라도 해야 할 게 있다는 것이 다행스러웠다.

"눈은 이제 그쳤어. 헨리에게 말해서 널 마차에 태워주라고 할게."

헨리는 윌리의 후계자였다.

리디는 걷기로 했다. 날은 추웠고 맑았다. 숄은 따뜻했다. 부츠는 큼지막해서 발이 잘 들어갔다.

오전이 반쯤 지나 방앗간에 도착했다. 피니 부인이 반갑게 맞아주었다. 찰리와 레이철은 마을의 학교에 갔다는 것이었다. 동생들을 기다릴 겸해서, 리디는 언덕길을 걸었다. 퀘이커 교인 스티븐스의 밭과 목초지를 지나, 거기서 더 나아가 마지막 커브길에서 발을 멈추고 푸르면서도 은빛 찬란한 11월의 산기슭에 자리 잡은, 눈에 익은 그곳을 바라봤다.

눈이 벌판과 마당에 띄엄띄엄 쌓여 있었지만 아직은 진짜 겨울이라고 할 수 없었다. 일주일 쯤 지나면, 모든 것이 두껍게 쌓인 눈 속에 파묻히겠지만, 지금은 직접 지어 투박하면서도 볼품없는 통나무집이 확연히 눈에 들어왔다. 리디는 그 집이 자신의 신세와 닮았다고 생각했다. 눈을 끔벅하자 눈물이 떨어졌다. 고향은 참으로 좋은 것이었다.

문 앞에 쌓여 있었던 장작더미는 보이지 않았다. 누군가 헛간에 가지런히 쌓아놓았다. 문은 수리되어 문틀에 보기 좋게 맞았다. 리디는 아버지가 만든 나무 빗장을 올리고, 밀고 들어갔다.

햇살이 가장 강한 한낮에도 통나무집은 항상 어두웠다. 11월 오후에는 그야말로 암흑이었다. 성냥이 없어 부싯돌 상자를 찾아낸 그녀는 부싯깃에 불을 붙인 다음, 나무에 그 불을 옮겼다. 누군가 그녀가 올 것을 예상해 준비해놓은 듯한 느낌이었다. 그녀는 어머니의 흔들의자를 끌어당겨 그 위에 앉아 불꽃을 바라봤다. 어떤 냄새가 이 자작나무 타는 냄새처럼 좋으랴! 그녀에게 갈채를 보내주고 환영하는 불빛이었다. 리디는 발을 불 쪽으로 쭉 뻗고는 만족스러운 한숨을 내쉬었다. 이제 모든 시름을 잊을 수 있을 것 같았다. 그렇게도 그리워하던 집에 와 있지 않은가. 여기서 하룻밤 묵어도 좋으리라. 그 누가 시비를 건단 말인가. 영영 떠나기 전에 하룻밤 자고 싶다는 뜻을 그 누가 꺾는단 말인가.

"리디?"

그녀는 깜짝 놀라 벌떡 일어섰다. 문 앞에 허리를 구부린 남자의 형상이 비쳤다. 그는 안으로 들어와 허리를 쭉 폈다.

"리디?"

그가 다시 말하자, 그녀는 그가 바로 루크 스티븐스라는 사실을 깨달았다. 그녀는 자신이 그 집에 있다가 들킨 것보다는 생각이 끊긴 것에 화가 났다.

"리디?"

그가 이름을 세 번째 불렀다.

"너 맞니?"

그는 퀘이커 교인들이 쓰는 챙 넓은 모자를 벗어 자신의 배 위에 대고, 어둠 속의 그녀를 보기 위해 눈살을 찌푸렸다.

그녀가 대답했다.

"딴 의도가 있어서가 아니고 마지막 작별을 하려고 온 거야."

통나무집에 작별 인사를 하다니⋯⋯, 스스로 생각해도 바보 같은 말이었다.

"어머니가 네가 지나가는 것을 보셨대. 너를 데리고 오라고 하셔. 저녁 식사를 하고 오늘 밤 묵어가라고."

리디는 하룻밤만 이 통나무집에서 묵게 해달라고 그에게 사정해보고 싶었다. 하지만 여기에는 음식이 없다. 그리고 스티븐스 집의 연료를 사용할 권리도 없지 않은가. 도를 넘는 신세를 져서는 안 되는 것이다.

"이제 돌아가야 해."

"그러지 말고 우리 집으로 가자. 해가 짧아 금방 어두워진다고."

자존심을 지키느냐 텅 빈 배 속을 채우느냐 하는 갈등이 일었다. 트리피나가 차려준 아침 식사를 먹은 지 꽤 오래된 것은 사실이었다. 게다가 돌아갈 길은 멀고, 날이 저물기 시작했고 또 추웠다.

"안 그래도 되는데……."

그는 조용히 말했다.

"그렇게 생각하지 마. 우리 집에 여자는 어머니밖에 없는데, 네가 와주면 집안이 얼마나 환해지겠어."

그는 수줍게 미소를 지었다.

"어머니가 종종 야단을 치셔. 아들이 몇이나 있어도 여자 하나 데려오지 못한다고."

그는 화로로 다가와 무릎을 꿇고 불붙은 장작을 끄집어내 불을 껐다. 리디는 그가 등을 돌리고 있어서, 어둠 속에서나마 자신의 뺨이 붉게 물든 모습을 보지 못해서 다행이라고 생각했다.

"편지……."

그녀가 입을 열었다. 그가 여전히 등을 돌린 채 머리를 흔들며 말을 받았다.

"바보 같은 소망이었어. 하나님에게 기도했어. 네가 날 용서하게 해달라고."

그들은 나란히 걸어갔다. 호박에 불이 붙은 듯 보이는 태양은 금방 서쪽 산에 걸렸다. 루크는 리디와 나란히 걷기 위해 긴 다리의 보폭을 좁혀 걸었다. 두 사람은 말이 없었다. 태양이 완전히 자취를 감추자 어둠이 두 사람을 감쌌다. 그는 저 멀리를 응시하며 조용히 말했다.

"우리 집에서 묵지 않는다면 어디로 갈 건데?"

"그냥 갈 거야……."

리디는 그렇게 말하면서 자신이 가야 할 곳이 어디인지 생각했다. 그 곰을 내려다보는 거야! 수년간 그녀가 생각했던 곰은 그녀의 외부에 있었지만, 지금은 그녀의 좁아터진 영혼 속에 들어와 있는 것이었다. 그래 이제는 그 곰들을 위에서 내려다보는 거야!

길 한복판에서 발을 멈추었다. 그녀는 흥분으로 온몸을 떨었다.

"나, 오하이오로 갈 거야. 남자뿐만 아니라 여자도 받아주는 대학이 있어."

말을 하는 동안 그 꿈은 쑥쑥 피어올랐다.

"우선, 내일 방앗간에 가서 찰리와 레이철에게 작별 인사를 할 거야. 그런 다음 마차로 콩코드에 가서……."

그녀는 심호흡을 했다.

"거기서 기차를 타고 쭉 가는 거야."

그는 그녀의 속마음을 알고 싶다는 듯 그녀의 얼굴을 쳐다보았다가 자신의 희망을 접기로 했다.

"대단한 생각이야, 리디 워든."

그가 말했다. 그녀는 그의 진지한 얼굴을 바라보았다. 그의 구부러진 어깨 너머로 우스꽝스럽게 챙이 넓은 퀘이커 모자를 쓴 노인의 형상이 보였다. 오랜 세월이 흐른 후의 이 청년의 모습, 아니 어쩌면 그녀가 사랑할지도 모를 이 청년의 미래였다.

빌어먹을, 리디 워든! 이래도 모르겠어? 영혼이 있는 다른 생명체와 연을 맺는 것보다 더 좋은 것이 뭐가 있는데? 넌 고생과 슬픔을 일부러 찾아다니려고 해. 통나무집을 활짝 열어놓아 그 검디검은 곰을 집 안으로 불러들이는 거나 마찬가지야.

그렇다면……, 이 남자가 아직 그 소망을 포기하지 않았다면…….

그가 고개를 돌려 호기심이 가득한 눈으로 그녀의 오른쪽 뺨을 응시하고 있었다. 얼굴과 얼굴 사이가 무척 가까워 그의 얼굴에 묻은 검댕까지 볼 수 있을 정도였다. 찰리를 닮았다. 찰리는 불을 피울 때면 온몸이 검댕투성이가 되었다. 그녀는 혹시라도 자신이 그의 뺨에 묻은 검댕을 떼려 하지 않을까 싶어 손을 허벅지에 단단히 붙였다.

루크 스티븐스. 기다려줄 수 있어? 몇 년 후에 다시 이 산골짝으로 돌아올게. 약해지고 지친 몸으로는 돌아오지 않을 거야. 어차피 갈 데도 없고. 아니, 난 노예로는 살지 않을 거야……. 나의 노예로도.

그가 조용히 물었다.

"내가 무서워?"

"어?"

"맹수를 쳐다보듯 나를 쳐다봐서."

그녀는 어렸을 적 찰리와 놀 때처럼 그렇게 낄낄거리며 웃었다. 그는 영문을 모르겠다는 듯 진지한 얼굴에 주름을 지으며 어리둥절해하다가, 그녀의 웃음에 감염되었다는 듯 어색하게 따라 웃었다. 그는 챙 넓은 모자를 벗고 큰 손으로 자신의 빨간 머리카락을 매만졌다.

"네가 보고 싶을 거야."

그래, 루크 스티븐스. 희망을 품는 거야. 리디는 말했다……. 소리가 나지 않게.

감사의 말

이 책을 초고를 읽고 많은 조언과 수정 사항을 이야기해주신 버몬트 여성역사 프로젝트(Vermont Women's History Project)의 매리 E. 우드러프와 미국직물역사박물관(Museum of American Textile History)의 로버트 M. 브라운 박사님께 특별히 감사드린다. 이 책에 오류가 있다면 그것은 당연히 내 책임이다.

또한 나는 버몬트 중부지역도서관(Mid-state Regional Library of Vermont)의 박물관 사서인 린다 윌리스가 위치와 주문 물품들에 대해 도움을 준 것과, 버몬트 주정부 농업국 낙농과(Dairy Divison of the Vermont State Agriculture Department)의 도널드 조지가 젖소에 관한 나의 질문들에 답변해준 것에 대해서도 감사드린다.

나는 이 책을 쓰는 데 도움을 받은 모든 책과 출판물을 적을 수 없어서 절대 빼놓아서는 안 되는 책의 제목을 아래와 같이 적는다.

• Thomas Dublin, *Farm to Factory: Women's Letters, 1830-1860*

_____, *Women At Work: The Transformation of Work and Community in Lowell, Messachusetts, 1826-1860*

- Hannah Josephson, *The Golden Threads: New England's Mill Girls and Magnates*
- David Macaulay, *Mill*
- Abby Hemenway, *Vermont Historical Gazetteer* (이 책의 버몬트 주에 관한 항목 중 19세기 이야기 모음집에 배고픈 검은 곰 이야기가 있는데 내 책에 나오는 검은 곰 이야기의 원형이다.)
- Bentia Eisler (editor), *The Lowell Offering: Writings by New England Mill Women* (1840-45) (이 책에 실린 글들은 로웰의 여성 방직공이 직접 썼다.)
- the Female Labor Reform Assciation (publisher), Factory Tacts (1845-48년 '*Voice of Industry*' 이슈들로 알려졌다.)
- Lucy Larcom, *A New England Girlhood*
  _____, *An Idyl of Work*
- Harriet Hanson Robinson, *Loom and Spindle or Life Among the Early Mill Girls*

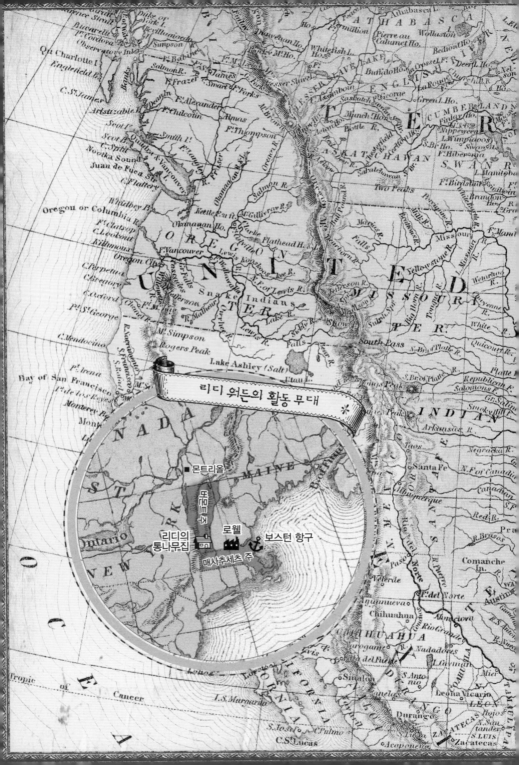

리디 워든의 활동 무대 *

몬트리올

버몬트 주

리디의
통나무집

로웰

보스턴 항구

매사추세츠 주